光文社古典新訳文庫

ボートの三人男

もちろん犬も

ジェローム・K・ジェローム

小山太一訳

kobunsha classics

光文社

Title : THREE MEN IN A BOAT
To Say Nothing of the Dog
1889
Author: Jerome K. Jerome

目次

ボートの三人男　もちろん犬も　7
解説　小山太一　364
年譜　386
訳者あとがき　395

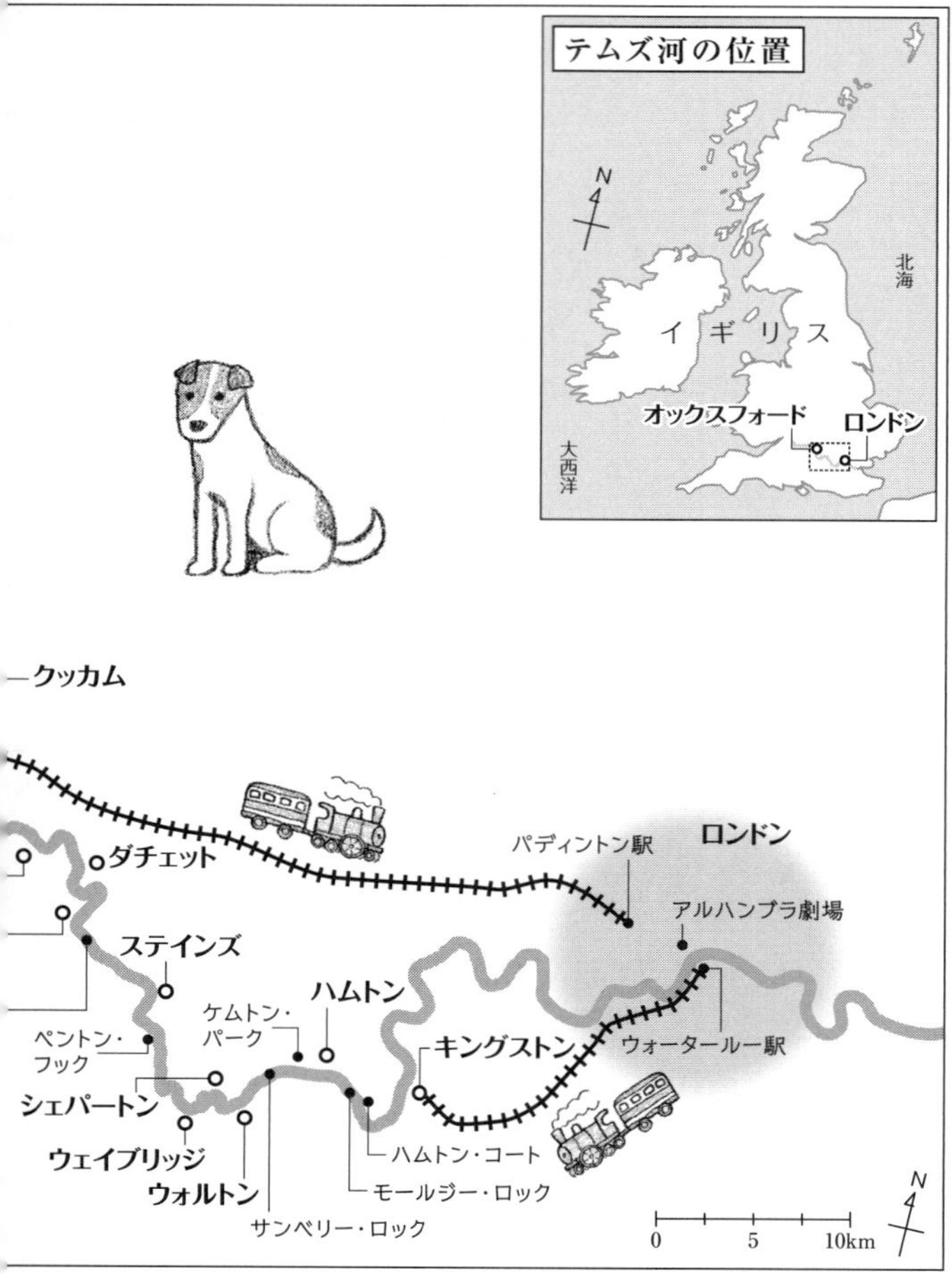
テムズ河の位置
N
北海
イギリス
大西洋
オックスフォード
ロンドン
クッカム
ダチェット
ステインズ
ペントン・
フック
シェパートン
ウェイブリッジ
ウォルトン
サンベリー・ロック
ケムトン・
パーク
ハムトン
モールジー・ロック
ハムトン・コート
キングストン
パディントン駅
ロンドン
アルハンブラ劇場
ウォータールー駅
0
5
10km
N

『ボートの三人男』旅の舞台

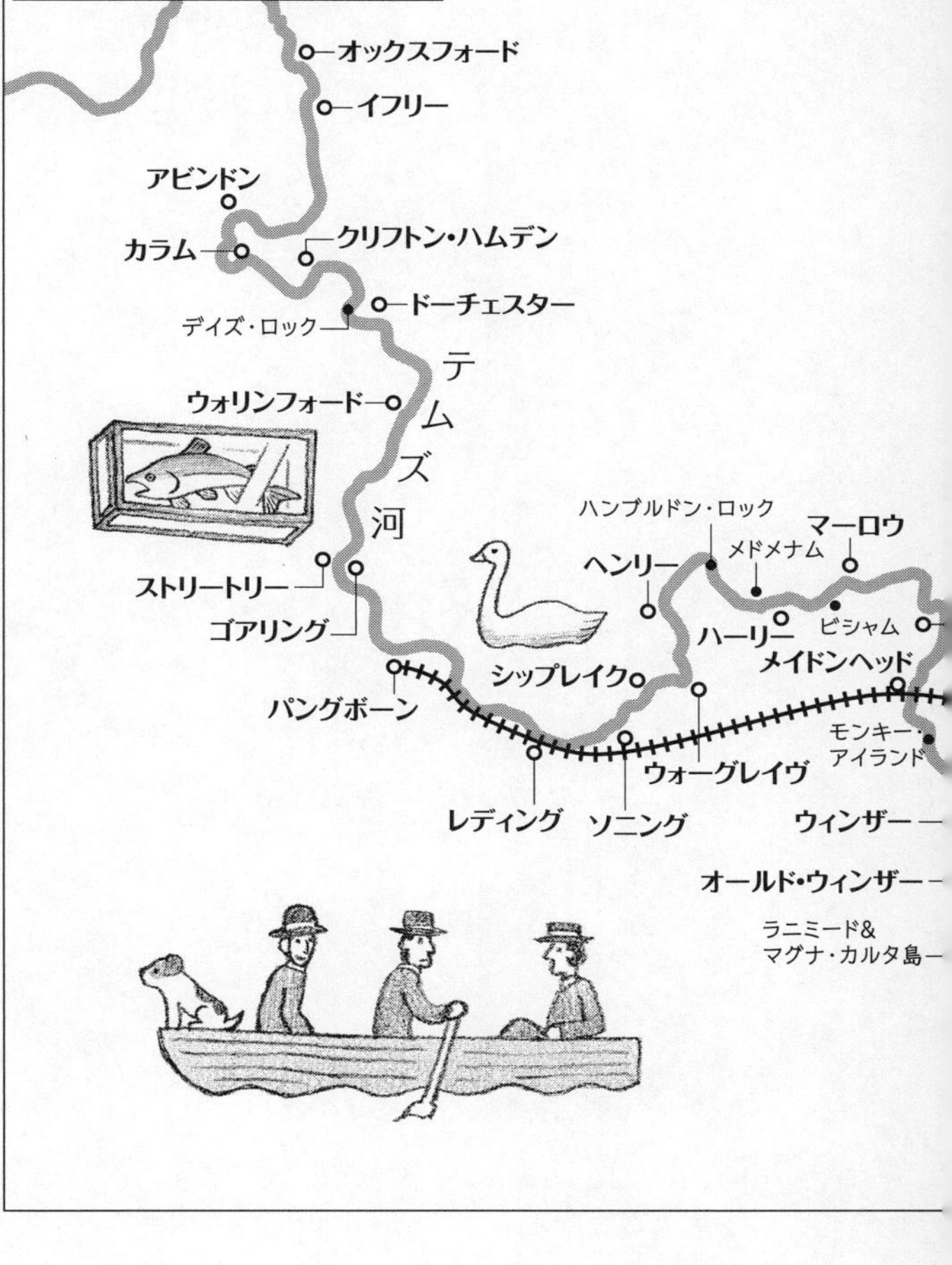

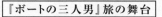

ボートの三人男　もちろん犬も

第1章

三人の病人――ジョージとハリスの苦悩――百と七つの死病にとりつかれた男――有益な処方箋――子供の肝臓病を治す方法――僕らは自分たちが働きすぎで、休養が必要だと合意する――大揺れの船での一週間――ジョージ、ボート旅行を提案――モンモランシーが異を唱える――三対一で原案通過

そこに揃《そろ》った顔は四つ――ジョージとウィリアム・サミュエル・ハリスと僕、それに犬のモンモランシー。僕の部屋に集まって腰を落ちつけ、煙草《たばこ》を吸いながら、自分たちがどれだけ悪いか話し合っているところだった――悪いというのは、もちろん医学的に見てのことである。

僕らはみんな気分がすぐれず、そのせいでひどく神経質になっていた。ハリスは、ときどき恐ろしいほどの目まいがして、自分が何をやっているのか分からなくなると

言った。するとジョージが、僕もそうなんだ、恐ろしいほどの目まいがして自分が何をやっているのか分からなくなると相槌《あいづち》を打った。僕はといえば、よくないのは肝臓だった。問題はたしかに肝臓に違いなかった。このあいだ市販の肝臓薬のチラシに目を通したところ、事細かに列挙されていた肝機能不全の症状が全部あてはまったのである。

実に不思議なことだが、僕は薬の広告を読むとかならず、能書きに挙げてある病気にかかっていると信じこんでしまう。それも、いちばん悪性のやつに。どの薬の場合も、能書きの症状は僕がこれまで経験したあらゆる感覚とぴったり一致するのだ。

それで思い出すのは、ある日の午後、大英博物館の図書室に足を運んだときの経験である。たまたま軽い病気にかかっていて——たしか花粉症だったと思う——治療法を調べたかったのだ。本を棚から下ろし、必要な箇所に目を通したあと、暇だった僕はついついページを繰って、面白半分で病気全般について研究しはじめた。最初に飛び込んでいった項目は何の病気だったか覚えていないが、悲惨な結果をもたらす恐るべき病《やまい》だったのは確かだ。その「前駆症状」のリストを半分も読まないうちに、間違いない、俺はこいつにやられていると僕は確信したのである。

しばらくは、恐怖で身動きもできなかった。それから、絶望ゆえの焦燥に駆られて、またページを繰りはじめた。出てきたのは腸チフスだったので、さっそく症状を読んでみた——どうやら僕はこの数カ月、自分では知らないうちに腸チフスに罹患《りかん》していたらしい。ということは、他の病気もあるのじゃないか。お次は舞踏病——案の定、これにもかかっている。こうなると興味が湧いてきて、とことんまで調べてやろうという気になり、アルファベット順にやりだした。マラリア（ague）はまさに発症しつつあり、二週間もすれば激烈なことになりそうだ。ブライト病（Bright's disease）はありがたいことに軽症で、この病気に関するかぎり、しばらく死なずにすみそうである。コレラ（cholera）は深刻な合併症が出ているし、ジフテリア（diphtheria）は生まれながらにかかっているようだ。倦《う》まずたゆまずアルファベット二十六文字を踏破したところ、かかっていないと結論できる病気はひとつだけだった。「女中ひざ」である。

最初、僕はだいぶ傷ついた。小馬鹿にされたような気がしたのだ。どうして女中ひざだけ？　なんでまた、そんな嫌味ったらしい遠慮をするんだ？　しかし、ややあって僕も、欲ばるのはやめようと思い直した。考えてみれば、女中ひざを除けば薬理学に定義されている病気は全部揃っているわけで、贅沢《ぜいたく》を言わずに女中ひざはあきらめてやろうという気分になってきたのだ。痛風（gout）はいつのまにか苦痛のはなはだしい段階まで達しているようだし、発酵病（zymosis）は明らかに子供のころから患っている。アルファベットからいえばこれで打ち止めだから、他の病気はないと思ってよさそうだった。

僕は座ったまま、物思いにふけった。そうだ、医学的見地からすれば僕は実に興味深い症例ではないか。医学部にとって至宝とも言うべき存在だ！　僕さえいれば、医学生たちは大病院で研修するまでもなくなる。なにしろ、僕自身が総合病院なのだから。この僕のまわりをぐるりと一周すれば、医師免許が手に入るわけだ。

そのとき、これからどのくらい生きられるだろうという疑問がわいてきたので、僕は自分を診察してみた。まずは脈だ。最初のうちは、脈がまったくないように思えた。それからいきなり、すごい勢いで打ちはじめた。時計を出して測ってみると、一分間に百四十七だ。そこで、心臓に手を当てて確かめようとした。ところが鼓動が感じられない。止まっていたのだ。今では僕も、心臓はちゃんとそこにあってずっと鼓動しつづけているという見解に傾いているのだが、実のところ知れたものではない。次は打診だ。腰から頭にかけての前面、次いで側面、最後に手が届くかぎりで背面とやってみた。ところが、感じるものも聞こえるものもありはしない。ならばというので、舌を見ようとした。舌を思い切り突き出しておいて、片目を閉じ、もう片方の目で検査するという寸法だ。見えたのはほんの先っぽである。それで得られたのは、猩紅《しょうこう》熱《ねつ》にかかっているといういっそう強い確信にほかならなかった。

あの図書室に足を踏み入れたときの僕は、幸せで健康な男だった。だが、そこからよろめき出た僕は、棺桶《かんおけ》一歩手前の重病人に変わり果てていたのである。

僕はかかりつけの医者に足を運んだ。この医者は昔からの友人で、僕が病気になったと訴えるたびに脈を取ったり舌を見たり天気の話をしてくれたりして、お代は請求しようとしない。そこで僕は、今日は恩返しをしてやろうと考えた。「医者に必要なのは、いろんな症例の経験だ。僕が顔を出せば、もうしめたもの。この僕を診察すれば、そんじょそこらの患者千七百人を合わせたよりも経験が積めるわけだ。普通の患者なんてものは、ひとつかふたつしか病気を持ってないからな」というわけで僕が医者のところに駆けつけると、医者は言った。

「よう、どうしたね?」

僕は答えた。

「どこが悪いのか並べ立てて、君の時間を無駄にするのはよそう。人生は短いんだ。僕が並べおえるまでに、君のほうがあの世に行ってしまうかもしれない。だから、悪くないところをずばり言うよ。僕は女中ひざにはかかっていない。どうして女中ひざにかかっていないのかは分からないが、ともかくかかっていないんだ。しかし、ほかの病気にはひとつ残らずかかっている」

そして僕は、恐るべき真実の発見に至ったいきさつを語って聞かせた。

医者は僕のシャツの前を開けて頭からへそまで目を走らせ、ぐいと手首をつかみ、それからこっちのすきを狙って胸にゴツンと拳固《げんこ》をくらわせると――これはどうも、やり方が汚いと思う――同じ場所に頭突きのような恰好《かっこう》で耳を押し当てた。それから、デスクに向かって処方箋を書き、折りたたんで僕にくれた。僕はそれをポケットに入れて外に出た。

開けて見たりはしなかった。手近な薬局に飛び込んで、薬剤師に渡したのだ。薬剤師は処方箋に目を走らせ、突き返してよこした。

うちはこういうものは置いていません、というのである。

「だって、君は薬剤師だろう？」

「薬剤師ですとも。生協の販売店とホテルを兼ねていれば、お役に立てたでしょうがね。いかんせん、一介の薬剤師に過ぎませんもので」

僕は処方箋を読んでみた。そこにはこうあった。

ステーキ一ポンド　ビール一パイントと併せて六時間ごとに服用
散歩十マイル　毎朝
睡眠　毎夜十一時きっかり
分かりもしないことはいっさい頭に詰め込むな

僕はこの指示に従った。おかげで、幸いにも——ひとさまがどう思ったかは知らないが——命を拾い、こんにちまで生き永らえているのである。

話を戻そう。例の肝臓薬のチラシを読んだ僕は、まぎれもない肝臓病の症状が自分に出ていることに気づいた。顕著なのは「あらゆる仕事に対する意欲減退」というやつだ。

僕がこの症状にどれだけ悩まされてきたか、口ではとても言い表せない。ほんの小さな子供だったころから、僕はその暴威のなすがままだった。少年になってからは、症状の現れない日は絶無に近かった。だが、周囲の人間はそれが肝臓のせいだと知らなかったのだ。医学が現在よりはるかに遅れていたせいで、大人《おとな》たちは僕の意欲減退を怠け癖だと断じた。

「こらっ、そこのものぐさ坊主」大人たちは言ったものだ。「さっさと起き上がって、ちっとは役に立つことをしろ」——もちろん、僕が病気だなどとはつゆ知らず。

薬なんかくれなかった。そのかわり、頭に拳固をくれた。こう言うと妙に聞こえるかもしれないが、頭に拳固を食らうと僕の病気はしばしば治ったのである——当分の間は。あのころの拳固ひとつは、今の丸薬ひと箱よりも肝臓に効いた。すぐさま駆け出し、なすべきことを即刻やってしまおうという気になるのだった。

どうも、そういうものらしい——単純で古風な治療法が薬局の薬をぜんぶ合わせたものより効く場合が、往々にしてあるのだ。

僕らは三十分ばかり座ったまま、互いに自分の病状を説明した。僕がジョージとウィリアム・ハリスに向かって、朝起きたときの気分がひどいんだ、と言うと、ウィリアム・ハリスは僕らふたりに向かって、夜ベッドに入るときの気分がひどいんだ、と言った。するとジョージが立ち上がって、暖炉の敷物の上で巧妙にして力強い演技を披露し、就寝中の気分がいかにひどいか描き出してみせた。

ジョージは自分が病気だと思い込んでいる。なあに、実際は何の問題もありゃしないのだ。

と、ここでおかみのミセス・ポペッツがドアをノックし、お食事ができましたがどうなさいますか、と言った。僕らはお互いに悲しげな笑みを見せ、少しは喉に通しておいたほうがいいねと言い合った。胃の中に何かあると病気の抑えになるようだからな、とハリスは言った。ミセス・ポペッツが料理のお盆を持って入ってきたので、僕らはテーブルに椅子を寄せ、玉ねぎを乗せたステーキを少々とルバーブのタルトを少しだけ、なんとか口に運んだ。

やはり、あのときの僕はそうとう参っていたに違いない。なにしろ、ものの三十分もすると食べ物に一切の興味を失い――僕にはめったにないことだ――チーズは要らないとまで言い出したのだから。

こうして食事という義務を済ませた僕らは、空いたグラスに飲み物をつぎなおし、パイプに火をつけて、健康状態についての議論にまた取りかかった。実際どこがどう悪いのかは誰もはっきり言えなかったが、三人が文句なしに一致したのは、病気が何であるにせよ働きすぎが原因だという点だった。

「僕らに必要なのは休養だよ」とハリスが言った。

「休養を取って、気分を一新することだな」とジョージ。「脳に対する過剰な負担のせいで、全身が沈滞状態に陥っているんだよ。環境を変えて、ものごとを思い悩む必要から解放されれば、精神の平衡が取り戻せるはずだ」

ジョージには従弟がいる。その従弟は、何かやらかして起訴状を書かれる破目《はめ》になったときには「医学生」と呼ばれる身の上である。ジョージの口ぶりが一家かかりつけの医者のように聞こえるのはこのためだ。

僕はジョージに賛成し、どこか人の来ない昔ながらの場所を探そうじゃないかと提案した。群衆の狂騒から遠く離れ、なかば眠ったような小道の通る村で日なたぼっこをして一週間を過ごすのだ――妖精たちの手によって俗世の雑音から守られ、大方の人々に忘れられている小さな村――時間という断崖の高みに奇《く》しくも取り残された鷲《わし》の巣。そんな場所なら、僕らが生きている十九世紀の激浪も遠くかすかにしか聞こえてこないだろう。

そいつは気が滅入《めい》っちゃうぜ、とハリスが言った。そういう場所ならよく知ってる。夜の八時になるとみんな寝静まってしまうし、今日は日曜だからスポーツ紙の『レフェリー』が欲しいなと思っても手に入らないし、煙草ひとつ買うにも十マイル歩くことになるのが落ちさ。

「そうだとも。休養と変化が欲しいなら、船旅にまさるものなしだ」

ハリスが薦《すす》める船旅に、僕は言葉を尽くして反対した。ふた月ばかり時間があるなら船旅も結構だが、一週間ではお話にならない。

月曜日に出発するときには、これからうんと楽しむぞという思いではちきれんばかり。岸辺でぶらぶらしている少年たちに軽く別れの手を振って、持っているうちで一番大きなパイプに火をつける。デッキをのし歩く様子は、キャプテン・クックと海賊ドレイクとクリストファー・コロンブスを一身に兼ねたようだ。火曜日になると、来なけりゃよかったと思いはじめる。水、木、金の三日間は、いっそ死んでしまいたいと思いながら過ごす。土曜日になると、病人用の牛肉スープが少しだけ喉を通る。デッキの椅子に腰かけ、気分はよくなりましたかと尋ねてくれる親切な人たちに弱々しくほほえむこともできるようになる。日曜にはそのへんを歩き回ったり、普通の食べ物を口にしたりする。そして月曜の朝、カバンと傘を手に持って船首のあたりに立ち、もうすぐ下船という段になって、海の楽しさが身にしみてくるのである。

思い出すのは、僕の義兄が健康のために短い船旅に出たときの出来事だ。ロンドンーリヴァプール間の往復切符だったが、リヴァプールに着いた義兄の頭にあったのはただひとつ、帰りの分を誰かに売り飛ばすことだった。

聞いたところでは、びっくりするような安値で街じゅうを売り歩いたそうだ。やっと売れたときの値段はたった十八ペンスで、相手はいかにも神経質そうな青年だった。海辺に行って運動でもしなさいと医者たちにすすめられて、リヴァプールに来たのだという。

「海辺だって！」義兄はそう言いながら、愛情たっぷりの態度で青年の手に切符を押しつけた。「船に乗ってごらんなさい、海辺が一生ぶん楽しめますよ。それに、運動ときた日には！　あの船に乗ってじっと座ってるだけでも、陸《おか》の上で宙返りの体操をするより運動になるんだぜ」

彼自身は――つまり義兄のことだが――汽車で帰ってきた。健康増進にはノース・ウェスタン鉄道で十分だ、というのが義兄の言い分だった。

僕が知っている別の男で、一週間の沿岸めぐりの船旅に出たのがいる。出発の前に客室係が寄ってきて、食事はその都度払いになさいますか、まとめて先払いになさいますかと尋ねた。

係が言うには、先払いのほうがぐっとお得でおすすめですとのこと。一週間まるごとで二ポンド五シリング［20シリング＝1ポンド］だという。朝食は魚の前菜にお肉のグリルがつきます。昼食は午後一時で、前菜にメインが二品、それにデザートでございます。夕食は六時──スープ、魚、メインディッシュ、骨付きハム、鶏肉、サラダ、デザート、チーズに食後酒となります。十時には軽いお肉の夜食がございます。

友人は二ポンド五シリングのほうがよさそうだと考えて（食いしん坊なのである）、料金を払い込んだ。

テムズ河の河口にあるシアネスの沖を通る頃合に、昼食が出た。ところが妙なことに、思っていたほど食欲が湧かない。そこで友人は、ボイルド・ビーフを少々とクリームがけの苺《いちご》で軽くすませた。午後はずっと、物思いに沈んで過ごした。ここ数週間というものボイルド・ビーフしか食べていないような気もしたし、数年間にわたってクリームがけの苺で命をつないできたようにも思われた。

腹におさまったビーフや苺のほうも、あまり満足そうではなかった——むしろ、反抗の気配さえ見せはじめていた。

六時になると、ディナーの用意ができたと告げられた。そう聞いてもちっとも心は動かなかったが、二ポンド五シリング払ったんだから少しでも食べないと損だと考えた友人は、転倒防止用のロープや何かにつかまりながら食堂に下りていった。階段を下りきったとたん、温製ハムと玉ねぎのいい匂いが、魚のフライや付け合わせの野菜の匂いとまじりあって友人を出迎えた。給仕が脂ぎった笑みを浮かべながら近づいてきて、こう言った。

「何になさいますか、お客さま？」

「ここから連れ出してくれ」と、息も絶え絶えの返事。

給仕たちはすかさず彼をかつぎ上げ、クッションをあてがって風の当たるところに座らせると、そのままどこかへ行ってしまった。

それから四日間、彼は簡素にして廉潔なる生活を送った。口にしたのは、薄っぺらな船長印のビスケット（薄っぺらなのはビスケットのほうであって、船長ではない）とソーダ水だけである。土曜日にはいささか生意気になって薄い紅茶と何も塗らないトーストに手を出し、日曜日にはチキンスープをたらふく飲んだ。火曜日に下船した友人は、煙を吐いて埠頭《ふとう》から遠ざかってゆく船を見やりつつ、こんな恨み節《ぶし》を吐いた。

「ああ、船がゆく、船がゆく。俺が先払いしておきながら、ちっとも食べられなかった二ポンド半の食べ物を乗せて」

あと一日あればきっちり元を取ってみせたのに、というのが彼の弁だった。

そんなわけで、僕は船旅に反対したのである。もっとも、自分のことが心配なわけじゃないぞ、と言い添えるのは忘れなかった。僕は船酔いしたためしがないのだ。ただ、ジョージのためを思っているのだと僕は言った。するとジョージは、自分なら大丈夫、船旅はおおいに歓迎なんだが、ハリスと僕はきっと船酔いするから考え直したほうがいいと述べた。ハリスも負けずにこう言った。どうして人が船酔いなんてものをするのか、不思議でしょうがない。実のところ、何かの見栄《みえ》でそんなふりをしているだけじゃないかね。自分も一度は船酔いしたいと思っているんだが、どうもうまくいかない。

ハリスは続けて、ドーヴァー海峡を渡ったときの逸話を披露した。あのときは乗客がベッドに縛りつけてもらうほどの大荒れで、乗員乗客のうち船酔いしていないのは自分と船長だけ。自分と二等航海士だけのこともあったが、とにかくいつでも、自分と誰かもうひとりしか元気な者はいなかった。そのもうひとりもいよいよ駄目となると、自分だけが元気だった——とまあ、これがハリスの言い分である。

まったく不思議なことだが、この世には船酔いする人間などいないらしい——ただし、陸の上では。いったん船に乗れば、ひとり残らずじゃないかと思えるくらい船酔いの人間を見かけるものだ。けれども、船酔いの苦しみを自分は知っていると認める人物に陸上でお目にかかったためしはない。どんな船にもわんさと乗っているはずの海に弱い人間は陸に上がるとどこに消えてしまうのか、これは永遠の謎である。

もっとも、いつぞや僕がヤーマス行きの船で出会った男が世間の代表だとすれば、謎はたちどころに氷解する。たしかサウスエンドの埠頭を出たばかりだったと思うが、その男は今にも落っこちそうな姿勢で舷窓から身を乗り出していた。こいつは危ないと思った僕は、男のそばに寄って肩をゆさぶった。

「おい！　もうすこし引っこんだほうがいいよ。でないと、海にはまっちゃうぜ」

「ああ！　そのほうがどれだけましか」というのが男の発した唯一の答えだったし、そう聞いては、僕としても身を引く以外の手だてがなかったのである。

三週間後、僕はその男にばったり出くわした。バースにあるホテルのコーヒールームで、男はこれまで経験した数多くの船旅を物語り、自分は根っからの海好きなのだと熱をこめて話していた。

そばにいたおとなしそうな青年がうらやましげに言葉をはさむと、彼は答えた。

「海に強い、ですって？　いや、実を言えば、この僕でも何だか変な気分になったことが一度あるんですよ。ホーン岬の沖合でした。もっとも、船は翌朝に難破しましたがね」

僕は声をかけた。

「あなた、このあいだサウスエンドの埠頭を出たとたんに気分が悪くなって、海に投げ込んでほしいなんて言っていた人じゃありませんか？」

「サウスエンドの埠頭、ですか？」と言って、男はぽかんとした表情を浮かべてみせた。

「そうです。ヤーマス行きの船で、三週間前の金曜日」

「あっ、ああ──あれね」やっと分かったという表情で、男は答えた。「思い出しました。あの日の午後は、ひどい頭痛だったんですよ。昼飯に食べたピクルスがよくなかったんだな。まともな船が出すとは思えないような、ひどいピクルスでした。あなた、食べませんでしたか?」

僕はといえば、素晴らしい船酔い防止法をひとつ開発してある。体のバランスを取るのだ。デッキの真ん中に立って、船の揺れに合うように体を動かし、常に海面に対して垂直を保ちつづける。船首が持ち上がれば鼻先がデッキにくっつくぐらい前傾し、船尾が持ち上がれば体を後ろに倒すわけである。もっとも、一、二時間ならこの手でいけるけれども、一週間ずっとバランスを取っているわけにはいかない。

そのとき、ジョージが言った。

「ボートでテムズ河を漕《こ》ぎのぼろうじゃないか」

これならば空気はよし、運動もできて静けさも楽しめる。景色がつぎつぎ変わるので、精神が刺激される（ハリスのなけなしの精神も含めて）。ボート漕ぎは体力を使うから食欲も増すだろうし、よく眠れるようになるだろう――ジョージはそう言ったのである。

いま以上に眠くなるようなことをしてもジョージは大丈夫かね、とハリスが茶々を入れた。そいつは少々危険じゃないか。一日ってものは夏でも冬でも二十四時間しかないんだから、ジョージがこれ以上どうやって眠るつもりなのか見当がつかない。もっとも、そんな芸当がほんとにできるなら、死んだも同然なわけだから下宿代と賄いの節約になるだろうが。

ただし、俺自身はボート旅行が大好きだ、とハリスは締めくくった。

僕もボート旅行は大好きだ。僕とハリスはジョージをさんざん褒めそやしたが、どうも僕らの口調には、ジョージがこれほど頭のいいところを見せるとは驚きだという気持ちが表れていたようでもある。

この提案に乗り気でなかったのは、犬のモンモランシーだけだった。モンモランシーというやつは、これまで河を気に入ったためしがないのだ。

「そりゃあ、あなたたちには結構でしょうよ。あなたたちは河が好き、でも僕は好きじゃない。だって、何もすることがないもの。景色のよさなんかさっぱり分からないし、煙草だって吸わない。僕が鼠《ねずみ》を見つけても、ボートを止めたりはしてくれないんでしょう。僕が眠りこんだら、あなたたちはボートの上で馬鹿騒ぎを始めて、僕を河に落っことしてしまうに決まってる。僕に言わせりゃ、愚の骨頂だ」

しかしながら、三対一である。原案はぶじ通過した。

第2章

計画の討議――星空のもとでキャンプする楽しみ――雨天時にキャンプする楽しみ――妥協案可決――モンモランシーの第一印象――モンモランシーはこの世で生きるには善良すぎるのではとの疑い、のちに杞憂と判明――翌晩まで休会

僕らは地図を引っぱり出し、計画にとりかかった。

出発は今度の土曜日、キングストン＝アポン＝テムズからとする。ハリスと僕が朝に汽車で先行、キングストンでボートに乗りこんでチャーツィーまで漕ぎのぼっておく。ジョージは昼過ぎまでシティを離れられないので（毎日、十時から午後四時まで銀行に居眠りしにゆくのである。もっとも、土曜は二時になると起こされて外に出される）、チャーツィーで合流というわけだ。

さて、夜はキャンプにしようか、それとも宿に泊まろうか？

ジョージと僕は、キャンプにしようと主張した。野趣があって、自由で、いにしえの族長みたいじゃないか。

冷えわびた雲の中心から、死せる太陽の残した金色《こんじき》の名残が徐々に薄まってゆく。鳥たちは悲しみに沈んだ子供らのごとく歌いやめ、畏怖に満ちた水辺の沈黙を乱すものとては、鷭《ばん》の哀調に満ちた呼び声と、水鶏《くいな》のしゃがれ声のみ。その水辺で、死にゆく一日が最後の息を引き取るのだ。

《夜》に仕える幽霊の軍勢たる灰色の闇は、両岸のかぐろい森から足音もなく忍び寄って光の殿軍《しんがり》を追い払うと、風にそよぐ岸辺の草の上を目に見えぬひそやかな足取りで通り過ぎ、溜息《ためいき》のようにさざめく藺草《いぐさ》の間を抜けてゆく。陰鬱なる玉座についた《夜》は、昏《くら》さを増しゆく世界の上に漆黒の翼を広げ、蒼白《あおじろ》い星たちが照らし出す幻の宮居《みやい》に君臨するのである。

そして僕らは静かな一隅に小舟を滑りこませ、船上に幌《ほろ》を張って質素な夕食を摂る。大きなパイプに煙草が詰められて火がともされ、心地よく低い調子の雑談が交わされる。その合間に、小舟の周りに寄せては返す河の波が風変わりな昔話や秘密を片言で語り、何千年となく繰り返されてきた古き子供の唄を小声で歌う——そしてこれからも何千年となく、声が老いにしわがれるまで歌いつづけてゆくのだろう。テムズの変化に富む面《おも》ばせを愛することを学び、何度となくその柔らかな胸に抱かれて安らいできた僕らには、その歌がどこかしら分かるような気がするが、自分たちが耳を傾けている物語を他人《ひと》に言葉で伝えることはできない。

河辺に憩う僕らのそばで、僕らと同じくテムズを愛する月が姉のように屈みこんで川面《かわも》に接吻《せっぷん》し、銀の腕《かいな》を広げてそっと抱きしめる。僕らが眺めやるあいだも河は歌いつつささやきつつ流れ続け、その王たる海をめざす。やがて僕らの声は途切れて沈黙に変わり、パイプの火も消える——すると、しごく平凡な青年であるはずの僕らも、どうしたものか哀傷と甘美が相半ばする物思いに沈み、言葉を失ってゆく——が、しばらくすると僕らは笑い、立ち上がって、消えたパイプから灰を落とし、「おやすみ」と言い合うと、打ち寄せる河波と樹々の枝のさんざめきを子守歌として、静まり返った満天の星の下で眠りに落ち、世界がふたたび若くなった夢を見る——僕らの夢に現れる若く優しい世界の姿は、何世紀にもわたる不安と憂慮が彼女の美しき面立ちに皺《しわ》を刻む以前のもの、人間たちの罪と愚行が彼女の愛に満ちた心を老いさせる以前のものだ。僕らはまた、過ぎ去った遠い日々に若き母親となった世界がその子なる僕らを深き胸ふところに抱いた時代を夢見る。そしてまた、何千年もの昔に人類が生を享《う》けた簡素にして威風ある住まいをも、僕らは夢に見るのだ――虚飾に満ちた文明のたくらみが僕らを世界の愛情深き腕《かいな》から引きはがし、冷笑的な人為に毒された僕らが世界と一体の素朴な生活を恥じるようになる以前の人類の住まいを。

と、ここでハリスが言った。

「雨が降ったらどうする?」

これだから野暮天だというのだ。しょせん、ハリスは詩には無縁である。手の届かぬものに対する激しい憧れなど、ちっとも知らないのだ。「なじかは知らねど涙あふれ」なんてことは、この男に限って絶対にない。もしハリスの目が涙に濡れていたら、それは生の玉ねぎをかじったか、肉にウスターソースをかけすぎたせいだろう。

夜の浜辺にハリスと一緒に立って、こう言ったとしよう。

「ねえ! 聞こえないかい? あれは波底ふかくで歌う人魚の声だろうか、それとも海藻にからめとられた白骨に悲しい挽歌《ばんか》をささげる精霊たちだろうか?」

すると、ハリスはこっちの腕をつかんで言うだろう。

「なに、そんなんじゃないさ。君は風邪《かぜ》をひきかけてるんだ。さあ、一緒に行こう。

そこの角を曲がったところに、いい店があるんだ。そんじょそこらじゃお目にかかれないスコッチ・ウィスキーが飲めるぜ――そいつをきゅっとやれば、たちどころに気分爽快だよ」

ハリスという男は、そこの角を曲がったところにあって素晴らしい酒を飲ませてくれる店をしこたま知っている。もし天国でハリスに会ったなら（彼が天国に行けるとしての話だが）、即座にこう言い出すだろう。

「おっ、よく来たね。そこの角を曲がったところにいい店を見つけたんだ。特級品の神酒《ネクター》にありつけるぜ」

もっとも、キャンプすべきか否かという目下の問題に関しては、ハリスの実際的な意見がちょうどいいヒントになった。確かに、雨の日にキャンプを張るのは愉快でない。

ちょっと情景を思い描いてみよう。時はもう夕暮れだ。服はずぶ濡れ、ボートにもたっぷり二インチは水がたまり、あらゆるものが濡れそぼっている。他よりは水びたしでない場所を岸辺に見つけ、テントを引きずりだして、ふたりがかりで張りはじめる。

テントはぐっしょり濡れて重く、風にばたばた煽《あお》られ、いきなり崩れてきたり頭にまとわりついてきたりしてかんしゃくを起こさせる。そのあいだも、雨はざあざあ降りつづけている。テントというやつは晴天でさえ張るのが難しいものだが、雨天となると超人的な努力が必要である。しかも相棒のやつ、手助けになるどころかわざと邪魔をしているようだ。こっち側がきれいに張れたと思った瞬間、相棒が向こう側からぐいと引っ張り、すべてを台無しにしてしまう。

「おいっ！　何やってんだ？」

「そっちこそ何やってんだ？」相棒がやりかえす。「ゆるめてくれりゃいいのに」

「引っ張るなというんだよ。何もかも間違えやがって、この馬鹿野郎！」

「俺のやり方で合ってるんだ。いいから、ゆるめろ！」

「だから、違うって！」ちくしょう、ぶん殴ってやりたいと思いながらこっちは怒鳴りつける。思わずロープを邪険に引っ張った拍子に、向こうのペグがぜんぶ抜けてしまう。

「あっ、何しやがる！」と独り言が聞こえる。次の瞬間、おそろしい勢いでロープが引っ張られ、こっちのペグも吹っ飛んでしまう。こっちは木槌を放り出して向こうへ回り、相手のやり口全体をどう思っているか教えてやろうとする。向こうは向こうでこちらへ回り、意見を開陳しようとしている。ふたりが互いをののしりながら相手の尻を追ってぐるぐる回り続けるうち、テントがドサッと倒れてうずたかい山になる。残骸の上で、視線がぶつかり合う。そしてふたりとも、ぴったり息を合わせたように罵声を上げるのだ。

「ほーら見ろ、言わんこっちゃない!」

さっきからボートの水を汲《く》み出していた三人目の男は、こぼした水で袖がずぶ濡れになっている。この十分間というもの、ひとりきりで悪口雑言を並べ立ててきたのだが、いよいよ業を煮やして他のふたりに怒鳴る。いったい何やってやがる、テントひとつ張るのにどれだけかかるんだ。

だいぶ経《た》って、どうにかこうにかテントが張れたので、荷物を岸に上げる。焚火《たきび》などはどだい無理な相談だから、メチルアルコールのコンロに火をつけて取り囲む。

夕食の主成分は雨水だ。パンの三分の二は雨水、ビーフステーキ入りのパイも雨水でぐじゃぐじゃ、ジャムとバターと塩とコーヒーはぜんぶ溶け出して混成のスープになっている。

夕食を終えて一服やろうとすると、煙草が濡れていて火がつかない。幸い、人を元気づけていい気分にさせてくれる液体がひと瓶あり、それを飲むうちに人生への関心が少しは戻ってきて、とりあえず寝るかという気分になる。

ところが、こんな夢を見る。象が一頭、いきなり胸の上に座ったかと思うと、そばで火山が爆発して海の底に投げ込まれる——それでも象のやつ、こっちの胸を下敷きにしたままぐっすり眠りつづけているのだ。そこで目がさめて、これは何か怖《おそ》ろしいことが実際に起こったに違いないと気づく。最初に思いつくのは世界の終わりが訪れたということだが、そんなはずはないと考え直し、泥棒か人殺しか火事に違いないと思いついて、しかるべき調子でこの見解を口走る。ところが、助けはちっとも来ない。分かるのは、何千人という人間がこっちを蹴りつけており、しかも窒息させられそうだということだけだ。

どうやら、ひどい目に遭っている人間は他にもいるらしい。寝床の下から、かすかな悲鳴が聞こえてくる。ともあれ、むざと殺されてなるものかと覚悟を決めて、死に物狂いで抵抗する。両手両足を動員して左右かまわず暴れ回り、声をかぎりにわめきつづけること数刻。ついに何かがはずれたらしく、頭が外の空気の中に出る。二フィートばかり先に、こっちを殺してやろうと身構えている半分裸の悪漢がぼんやり見える。ここからが命を張った勝負だと気負い立つうちに、だんだんそれがジム[1]だと分かってくる。

「なんだ、君か？」ちょうど同時に気づいたらしく、ジムが言う。

「そうさ」と、こっちは目をこする。「いったい、どうなってるんだ？」

「いまいましいテントが、風にあおられて倒れたんじゃないか。ビルはどこだ？」

そこでふたりが声を合わせて「ビル！」と叫ぶと、足元の地面がもぞもぞと揺れ動き、さっきくぐもった悲鳴を上げたのと同じ声がテントの残骸の下から聞こえてくる。

「おい、足をどけろ。俺の頭だぞ！」

そして這《は》いだしてきたビルを見ると、めちゃくちゃに踏んづけられたらしく全身が泥まみれだ。しかも、やたらと腹を立てている——この出来事全体が僕らの仕組んだいたずらだと、そう思っているのは明らかだ。

夜が明けても、じっと押し黙って過ごす。三人とも、夜のあいだにひどい風邪をひ

1 ここは語り手J、ハリス、ジョージの三人ではなく一般的事態を想定している。

いたのだ。気分はむやみにとげとげしく、朝食のあいだも、かすれきった声で互いを罵りあう破目になる。

そこで、僕らはこう決めた。天気のいい夜はキャンプをしつつ、雨が降ったりキャンプに飽きたりした折にはホテルなり旅館なりパブなり、とにかく紳士らしい場所に泊まるのだ。

モンモランシーはこの妥協案を熱心に支持した。ロマンティックな孤独にひたるタイプじゃないのだ。何はなくとも騒ぎが一番、ちょっぴり下品な騒動なら言うことなし。もっとも、モンモランシーをぱっと見ただけの人なら、これは人知を超えた何かの理由によってフォックステリアの姿で地上につかわされた天使だと思い込んでしまうはずだ。アア、コレハ何ト邪悪ナ世界ナノデショウ、僕ガ微力ヲツクシテ少シデモ善良デ上品ナ世界ニシテアゲタイモノデス、というような雰囲気がモンモランシーにはある。信心深い老婦人や老紳士の目に涙を浮かべさせるという、あの雰囲気だ。

モンモランシーを養うようになった当初の僕には、こいつはそう長いことあるまいとしか思えなかった。僕が椅子に腰をかけて見下ろすと、敷物の上に座ったモンモランシーが僕を見上げる。そんな折、よく考えたものだ。「かわいそうに、これじゃあ長くは生きられまい。いずれ天国から来たお迎えの馬車に乗せられて、青空高く飛んで行ってしまうだろう。間違いない」と。

しかるに僕は、モンモランシーが食い殺したヒヨコ十二羽ぶんの代金を払わされ、表通りで百十四回目の喧嘩《けんか》を起こしたモンモランシーに唸《うな》ったり暴れたりされながら首根っこをつかんで相手から引き離し、猫を殺されてカンカンの女性から死体を見せつけられて殺し屋よばわりされ、隣の隣の家に住む男から呼び出されて、あんたが猛犬を放し飼いにしておくせいで冷え込んだ夜のさなかに二時間あまりも納屋から一歩も外に出られなかったと文句を言われる破目になったのである。下宿に出入りする庭師などは、モンモランシーが一定時間でどれだけ鼠を捕るかという賭けを僕に断りもなく行ない、みごと三十シリングせしめたらしい。事ここに至っては僕も、こいつは思っていたより少々しぶとそうだぞと考え直すほかなくなった。

近所の厩舎のまわりをうろつき、街でも札つきの不良犬どもをあつめてギャング団を作り、スラム街をのし歩いて他の札つき犬どもと喧嘩する。それがモンモランシーにとって「生きる」ということなのである。だからこそ、旅館だパブだホテルだというさっきの提案に飛びついたわけだ。

こうして寝る場所の問題は四方まるくおさまったので、あとは持ち物を決めるだけとなった。議論が始まりかかったが、そこでハリスが口をはさみ、今夜は雄弁をふるいすぎて疲れた、ここらで散歩に出て楽しくやろうじゃないかと言い出した。そこの角を曲がったところにいい店を見つけたんだがね、じつに飲めるアイリッシュ・ウィスキーを出すんだよ。

ジョージも喉が渇いたと言った（喉が渇いていないジョージを僕は見たことがない）。僕自身、あっためたウィスキーにレモンの薄切りを浮かべたやつを一杯やれば病気に効きそうな気がしてきたから、討論は全会一致で明晩に持ち越しとなり、一同は帽子をかぶって外に出た。

第3章

計画を練る――ハリスの仕事ぶり――ある老家長はいかにして壁に絵を掛けるか――ジョージの的を射た発言――早朝水泳の楽しさ――転覆に備えての用意

そんなわけで、次の日の夜に僕らはまた集まって計画を練った。ハリスはこう言った。

「さてと、まず決めなきゃならないのは何を持っていくかだ。J、紙を出して書き留めてくれ。ジョージは食料品のカタログを頼む。それと、誰か鉛筆を持ってきてくれ。俺がリストを作る」

これぞ、まごうかたなきハリス節である――自分ひとりが何もかもしょいこんだつもりで、その実は他人の背中に乗っけてばかりなのだから。

ハリスを見ていると、今は亡きポジャー伯父さんを思い出す。ポジャー伯父さんが何か仕事を引き受けたとなると、家じゅうが上を下への騒動に巻き込まれてしまうのだ。あんな大騒ぎは他に見たことがない。たとえば、額装を頼んであった絵が店から戻ってきて、ダイニングルームで壁に掛けられるのを待っているとしよう。どうしましょうか、と伯母さんが尋ねると、ポジャー伯父さんは言うのである。

「ああ、それなら任せなさい。誰も手を出すんじゃないぞ。俺がぜんぶやる」

そして伯父さんは上着を脱ぎ、仕事に取りかかる。まずは小間使いの娘に釘《くぎ》を六ペンスぶん買いにやらせ、下働きの少年に追いかけさせて釘のサイズを知らせる。それからおもむろに作業を開始し、一家全体を狂乱の渦に引きずりこむのだ。

「おい、ちょっと金槌を取ってきてくれ、ウィル」伯父さんは怒鳴る。「それからトム、おまえは物差しを持ってきてくれ。それと脚立が欲しいな。そうだ、台所の椅子も。おーい、ジム！　おまえ、ひとっ走りミスター・ゴグルズの家に行って、こう言うんだ。『おみ足の具合はもうよろしゅうございますかと父が申しております。ところで、水平器を拝借できませんでしょうか』とな。おっと、マリア、おまえまで行くんじゃない。誰かに灯《あか》りをかざしてもらわなきゃならん。小間使いの子が戻ってきたら、今度は紐《ひも》を買いにやらせてくれ。トム！――トムはどこに行ったんだ？――そこにいたか、ちょっとおいで。脚立に上がるから、絵を渡してくれ」

それから伯父さんは、絵を持ち上げようとして手を滑らせる。絵が額から飛び出しそうになり、ガラスをかばおうとした伯父さんは指先を切ってしまう。部屋じゅう駆け回って血止めのハンカチを探すが、どうしても見つからない。なぜなら、ハンカチはさっき脱いだ上着のポケットに入っていて、しかも上着をどこにやったか思い出せないからだ。一家はさっきから伯父さんの要求する道具を探すのに大わらわだが、いったんそれを中止して伯父さんの上着を探さねばならない。そのあいだも、伯父さんはあちこち走り回ってみんなの邪魔をする。

「揃いも揃って、俺の上着の行方ひとつ分からんのか。こんな間抜けどもは見たことがないぞ――まったく、どれだけ能無しなんだ。おまえたち、六人もいるじゃないか！――なのに、俺が五分前に脱いだ上着の場所も分からんとくる！　ええい、この――」

立ち上がった伯父さんは、上着を尻の下に敷いていたことに気づいて大声を出す。

「あー、もういいぞ！　自分で見つけた。おまえらに何か探させるくらいなら、猫に頼んだほうがましだ」

指にハンカチが巻かれるのに三十分。替えのガラスも到着し、道具も脚立も椅子も蠟燭《ろうそく》も運びこまれて伯父さんが再び仕事にかかる段になると、小間使いや掃除のおばさんまで含めた一家が総出で取り囲み、何か手伝うことはないかと見守る。ふたりが椅子を押さえ、三人目は伯父さんを椅子に助け上げて身体を支え、四人目が釘を渡し、五人目が金槌を差し出すと、伯父さんは指先にはさんだ釘をいきなり落っことしてしまう。

「ほれ見ろ！」伯父さんは傷ついた声を出す。「釘がどこかに行っちまったじゃないか」

そこで全員が床に這いつくばって釘を探しはじめるが、その間も伯父さんは椅子の上に突っ立って、一晩じゅう待たせる気かとぶつぶつ言う。

やっとのことで釘が見つかる。が、そのころには金槌が行方不明だ。

「金槌はどこだ？　いったい、金槌はどうした？　おまえら、何というざまだ！　七人がかりの間抜けっ面で俺を取り囲んでおきながら、俺が金槌をどうしたかも分からんのか！」

みんなは金槌を見つけてやるが、釘打ちのために壁につけた印が分からなくなっている。そこで、ひとりずつ伯父さんのわきに上がって印のありかを探さねばならない。

ところがみんな意見が食い違うので、伯父さんは次から次にたわけと叱り飛ばし、さっさと椅子から下りろと命じる。そして物差しを持ち出して測りなおすが、部屋の角から三十一インチ八分の三の半分はどれだけになるか暗算しようとしてうまくいかず、かんしゃくを起こす。

他の連中も頭の中で計算してみんな別の答えを出し、互いにののしりあう。部屋全体が騒然とするなか、そもそもの数字がどこかに行ってしまい、ポジャー伯父さんはまたしても計測を余儀なくされる。

今度は紐を使って測ろうというのだが、椅子から四十五度の角度で身を乗り出し、本来なら三インチばかり届かない場所に手を伸ばそうというきわどい瞬間に紐が手から滑り、伯父さんはピアノの上に転げ落ちる。頭から足までの全身がいきなり鍵盤をぶっ叩いたのだから、その音楽的効果たるや絶大である。

子供たちの前であんまり乱暴な言葉をお使いにならないで、とマリア伯母さんが言い出す。

それでもとうとうポジャー伯父さんは印の場所を見つけ出し、左手に持った釘の先を印に当てがって、右手で金槌を構える。そして最初の一撃を親指に命中させ、叫び声とともに金槌を取り落として誰かのつま先に着地させる。

マリア伯母さんは穏やかな声で、あなた、こんど壁に釘をお打ちになるときには前もってお知らせくださいな、工事が終わるまで一週間ばかり実家に帰って母と過ごしてまいりますから、と言う。

「まったく、おまえたち女ってものは！　何でもかんでも大げさに考えずにいられんのだからな」痛みが消えると元気が出てきたらしく、ポジャー伯父さんは答える。「俺は好きなんだよ、こういうちょっとした仕事をするのが」

そこでまたやり直すのだが、こんどは二打目で釘が壁の漆喰《しっくい》に頭まで突き刺さり、それればかりか金槌まで半分めりこんで、勢い余ったポジャー伯父さんは壁にドスンとぶつかり、鼻をぺちゃんこにつぶしそうになる。

またぞろみんなで物差しと紐を探し出し、穴ぼこをもうひとつこしらえる。こうして真夜中になんなんとするころ、やっと絵が壁に掛けられる――ひん曲がった、今にも落っこちそうな様子で。左右数ヤードの壁は熊手でひっかいたようなありさまだし、みんな疲れきってうんざりしている――が、ポジャー伯父さんだけは意気軒高《いきけんこう》だ。

「ほら、できたぞ」と言って伯父さんは椅子から下り、掃除のおばさんの足を嫌というほど踏んづける（しかも、ちょうど魚の目のあるところを）。自分がやらかしためちゃくちゃな仕事ぶりを眺める伯父さんの顔は、まぎれもなく誇らしげだ。「この程度の仕事で職人を呼びつける手合いもいるが、まったく気が知れんなあ！」

ハリスは年取ったらこういう人間になるだろう、そんな男に仕事を押しつけるわけにはいかないと僕は言ってやった。「ハリス、君は紙と鉛筆とカタログを持ってこい。ジョージに書き取らせて、大事な仕事は僕がやろう」

最初に作ったリストは没にするしかなかった。僕らが書き留めた必需品の数々をぜんぶ載せられるようなボートでは、テムズ河の上流はとても通れないだろう。そこで僕らはリストを破り捨て、顔を見合わせた。

ジョージが言った。

「こりゃあ、そもそもやり方が間違ってるよ。あればいいなというものじゃなくて、ないと困るものだけに絞るほうがいい」

ジョージはたまにひどく的を射たことを言い出すので、驚いてしまう。今のもけだし名言であって、テムズ河のボート旅行のみならず、人生という大河をさかのぼる旅そのものに当てはまりそうだ。まったく、この旅に出る人のどれだけ多くが、ボートが沈みそうなほどのばかげた大荷物を積み込んでいることか。そのような荷物は旅の楽しみや快適さのために必要だとみんな信じきっているが、実際は益体《やくたい》もないガラクタに過ぎないのである。

見れば、人生の河をさかのぼる小舟はマストの高さまで荷物でいっぱいだ。立派な服、大きな邸《やしき》、役にも立たぬ使用人、羽振りのいい友達。そんな友達はこっちのことを二束三文にしか思っていないし、こっちも彼らを似たり寄ったりの目で見ているというのに。そしてまた、金ばかりかかってちっとも楽しくない娯楽、社交辞令に流行、見栄と虚飾、さらには——ああ、もっとも重く、もっとも無意味なガラクタよ！——他人にどう思われるかという恐れ、足手まといにしかならない贅沢、退屈きわまる快楽、空虚な見せびらかし。それらはいにしえの罪人がかぶせられた鉄の冠のごとく皮膚を破り、流血に痛む頭を失神させる！

ガラクタだ。友よ、すべては無用のガラクタだ！　そんなものは投げ捨ててしまえ。ガラクタを積み込んだボートは重く、オールを持つ者をふらふらにしてしまう。小回りがきかなくて危なっかしく、漕ぎ手は一時も気が休まらない。夢見心地の休息など、思いも寄らない——浅瀬に影を投じて軽やかに飛びゆくちぎれ雲も、さざ波を縫って踊る陽光も、水面《みなも》に姿を映す岸辺の大木も、緑と金色《こんじき》に輝く森も、白と黄色をとりまぜた百合《ゆり》も、ほの暗い一隅をあやなす藺草《いぐさ》も、菅《すげ》も、野生の蘭《らん》も、さては青い忘れな草も、眺めている暇とてないのである。

友よ、ガラクタを投げ捨てるがいい！　人生のボートを軽くし、必要な品だけを乗せておくのだ――こぢんまりした住まいと素朴な楽しみ、少数の友人らしい友人、愛し愛される人、猫と犬、パイプを一、二本、衣と食はほどよく、酒はたっぷり。何といっても、喉の渇きはよろしくない。

さすればボートは漕ぎやすく、転覆しにくく、万が一転覆した場合も被害を軽く済ませられるだろう。質朴で上質な作りの手回り品は、水に濡れても大丈夫なのだ。さすれば、オール漕ぎという労働一辺倒でなく、ものを考える時間もできるだろう。人生の陽光を胸に吸い込む時間も――神の吹かしめる風が僕らの心の琴線をかき鳴らして奏でる縹渺《ひょうびょう》たる調べに耳を傾ける時間も――それに――ええと――

申し訳ない。後が続かなくなった。

話を戻そう。僕らはリスト作りをジョージに任せ、ジョージはさっそく取りかかった。

「テントを持っていくのはやめよう。ボートに幌《ほろ》をつければいいんだ。そっちのほうが簡単だし、居心地もいい」

なかなかよさそうな提案に思えたので、僕らは採用した。幌つきのボートって、ご覧になったことはあるだろうか？　ボートの上に鉄の枠を取りつけ、巨大なキャンバスシートで覆って、下部をぐるりと固定するのだ。すると、ボートは一種の小さな家に早変わり。じつに居心地がいいが、いささか蒸すのは仕方ない。妻の母親が死んで葬式代を払わされた男がかつて言ったように、何事にも欠点はついて回るものだ。

それなら、持ってゆくべきは人数分の毛布、ランタンひとつ、石鹸《せっけん》数個、ヘアブラシと櫛《くし》（共用）、歯ブラシ（おのおの）、洗面器、歯磨き粉、髭剃《ひげそ》り用品、水泳用の大きなタオル二枚だとジョージは言葉を継いだ。ところで、僕に言わせれば、水のあるところに旅行に出かける人は必ずご大層な水泳道具を持っていくが、いざ到着してみると意外に泳がないものである。

海辺に出かける場合も同じことだ。僕はいつも――ロンドンで計画を立てるときには――毎朝早起きをして朝食前にひと泳ぎしようと考え、海水パンツとバスタオルを律儀に詰め込む。僕が持っていくのは、決まって赤い海水パンツだ。赤いやつだと、肌の色にぴったりでなかなか決まっている気がする。ところが海辺に着いてみると、ロンドンで思っていたほどには早朝の水泳に心惹《こころひ》かれないのである。それどころか、ぎりぎりまでベッドに居残ってから朝食に下りてゆきたい気がする。とはいえ、一、二度は殊勝な心がけが勝利をおさめたこともある。六時に起き出してざっと身支度を整え、海水パンツとタオルを持って、重い心でとぼとぼと海に向かうのだ。けれども、海水浴が楽しめたためしはない。僕が早朝水泳をやる朝にかぎって、特別に身を切るような東風が待ち受けているし、誰かが三角にとがった石を集めて浜辺にまき散らしたようだし、地表の岩は鋭く研ぎ澄ましてから砂でカムフラージュしたようだし、波打ち際は普段より二マイルも遠ざけられているので、身を縮めて震えながら深さ六インチの浅瀬を渡っていかなくてはならない。やっと海らしいところにたどりつくと、手荒い波が僕を慰み物にするのである。

巨大な波が襲ってきて、僕を座った姿勢のままさらい上げ、わざと用意したような位置にある岩に容赦なく叩きつける。「うおっ！」と叫ぶ暇も状況を理解する暇もあらばこそ、また襲ってきた波が僕を沖合へ運ぶ。僕は必死に手足をもがいて浜辺に戻ろうとしながら、我が家や友人をふたたび見ることはあるだろうか、子供時代に妹にもっと優しくしておけばよかった、などと考える。もうだめだと諦めかけたとき、波がすっと引いて、僕はヒトデのように砂の上に伸びている。立ち上がって振り返ってみると、必死の苦闘を続けていた場所は二フィートの浅瀬なのだ。浜までジャブジャブと戻って服を着て、ほうほうの体で宿に帰るが、帰った後には水泳が楽しかったふりをするという苦行が待っている。

また話を戻すが、あのときの僕らの口ぶりは、いかにも毎朝たっぷり水泳をしそうなものだった。朝の新鮮な空気に包まれたボートで目をさまし、澄んだ水に飛び込むのはじつに爽快だとジョージは言った。朝食前の水泳ほど食欲を刺激してくれるものはない、少なくとも自分はいつもそうだとハリスも言った。ジョージは、水泳のせいでハリスが普段よりも大飯を食らうなら、ハリスの水泳には大反対だと言った。

ハリスがいつも食べるぶんの食料を積んだボートを流れに逆らって曳《ひ》いてゆくだけでもひと仕事なんだから、というのである。

だが僕はジョージに向かって、食料の積み荷が少々重くなってもハリスが清潔にしてくれているほうがよっぽどいいじゃないかと説いた。ジョージも分かってくれたらしく、ハリスの水泳に対する反対をひっこめた。それぞれが待たないですむようにバスタオルは三枚という提案も、ジョージはついに呑《の》んだ。

衣類については、汚れるたびに河で洗えばいいからフランネルの上下が二揃いあれば十分だというのがジョージの説だった。河でフランネルを洗った経験はあるのかと僕らが尋ねたところ、ジョージは答えた。「いや、自分でやったことはないんだが、経験のある友達が何人かいる。とても簡単だそうだよ」僕とハリスは人がいいから、ジョージだって何か根拠があって言っているんだろうと想像した。地位もコネも洗濯の経験もない三人の青年紳士といえども、石鹸があればテムズ河でシャツやズボンを洗うことができるのだろうと。

その後、もはや遅すぎるタイミングで僕らが知ったのは、ジョージというやつは大嘘《うそ》つきで、洗濯という問題に関して明らかに知識ゼロだということだった。僕らの服を一目でも見ていただければ――だが、一シリングで売っている煽情《せんじょう》小説の決まり文句じゃないけれど、このことは改めて話すとしよう。

船が転覆して着替えの必要が生じたときのため、下着の替えひと揃いと靴下をたくさん持っていくようにとジョージは念を押した。それと、物を拭くのに便利だからハンカチもたくさん。これまた転覆したときに備えて、普通の靴だけでなくレザーのブーツも。

第4章

食べ物の問題――パラフィンオイルで満ちた空気への嫌悪――チーズと共に旅することの利点――既婚女性が家庭を後にする――ひっくり返ったときのためのさらなる用意――僕の荷造り――歯ブラシのいまいましさ――ジョージとハリスの荷造り――モンモランシーの恐るべき所業――就寝

それから僕らは、食べ物の問題に移った。ジョージが言った。

「まずは朝食からいこう」（ジョージはどこまでも実際的にできている）。

「朝食となると、フライパンは欠かせないな」（フライパンなんてものは食えないぞとハリスが口をはさんだが、僕らはくだらんことを言うなと片づけ、ジョージが先を続けた）。

「それからティーポットとケトル、アルコールのコンロ」

ジョージは意味ありげな目つきになって「オイルのコンロはなしだぞ」と付け加え、ハリスと僕もうなずいた。

僕らはかつてオイルのコンロを持ってボート旅行に出たことがあるが、一度で懲りた。あの一週間は、まるでオイル屋に寝起きしているようだった。オイルは匂いがしみ出すのである。パラフィンオイルなんてものの匂いがしみ出すとは、僕はちっとも知らなかった。コンロは舳先《へさき》に置いておいたのだが、そこから船尾まで匂いがしみ出し、ボート全体はおろかボートの航跡にもしみこんで、河にも広がり、景色全体をオイル臭くして大気まで汚染した。西からオイル臭い風が吹くこともあれば、東からオイル臭い風が吹くこともあった。北からもオイル臭い風が吹いたし、南からのオイル臭い風もおそらく吹いたろう。北極の雪の中から吹いてきた風も、不毛の砂漠に端を発した風も、僕らにはパラフィンオイルのかぐわしい匂いを満載して届いたのである。

それればかりか、オイルの匂いがしみ出したせいで夕焼けも台無しになり、月の光までやけにパラフィンオイル臭かった。

マーロウに着いた僕らは、匂いから逃げようと試みた。ボートを橋のそばに置いて町じゅう歩いたのだが、匂いはついてきた。墓地を通り抜けると、死者たちがオイル漬《づ》けで葬られているような気がした。ハイ・ストリートもオイル臭く、こんなところで人が暮らしてゆけるのが不思議だった。僕らはバーミンガムの方向に何マイルとなく歩いたが、無駄だった。そこら一帯がオイルに浸っているのだ。

旅の終わりの真夜中、僕らは人っ子ひとりいない荒れ地に集まり、雷に打たれて立ち枯れた樫《かし》の木の下で恐るべき誓いを立てた（それまでの一週間も誓いつづけてはいたのだが、今度はそんな生やさしい中産階級的な代物ではなく、特別の儀式だった）——二度とパラフィンオイルをボートに持ち込まないという、恐るべき誓いである。もちろん、病気の薬としては別だが。

そんなわけで、今度の旅行にはアルコールのコンロしか持っていかないことにしたのだ。これだって、ずいぶん厄介なものではある。パイもケーキもアルコール臭くなってしまう。しかしアルコールなら、あたり一面にしみこんだところでパラフィンオイルよりは健康にいい。

朝食の材料としては、調理が簡単だから卵とベーコンでどうだとジョージは言った。それにハム、紅茶、バターを塗ったパンとジャム。続けてジョージいわく、昼食はビスケットにハム、バターを塗ったパンとジャム——ただし、チーズはだめだぞ。パラフィンオイルと同じく、チーズも自己の存在を主張しすぎる。ボート全体を独占したがるのだ。匂いが食品かご全体に広がって、中のものすべてがチーズ臭くなってしまう。アップルパイも、ドイツソーセージも、苺のクリームがけもあったものではない。どれもチーズだとしか思えなくなるのだ。なにせ、チーズというやつは匂いがきつすぎる。

僕の友人が、リヴァプールでチーズを二個買ったことがある。どちらも素晴らしいチーズだった。とろとろに熟成しきって二百馬力の匂いを放ち、周囲三マイルに影響が及ぶことは必至、二百ヤードなら大の男もぶっ倒れるという逸品である。たまたまリヴァプールに居合わせた僕は、よければロンドンの自宅まで届けてくれないかと頼み込まれた。友人はあと二日ばかり当地で用事があるし、賞味期限がそう遠くはなさそうだからというのだ。

「いいとも、喜んで」と僕は答えた。

友人の宿に寄ってチーズを受け取り、乗合馬車で持って帰った。ひどいオンボロ馬車で、引っぱっている動物は膝もガクガク、息も絶え絶えの夢遊病者だった。御者は「この馬め！」と言っていたが、馬という誇大な呼び名はその場の勢いで口走ったものに違いない。僕がチーズを屋根に乗せると、馬車はよろよろ走りだした。蒸気ローラーにしてはずいぶん速いと思わせるくらいのスピードで、万事はお弔いの鐘なみに陽気だった。だが、角を曲がったところで事態は一変した。ふと吹いてきた風にチーズの匂いが乗って、馬を直撃したのである。馬はいきなり目を覚まし、恐怖のいななきを上げたと思うと、時速三マイルで駆け出した。風は馬の鼻面めがけて吹きつづけたので、通りの端に達するころには時速四マイル近い全力疾走となった。杖《つえ》をついた人や肥《ふと》った老婦人が、どんどん後ろに遠ざかってゆく。

駅に着いても御者だけでは馬が止められず、ポーターふたりが加勢しなければならなかった。ポーターのひとりが機転をきかせて馬の鼻にハンカチをかぶせ、茶色い包み紙の切れ端に火をつけて気をひかなかったら、三人がかりでも怪しいものだったと思う。

僕は切符を受け取り、チーズを抱えてプラットホームを堂々と歩いていった。左右の人々がうやうやしく道を開けた。列車は混んでおり、僕がなんとか見つけたコンパートメントにも七人の先客がいた。気難しそうな老紳士が文句を言ったが、かまわず乗りこんだ。チーズを網棚に乗せると、僕は愛想よくにっこりしながら尻をねじこみ、いやあ暑いですねと言った。しばらくは何事もなかったが、やがて例の老紳士がそわそわしだした。

「どうも空気が悪いですな」と老紳士は言った。

「やりきれませんね」隣の男が口を揃えた。

ふたりは鼻をクンクンさせはじめ、三度目のク、ン、でもろに吸い込んでしまったものだから、それ以上何も言わずに出ていった。次に立ち上がったのはでっぷり肥えたご婦人で、夫ある身の淑女がこのような扱いを受けるいわれはございませんと言い放ち、バッグをひとつ、荷物を八個かきあつめて去っていった。残った四人の乗客はしばらく持ちこたえていたが、隅に座っていたしかつめらしい顔つきの男（服装などから考えるに、葬儀屋らしかった）がふと口を開き、この匂いを嗅いでいると死んだ赤ん坊を思い出しますなと言った。その瞬間、他の三人が出口へ突進し、ぶつかりあって額にこぶをこしらえた。

僕は黒ずくめの紳士にほほえみかけ、ふたりで独占できそうですねと言った。向こうは愉快そうに笑いだし、つまらんことを気にかける人たちがいるものですよと答えた。ところが、列車が走りだすと、さしもの葬儀屋氏も妙に沈み込んでしまったのである。そこで僕は、列車がクルー駅にさしかかったのをきっかけに、よかったら一杯やりに行きませんかと誘った。相手が応じたので、僕らは人ごみをかきわけて食堂車にたどりついた。十五分ばかり大声で呼んだり足を踏み鳴らしたり傘を振って合図したりするうちに、若い女性が寄ってきて、何をお持ちしましょうかと尋ねた。

「あなた、何にしますか？」と僕は連れに聞いた。

男は僕には返事もしなかった。「お姉さん、半クラウン［二・五シリング］ぶんのブランデーをくれないか。水で割らずに頼むよ」

それを飲み干すと、男はすっとその場を離れ、別のコンパートメントに入ってしまった。どうもやり方が卑怯《ひきょう》なようだ。

クルーから先は、混んだ列車の中でコンパートメントを独り占めだった。駅に止まるたびに、コンパートメントが空《す》いているのに気づいた客が殺到してくる。「マリア、早くおいで。あそこだけがら空きだよ」「あらトム、ほんとねえ。あそこにしましょうよ」というわけで、カップルは重い荷物をぶら下げて列車と並走し、真っ先に乗りこもうと人を押しのける。そして女のほうがドアを開けてステップを上がりかけるが、とたんによろめき、後ろの男の腕に倒れこむのだ。他の連中もかわるがわる乗り込んできたが、匂いを嗅ぐとあわてて他のコンパートメントの列に加わったり、差額を払って一等車に乗り換えたりした。

僕はユーストン駅に降り立ち、友人の家にチーズを届けた。奥さんは応接間に顔を出すなり、ぎょっとした様子であたりの匂いを嗅いだ。

「何がありましたの？　どんな悪いことでも、包み隠さずおっしゃって」

僕は答えた。

「チーズです。トムがリヴァプールでチーズを買って、僕に託したんですよ」

そして僕は、どうかご理解いただきたいが本件は僕とは何の関係もないのだと言い添えた。もちろんそうでしょうとも、トムが帰ってきたらとっくり話を聞かせてもらいますわと奥さんは答えた。

ところが、友人はリヴァプールでの用事が長引いた。三日待っても帰ってこないので、奥さんは僕の下宿にやってきて尋ねた。

「あのチーズはどうしたらいいのか、トムは何か申しておりました？」

乾燥しない場所に保管のうえ、誰も手を触れないようにとのことでしたと僕は答えた。

奥さんは言った。

「手を触れるような者はおりませんわ。あのう、トムはチーズの匂いを嗅いだんでしょうか?」

嗅いだはずです、ずいぶん気に入った様子でしたからと僕は答えた。

「誰かに一ソヴリンやって土の中に埋めさせようかと思っているんですけど、そんなことをしたらトムが怒りますかしら?」

二度と奥さんに笑顔は見せないでしょうな、と僕は答えた。

奥さんは何か思いついたらしかった。

「もしよろしければ、お宅で預かっていただけません? 人をやってお届けいたしますわ」

「奥さま」と僕は答えた。「僕は、個人的にはチーズの匂いを好むものであります。先日、リヴァプールからチーズを携えて列車に乗った経験も、楽しい休暇の愉快な結末として思い出に残ることでしょう。しかしながら、この世間では他人を気づかわねばなりません。僕が間借りの栄誉に与《あずか》っている女性は寡婦であり、かつまた天涯孤独の境涯でないとも言い切れないのです。彼女は、『してやられる』と彼女が呼ぶところの事態に対して多大なる嫌悪を抱いており、つね日ごろからそれを熱弁してやみません。僕の直感によれば、ご夫君がお買いになったチーズが家内に持ち込まれたなら、彼女は『してやられた』と考えることでしょう。未亡人にして天涯孤独の身の上なる女性に一杯くわせた男として世間に指弾されては、僕としても立つ瀬がないのであります」

「よく分かりました」と言って、奥さんは立ち上がった。「こうなっては仕方ございません。あのチーズがなくなるまで、子供たちと一緒にホテルに泊まることにいたします。あんなものと一つ家に暮らすなんて、とうてい無理ですもの」

その言葉どおり、奥さんは下働きの女に後事を託してホテルに移った。匂いが我慢できるかと尋ねられると、この女は「何の匂いでございますか?」と聞き返した。チーズのそばに寄ってうんと嗅いでごらんと命じられると、なんだかメロンみたいな香りがしますわね、と答えた。これならチーズの匂いが充満した家でも大して健康を損ねたりはすまいということになって、後に残されたのである。

ホテルの勘定は、蓋をあけてみると十五ギニーになっていた。計算してみたところ、チーズ一ポンドあたりの費用が八シリング六ペンスだったそうである。チーズを愛することでは人後に落ちないつもりだが、これでは手に余るというのが友人の弁だった。そこで彼は、チーズを捨ててしまうことに決めた。まずは運河に投げこんだが、はしけの船頭たちから苦情が出て引き揚げるしかなかった。船頭たちの言うには、その近くにさしかかると気が遠くなるのだそうだ。そこで友人は、暗闇にまぎれて教会の霊安室に忍びこみ、チーズをこっそり置いてきた。ところが検視官がチーズを見つけてしまい、ひと悶着《もんちゃく》が持ち上がった。

これは死人をよみがえらせて俺の仕事を奪う陰謀だ、と検視官は言うのである。

友人がようやっとチーズとおさらばできたのは、海岸の町に出かけてビーチに埋めてからだった。おかげで、その町は急に評判が高くなった。ここの空気はピリッとして実に爽快だ、どうして今まで気づかなかったんだろうと保養客が言いだしたのである。虚弱体質や肺病の患者がどっと押しかけ、町は長きにわたって栄えた。

というようなわけで、チーズ好きの僕も今回はジョージの意見に賛成したのだった。

「午後のおやつ《ティー》は要らないだろう」とジョージは続けた(ハリスの表情が目に見えて曇った)。「そのかわり、七時の夕食はたっぷり豪華にやっつけよう——夕食とティーと夜食をひとまとめにして」

これを聞いて、ハリスも元気を取り戻した。ジョージが挙げたメニューは、肉とフルーツのパイ、ハム、トマト、生のフルーツ、サラダである。飲み物は、ハリスお手製のすばらしく濃厚な液体を持っていく。これを水と混ぜると、レモネードに早変わりするのだ。それからお茶をたっぷり。ウィスキーもひと瓶持っていくが、これはボートがひっくり返ったときの気付け用だとジョージは言った。

僕は思った。ジョージのやつ、いやにボートがひっくり返る心配ばかりするじゃないか。旅行のしょっぱなから、こう不景気では困ったもんだ。

けれども今にして思えば、ウィスキーを持っていったのは正解だった。

ビールやワインは外した。ボート旅行にはふさわしくない。眠くなって、やる気がそがれてしまう。宵の町に繰りだして女の子の噂《うわさ》でもしようというならビールやワインもいいが、照りつける太陽の下でオールを漕いでいるときに飲むものじゃない。

こうして携行品を挙げてゆくと、その晩の散会までにずいぶん長いリストができた。一夜明けた金曜にリストの品々を手に入れ、夜にまた集まって荷造りをした。衣類は大きな旅行鞄《かばん》に入れ、食べ物と調理用具は二個のかごへ。僕らはテーブルを壁ぎわに立てかけ、空いた床の真ん中にあらゆる品を積み上げると、周りに腰を下ろして眺めた。

荷造りは俺がやるよ、と僕が言った。

僕は荷造りの腕がいささか自慢だ。他の誰よりも自分のほうがうまいと思える仕事はいろいろあるが（ありすぎて時々自分でも驚くくらいだ）、荷造りもそうである。僕はジョージとハリスにそのことを強調し、一切合財まかせろと言った。ふたりは気味悪いくらい素直に従った。ジョージはパイプをくゆらせながら安楽椅子に沈みこんだし、ハリスもテーブルに両脚を上げて葉巻に火をつけた。

そんな反応を期待していたわけではない。僕のもくろみは、言うまでもなく、自分がボスになってハリスとジョージをこき使うことだった。ときどきふたりを押しのけて、「おい、何やってんだ——！」とか、「仕方ないな、ちょっと代われ」とか、「ほら、簡単じゃないか！」などと——要は、教え役に回るつもりだったのだ。なのにふたりがあんなふうに受け取ったものだから、僕は頭に来た。こっちが働いているのに他の人間がのんべんだらりと座っているのを見ることほど、頭に来る経験はない。

僕をまさにそんな目に遭わせて頭をかきむしらせたのが、かつて同じ下宿にいた男だった。ソファに長々と寝そべったまま、僕が何時間もぶっとおしで働いているのをひたすら目で追っているのである。君がしゃかりきになっている様子は見ていて実にいい教訓になる、というのがその男の言い草だった。人生は指をくわえてぼんやり浪費すべきものではなく、義務と重労働に満ちた高貴な責務であるということが身にしみる、と。その上、こんなことまでほざいたものだ——まったく君と出会えてよかった、僕に初めて仕事を与えてくれたんだから。君が働いているところを眺めるという仕事をね。

こんな人間とは、僕は出来が違う。他人が汗水たらして働いているのをじっと眺めているなんて、性分が許さない。立ち上がって彼らを監督し、ポケットに手を突っ込んで歩き回り、次から次へと指示を飛ばしたくてしょうがなくなる。人間がエネルギッシュにできているので、どうしようもないのだ。

それでも、この時の僕は何も言わずに荷造りを始めた。思っていたよりも長い仕事になったが、やっとのことで鞄に詰め終えると上から体重をかけてふたを閉め、革紐でしばった。

と、そこでハリスが言ったのだ。「ブーツは入れないのかい?」

僕は振り返り、ブーツを入れ忘れたのに気づいた。まったく、ハリスらしいやり口だ。ふたが閉まって革紐が結ばれたあとに、やっと口を出すのだから。しかも、ジョージが笑ったのだ——ジョージ独特の、人をいらつかせる、無神経な、大口開けた馬鹿笑いである。あれを聞くと、僕は暴れたくなってしまう。

鞄を開けて、ブーツを詰めこんだ。そしてまた閉める段になって、恐ろしい疑念が浮かんだのだ。歯ブラシは入れただろうか？　どういうわけか知らないが、僕は歯ブラシを鞄に入れたかどうか思い出せたためしがない。

旅行中の僕をたえず苦しめ、人生を悲惨にするものが歯ブラシである。歯ブラシを入れ忘れた夢を見て、冷や汗ぐっしょりで目を覚まし、ベッドから起き出して歯ブラシを探す。そして朝になると、使わないうちに荷物に入れてしまい、また荷ほどきして探す破目になる。しかも、歯ブラシは他のすべてを出し終わるまで見つからないのだ。そしてもう一度荷物を詰めこむが、歯ブラシだけは入れ忘れる。ぎりぎりになってから階段を駆け上がって歯ブラシをひっつかみ、ハンカチにくるんで駅に駆けつけるしかない。

言うまでもなく、今回も僕はありとあらゆるものを鞄から取り出さねばならず、これまた言うまでもなく、歯ブラシだけは見つからなかった。ひっかき回して探すうちにいろんな品物がごちゃごちゃになり、世界が創造される以前の混沌《こんとん》を思わせるようになってきた。言うまでもなくジョージとハリスの歯ブラシは十八回も見つかったが、僕のだけは見つからないのだ。僕は出した品物をひとつひとつ手に取り、振ってから鞄に戻していった。歯ブラシはブーツの中にまぎれこんでいた。やれやれ、また一から荷造りだ。

荷造りが終わったとき、ジョージが石鹼は入れたかと尋ねた。石鹼が入っていようがいまいが知ったことではないと僕は答え、鞄のふたをバタンと閉めて革紐でしばったが、そのとたん、刻み煙草の袋を入れてしまったことに気づいた。また開けるしかない。鞄がついに閉まったときにはもう十時五分で、しかも食品かごの荷造りが残っていた。そこでハリスが口を出し、出発まで十二時間もないのだから俺とジョージが代わったほうがいいだろうと言った。僕が同意して腰を下ろすと、ハリスとジョージは仕事に取りかかった。

お手本をよく見とけ、と言わんばかりの気軽な態度である。僕は一言も口出しせず、ひたすら見守っていた。もしジョージが絞首刑になって死んでしまったら、世界で一番荷造りの下手な人間はハリスだろう。皿やカップ、ケトル、瓶とジャー、パイ、コンロ、ケーキ、トマトその他もろもろの品が山と積まれているのを見ながら、僕はそのうち面白いことになるぞと考えた。

期待どおりだった。最初に、ふたりはコップを割った。さあ、これからだ。コップなんぞはほんのお座興、前宣伝に過ぎない。

それからハリスが、トマトに苺ジャムの瓶を乗せて押しつぶしてしまった。トマトはティースプーンでかき出すほかなかった。

続いて、ジョージがバターを踏んづけた。僕は一言もいわず、近くのテーブルの端に腰かけて眺めてやった。百の言葉よりも、このほうが連中の癇《かん》にさわるのだ。効果はてきめんだった。僕が眺めているせいでふたりはプレッシャーを感じ、物を踏んづけたり、後ろに置いた品をいざという時に見つけられなくなったりした。パイをいちばん底に詰め、上から重いものを入れてぺちゃんこにつぶしたりもした。

塩は四方八方にぶちまけるし、いやはや、バターときたら！　一シリング二ペンス分のバターでこれだけの芸当をやってのける二人組を、僕は見たことがない。部屋履きの底からジョージが引きはがしたバターを、ふたりはケトルに入れようとした。ところが全部は入らず、入った分は出てこようとしないのだ。それでもなんとかすくい出したやつを椅子に置いたところ、ハリスが上に座ったので尻にくっついてしまい、ふたりはバターを探して部屋じゅうをウロウロしはじめた。

「確かにあの椅子に置いたんだがなあ」と、ジョージが空の椅子をにらみつける。

「うん、さっき俺も見たぞ」とハリス。そこでふたりはまたぐるぐる歩きはじめ、部屋の真ん中で出会って顔を見合わせた。

「こんな不思議なことは初めてだ」とジョージが言うと、「まったく謎だなあ！」とハリスも言った。

それから、ハリスの後ろに回ったジョージがバターに気づいた。

「なんだ、さっきからそこにあったんじゃないか」ジョージはカッとなった様子で叫んだ。

「どこに？」と言いながら、ハリスがくるりと身をひるがえす。

「こらっ、動くな」ジョージはわめき、飛ぶようにしてハリスの後ろに回った。

ふたりはようやっとバターを回収し、ティーポットに入れた。

もちろん、モンモランシーは最初から最後まで騒ぎに加わっていた。この世におけるモンモランシーの野心は、人の邪魔をして怒鳴られることにつきる。自分がいちばん必要とされていない場所に這いずり込んでさんざっぱら面倒を起こし、カンカンになった人間から頭に物でも投げつけられれば、有益な一日を過ごしたと満足できるのだ。

モンモランシーの究極の目標は、誰かが自分につまずいて転び、たっぷり一時間も罵りつづけてくれることである。それを達成したときの誇らしげな態度ときたら、まったく勘弁ならない。

食品かごに詰められようとしている物があれば、モンモランシーは狙ったようにその上に座った。ハリスやジョージが何かに手を伸ばせば、求められているのは自分の冷たく湿った鼻だという固定観念のもとに鼻面を突き出す。ジャムに足をつっこみ、ティースプーンをおもちゃにする。さらには、鼠に見立てたレモンを退治しようと食品かごに飛び込み、三匹やっつけたところでハリスからフライパンの一撃を食らった。

ハリスは、僕がモンモランシーをけしかけていると文句を言った。冗談じゃない。ああいう犬はけしかける必要なんかない。モンモランシーがあんなことをするのは、生まれながらにそなわった原罪のせいだ。

荷造りは十二時五十分に終わった。ハリスは大きな食品かごに腰を下ろし、開けたときに壊れている物がないといいがな、と言った。壊れる物はどうせもう壊れているさ、とジョージが言い、自分の言葉に慰められたようだった。ジョージは続けて、僕はもう寝るよと言った。三人ともそのつもりだった。ハリスも僕らと一緒に泊まってゆくことになっていたので、みんなで二階に上がった。

僕らはコインを投げて寝る位置を決め、ハリスが僕と同じベッドで寝ることになった。するとハリスは言った。

「内側と外側、どっちに寝たい？」

シーツの外で寝るのはごめんだね、と僕は答えた。

その冗談は古いよ、とハリスが言った。

ジョージが口をはさんだ。「明日は何時に起こそうか？」

ハリスが言った。「七時」

僕は言った。「いや——六時に頼む」早起きして手紙を何通か書きたかったのだ。

ハリスと僕はそのことでちょっと言い争ったが、最後に中間を取って六時半にした。

「六時半に起こしてくれよ、ジョージ」と僕らは言った。

ジョージは返事をしなかった。近寄って見ると、さっきからもう眠っている。そこで、朝起きたジョージが足をつっこみそうな位置にたらいを仕掛けておいて、僕らもベッドに入った。

第5章

ミセス・Pに起こされる――惰眠をむさぼるジョージ――「天気予報」なるものの詐欺性――僕らの荷物――ある少年の悪行――人々集まる――光栄ある出発とウォータールー駅到着――サウス・ウェスタン鉄道関係者一同、列車の運行などという俗事を超越――青空のもと、ボートは出発

翌朝、僕らを起こしてくれたのはミセス・ポペッツだった。

「もしもし、もう九時近くになりますけど」

「何時ですって?」ガバと身を起こしながら僕は叫んだ。

「九時ですよ」と、鍵穴の向こうからミセス・ポペッツが言った。「寝過ごされたんじゃないかと思いましてね」

僕はハリスを起こして事情を話した。ハリスは言った。

「六時に起きるとかなんとか言ってなかったか?」

「そうさ」

「なら、どうして起こしてくれなかった? これじゃあ、昼過ぎまで河に出られないぞ。だいたい君は、起きる気があるのか」

「あるから君が助かったんじゃないか。僕が起こさなかったら二週間は眠りこけていたくせに」

それからの数分間、僕らはこんな調子でいがみ合っていた。と、そこに響いてきたのが、ジョージの恥ずかしげもない大いびきである。ミセス・ポペッツに起こされてからこっち、僕らはジョージがいることをすっかり忘れていた。見ると、ぐうぐう眠っている——何時に起こそうか、と恩着せがましく聞いた当人だというのに、天井を向いて口をぽっかり開け、膝を立てて。

どういうわけかさっぱり分からないが、僕は自分が起きているときに他人が寝ているのを見ると無性に腹が立ってくる。人生の貴重な数時間が——二度と戻らぬ、かけがえのない時が——動物じみた惰眠に費やされているのを見ると、ショックを受けずにいられないのだ。

ジョージのやつは、この上なく大切な時の贈り物をだらしなく浪費している。人生の貴重な一刻一刻に責任を持たなければならないはずの男が、時の過ぎ去るまま無為に過ごしている。本来なら、たった今もベーコンエッグを腹に詰めこみ、犬をからかい、メイドといちゃついているべきなのに、この男はベッドに身を投げ出し、眠りに沈んで魂を失っているのだ。

考えただけでも恐ろしい事態だった。ハリスと僕は、同時にそのことに思い至ったようである。ジョージを救ってやらねばと僕らは判断し、高潔なる決心のもとに自分たちの争いを忘れた。僕らはジョージに飛びかかり、寝具をひっぱがした。ハリスはスリッパで一発くらわせるし、僕は耳元でがなり立てた。そこで、ジョージも目を覚ました。

「何ら？　ろうした？」と言いながら、ジョージは身を起こした。

「起きろ、このぐうたら！」ハリスが怒鳴った。「もう十時前だぞ」

「なにっ！」と叫んだジョージは、ベッドから飛び出しざま、たらいに足を突っ込んだ――「誰だ、こんなもの置きやがったのは？」

気づかないほうが間抜けなんだ、と僕らは言ってやった。

ざっと服を着終わり、最後の仕上げという段になって、僕らは歯ブラシとヘアブラシと櫛を荷造りしてしまったことに気づいた（あの歯ブラシのやつ、いずれ僕の命取りになるに違いない）。やむを得ず、階段を下りていって鞄の中から探し出す破目になった。歯磨きが終わると、ジョージが髭剃り用具を出してくれと言い出した。今朝は髭を剃らずに出勤してもらうしかない、と僕らは言い渡した。相手がジョージだろうと誰だろうと、またぞろ鞄を開けるのだけはごめんだ。

ジョージは言った。「おい、冗談じゃないぜ。こんななりでシティに行けるか」

なるほど、むさ苦しい髭面を見せられてはシティが迷惑だろうけど、たかが他人の苦しみに何を構っていられよう？　ハリスがいかにも彼らしく下品に言い放ったように、ここはシティに泣きを見てもらうしかねえやな、というわけである。

僕らは朝食のために一階へ下りた。モンモランシーは二匹の犬を見送りに招待しており、三匹は暇つぶしに玄関先で喧嘩していた。僕らは傘を使って犬たちを引き離し、厚切り肉《チョップ》とコールド・ビーフの前に腰を下ろした。

「いい朝飯を食わないことには、なにも始まらんよ」とハリスが言った。チョップを二枚取りながら説明するには、コールド・ビーフは待たせておいても大丈夫だからチョップを熱いうちにやっつけるとのこと。

ジョージが新聞を取り上げ、ボートで死亡事故があったという記事や、天気予報を読み上げた。予報は「雨、肌寒い一日、雨のち晴れ」などと悲観的見通しのオンパレードで、「ところにより一時雷雨、東風。中部地方（およびロンドン、チャネル諸島）全般に低気圧。晴雨計は下降中」とある。

僕らを日々悩ませる馬鹿馬鹿しいたわごとの種は尽きないが、その中でも天気予報なるものはいちばん悪質な詐欺だと思う。そこで「予報」されているのは、昨日おといの出来事か、今日起ころうとしているのと正反対の出来事ばかりなのだから。

ある年の晩秋、地元紙の天気予報を信じたせいでせっかくの休日を棒に振ってしまったことがある。その日は月曜で、朝の新聞に「雷を伴った豪雨の可能性あり」と予報が出ていた。そこで僕らはピクニックを中止し、家に引きこもって、雨が降りだすのを待った。馬車に乗って行楽地に向かう人々が、この上なく楽しげな様子で窓の外を通り過ぎてゆく。太陽はさんさんと輝き、空には雲ひとつない。

「かわいそうに、帰りはずぶ濡れだな！」外の人々を眺めながら僕らは言ったものだ。

連中はどれだけひどい目に遭って帰ってくるだろうとほくそ笑んだ僕らは、部屋に戻って暖炉の火をかき立て、本を読んだり、海藻や貝殻の標本を整理したりして過ごした。十二時ごろには、注ぎこむ日の光が暖炉とあいまって、やりきれないほど暑くなってきた。雷を伴った豪雨が始まるのを、僕らは今か今かと待ちつづけた。

「きっと午後からが本番なんだよ」僕らは言い合った。「見てろ、やつら、ずぶ濡れになって帰ってくるから。愉快じゃないか！」

午後一時におかみさんが入ってきて、こんなにいいお天気なのにお出かけにならないんですか、と聞いた。

「いやいや」と、僕らは訳知り顔で笑った。「ごめんですね。ひとさまはさておき、僕らは濡れたくないから――いや、まったくの話」

ところが、夕方近くなっても雨が降る様子はない。僕らもさすがにじりじりしてきたが、これはきっと、みんなが帰りはじめるころにいきなりザアッとくるんだと考えて元気を取り戻した。いまに見ろ、ちょうど駆け込む場所のないあたりで大雨になって、頭からつま先まで水びたしになるから、と。ああそれなのに、空からはついに一滴の雨粒さえ降ってこなかったのである。輝かしい夕映えのあと、心地よい夜が訪れた。

翌朝の新聞には、「暖かで終日晴れ模様、日中はかなりの気温上昇」とあったので、僕らは軽装で出かけた。すると、三十分後には激しい雨が降りだし、身を切るような冷たい風が吹きはじめた。ごていねいに雨も風も一日じゅう続き、家に帰りついた僕らはみんな風邪とリウマチにやられていて、ベッドに直行するほかなかった。

天気というやつは、まったく僕の手に負えない。理解を絶している。晴雨計なんてものも、ちっとも役に立たない。新聞の天気予報と同じくらい嘘八百だ。

去年の春に泊まったオックスフォードのホテルにも晴雨計が掛かっていて、僕が着いたときには「終日晴れ」を指していた。外はざんざん降《ぶ》り、それも朝からそうだったのだが。いったいどういうことなのだ。試しに晴雨計を叩いてみると、針はクルッと動いて「たいへん乾燥」を指した。そこに靴磨きの男が通りかかり、こりゃあ明日のことですよ、と言った。先々週の間違いじゃないのかい、と僕は言ったが、なあに、明日でさあね、と靴磨きは譲らなかった。

翌朝もういちど叩いてみると、針はさらに晴れのほうに振れた。外の雨脚《あまあし》はいっそう強まっていた。水曜日にまた叩いてみると、針は「終日晴れ」「たいへん乾燥」「炎暑」を通り過ぎ、止め釘に当たって動かなくなった。針としては全力で頑張っているのだが、器械の構造上、それ以上いい天気を予報しようとすると壊れてしまうのである。針のほうでは、旱魃《かんばつ》に水不足、日射病、砂嵐といった事柄を予報したくてたまらないらしいのだが、止め釘が邪魔するせいで、「たいへん乾燥」などという月並みに甘んじるしかないのだった。

その間も、外では滝のような豪雨が続き、河の堤防が切れたので町の低い部分は水没してしまった。

そこにまた靴磨きがやってきて、いつかは上天気が続くってことですよ、と言った。そして晴雨計の上のほうに印刷されている詩を読み上げてくれたのだが、それはこんなものだった。

遠き未来の洞察は末ながき知恵
近き未来の予測はうたかたの夢

けっきょく、その夏は一度もいい天気にならなかった。おそらく、晴雨計は翌年の春のことを言っていたんだろう。

今言ったのは旧式の円形晴雨計の話だが、新式のやつは縦長である。こいつは僕にはちんぷんかんぷんだ。このタイプの晴雨計は左右に分かれており、左側には昨日の午前十時の天気、右側には今日の午前十時の天気が示されているのだが、そもそも十時なんていう早い時刻に晴雨計を見に行けるとは限らない。雨と晴れのあいだで上下する針と、風量によって上下する針があり、後のほうは一方の端にNly、もう一方の端にElyと書いてあるが、いったいイーリーの町と何の関係があるのだろうか。[1] そしてこの手の晴雨計は、叩いてもウンともスンとも言わない。まずは海抜に合わせ、それから華氏に換算しなくてはならないのだが、そうしたところで何も分からないのである。

だいたい、先の天気を教わりたい人間なんているんだろうか？ 天気は悪いときには悪いのであって、予報を見てみじめになるだけ損というものだ。ただし、僕らが好きなタイプの天気予報者もいる。ここぞという日に限って空が真っ暗な折などに、い

1 示されているのは風量ではなく風向。Nly は Northerly（北風）、Ely は Easterly（東風）の略である。

かにも事情通らしい様子で地平線を見渡してこう言ってくれる爺《じい》さんだ。

「いやいや、こいつは間違いなく晴れますよ。こういう雲は、切れるものと決まってまさあね」

「なるほど、経験者の知恵だ」と僕らは言い、愛想よく別れを告げて出発する。「長く生きてきた人間は違うなあ！」

爺さんに対する僕らの好意は、空が晴れるどころか一日じゅう雨だったとしても変わらない。

「仕方ないさ、あの爺さんだってベストを尽くしてくれたんだから」

ところが、悪い天気を予言する人間に対しては、僕らは悪意と恨みしか抱かないのである。

「ねえ、おじさん、この雨は上がると思う？」と、僕らは通りすがりに陽気な声で尋ねる。

「いけませんや。一日じゅう降りっぱなしでさあね」相手は首を振りながら答える。

「なんだ、あの老いぼれ！」と、僕らはぶつくさ言う。「あんな年寄りに、天気のことなんか分かるもんか」悪い予測が当たったりしようものなら、悪天候は爺さんのせいであるような気がして、いっそうむかっ腹《ぱら》が立ってくる。

もっとも、この朝は申し分のない上天気だったから、いくらジョージが「晴雨計は下降中」だの「斜めに張り出した暴風雨前線が南ヨーロッパを通過中」だの「低気圧が発達中」だのという血も凍るような予報を読み上げても、僕らは気にしなかった。ジョージのほうでも、僕らをみじめな気分にさせようと努力するだけ無駄だと気づいたらしく、僕が丹念に巻いておいた煙草をくすねて出ていった。

テーブルに残った食べ物を平らげてしまったハリスと僕は、荷物を玄関口まで運び、辻馬車《つじばしゃ》が通るのを待った。

まとめて積み上げてみると、ずいぶんな大荷物に思えた。大きな旅行鞄に小型の手提げ鞄、食品かごがふたつ、三人分の毛布をまとめた大きな包み、コートとレインコートが四、五枚、傘が数本、大きすぎてどこにも入らなかったメロンが一個、別の袋に葡萄《ぶどう》が数ポンド、日本製の紙の傘、それにフライパン。こいつは長すぎておさまらず、茶色の包装紙でぐるぐる巻きにしてある。

たいそうな大荷物のようで、ハリスと僕は無性に気恥ずかしくなってきた。辻馬車はいっこうに来ない。そのかわりに姿を見せたのが街の小僧っ子どもで、興味津々《きょうみしんしん》の様子で足を止めはじめた。

　最初にやってきたのは、ビッグズの店で使っている小僧だ。ビッグズはうちに出入りする青物屋だが、この男の得意技は、これまで文明が生み出したうちで最も破廉恥かつちゃらんぽらんな小僧を雇い入れることである。この近辺で並外れて兇悪《きょうあく》な少年犯罪が発生すると、僕らはビッグズが最近雇った小僧のしわざだと直感するのだ。なんでも、一八七二年にグレイト・コーラム・ストリートで娼婦殺しが起きたときには、ビッグズの小僧（当時の小僧である）が下手人《げしゅにん》に違いないと、僕が下宿している通りの住民全員が即座に断定したものらしい。事件の翌朝、御用聞きに来た小僧は十九番地さんに厳しく尋問された（二十一番地さんもたまたま居合わせたので、尋問に加わった）。完璧なアリバイを証明できたからよかったものの、そうでなければ危ないところだったという。僕は当時の小僧を知らないのだが、自分の知っている歴代の小僧どもから類推するに、このアリバイとやらは眉唾物だと思う。

　さて、そのビッグズの小僧が角を曲がってやってきた。僕らの視界に入ってきたときには明らかに大急ぎの様子だったが、ハリスと僕とモンモランシーと荷物に気づくや、歩調をゆるめて厚かましく観察しはじめた。ハリスと僕は小僧を睨《にら》みつけてやった。多少とも感受性のある人間ならこれで怖気《おじけ》づくところだろうが、ビッグズが雇う小僧どもは神経が太くできている。玄関先の階段から一ヤードの地点でピタリと足を止めた小僧は、手近な柵にもたれ、嚙《か》み心地のよさそうな麦わらを一本選んで口に入れると、まっすぐこっちに目を据えた。事の成り行きを最後まで見届けるつもりらしい。

しばらくすると、食料品店の小僧が通りの反対側をやってきた。ビッグズの小僧が怒鳴る。

「おーい! 四十二番地の一階さんが引っ越しだぜ」

食料品店の小僧は道を渡ってくると、階段の反対側に陣取った。それから、靴屋に雇われている若紳士が足を止め、ビッグズの小僧の隣に立った。さらに、パブ〈ブルー・ポスト〉で空き缶の管理を任されている少年が現れ、歩道の縁石の上に独自の位置を占めた。

「これだけありゃあ、ちっとやそっとじゃ飢え死にしねえな」靴屋の若紳士が言う。

「そりゃそうよ」〈ブルー・ポスト〉が混ぜ返す。「大西洋を小さいボートで横断しようってときにゃ、おめえだってあれくらい持って行かあな」

「大西洋横断なんかじゃねえよ」とビッグズの小僧。「スタンリーの居所を突き止めに、アフリカへ渡ろうってのさ」[2]

そのころにはかなりの人だかりができて、何事でしょうと尋ねあっていた。一方の勢力（若くて軽薄な連中）は結婚式だと言って、花婿はあれだよとハリスを指さした。年を取って分別くさくなった一派は、いやいやこれはお葬式でしょうと言い出し、あちらが故人の弟さんらしいですよと僕に目を向けた。

やっとのことで、空の辻馬車が通りかかった（普段なら、用もない辻馬車が一分に三台の割合で通ったりそのへんにたむろしたりして、実に邪魔なのだが）。僕らは積み上げた荷物の隙間になんとか乗り込み、決して離れぬ誓いを立てたらしいモンモランシーの仲間たちを追い払うと、群衆の歓呼に送られて出発した。ビッグズの小僧が、幸運を祈ってニンジンを一本投げてくれた。

十一時にウォータールー駅に着き、十一時五分発の列車はどこから出るのか尋ねた。もちろん、誰も知りはしない。列車の出るホームを知っている人間などウォータールー駅にはいないし、列車が出てからも、行き先をちゃんと分かっている乗務員がいたためしはないのだ。荷物を運んでくれたポーターは、その列車なら二番線でしょうと言ったが、別のポーターが口をはさんで、一番線から出るとの噂《うわさ》を聞いたという。さらに駅長は、その列車なら地元列車用のホームからですよと断言した。

これでは埒《らち》が明かないと見た僕らは、二階に上がって路線管理係に尋ねた。すると、ついさっき会った男がその列車を三番線で見かけたと言っていましたよ、とのこと。僕らは三番線に行ってみたが、三番線の当局者は、いまここに停車中なのはサウサンプトン行きの急行か、さもなければウィンザー方面の環状線のはずだと言い張る。と

2　ジャーナリスト・探検家のヘンリー・モートン・スタンリー（一八四一～一九〇四）は、行方不明になっていた宣教師・探検家のデイヴィッド・リヴィングストンを一八七一年にタンガニーカ湖畔（現在のタンザニア）で「発見」したことで名を揚げたのち、ベルギー王レオポルド二世の私領〈コンゴ自由国〉設立に手を貸した。さらに、『ボートの三人男』出版の二年前である一八八七年には、エミン・パシャ（スーダンでオスマン帝国の知事として活動したドイツ人）をスーダン人の蜂起から「救出」するために、西海岸からコンゴ河経由ではるばる現地に向かった。スタンリーのスポンサーであるスコットランドの企業家ウィリアム・マッキノン、エミン・パシャの支配域を獲得したいレオポルド二世、そしてスタンリー自身の思惑が複雑に絡み合った出来事だった。エミン・パシャの「救出」に成功したスタンリーは、一八九〇年にイギリスに帰還し、大歓迎を受けることになる。

にかくキングストン行きではないというのだが、どうして違うのかと聞いても答えられなかった。


そのとき、一緒に来ていたポーターが、その列車なら知ってますよ、高架線にいるはずですと言い出した。僕らは高架線に行き、止まっていた列車の機関士に、これはキングストン行きかと尋ねた。機関士は、さあ、はっきりとは言えませんがそんな気がしますねえと言う。とにかく、十一時五分発のキングストン行きでないとすりゃ九時三十二分発のヴァージニア・ウォーター行きか十時発のワイト島フェリー連絡線か何かでしょうから、着けば分かりますよというのだ。僕らは半クラウン硬貨を機関士にそっと握らせ、頼むから十一時五分発のキングストン行きになってくれと懇願した。

「この会社のことだから、君の列車がどこ行きで実際はどこに向かってるかなんて誰にも分かりゃしないよ。道は知ってるんだろう。なら、こっそり出発してキングストンに行ってくれ」

「うーん、どうしましょうかね」と、高潔なる機関士は答えた。「まあ、どうせキングストンには誰かが行かなきゃならないんですから、あたしが行きましょう。あ、もう半クラウンくださいな」

というわけで、僕らはロンドン・アンド・サウスウェスタン鉄道の客となり、キングストンに着いたのだった。

後から聞いたところでは、僕らが乗った列車は実際にはエクセター行きの郵便急行だったらしい。ウォータールー駅ではこの列車を何時間も探し回ったが、ついに行方が知れなかったという。

僕らのボートは、キングストンの橋のすぐ下流で待っていた。ボートに足を向け、荷物を周りに積み上げ、いざ乗船という段取りである。

「ようがすか、旦那」と係の男。

「いいとも」と僕らは答えた。漕ぎ手はハリス、僕は舵《かじ》の綱を握り、モンモランシーは夢も希望もない様子で舳先に座っている。[3] こうして僕らは、二週間の住まいとなるべき川面《かわも》に滑り出した。

---

3 漕ぎ手たちが進行方向とは反対に座るのに対して、舵取り役は進行方向を向いて座る。舵の綱はふつう二本あり、かなり太くて、両肩にひっかける形で先端を握って操る。

第6章

キングストン――イングランド古代史についての有用なる解説――彫刻をほどこした樫の板、および人生一般についての教訓――スティヴィングズ少年の悲しき人生――骨董についての考察――J氏、舵を取っていることを忘れる――それが引き起こした興味深い結果――ハムトン・コートの迷路――ガイドとしてのハリス

晩春というか初夏というかは人それぞれ、とにかく輝かしい朝だった。地面や樹の枝をこれまで薄く覆っていた繊細な草や葉がぐっと緑を濃くし、大人の女になりかけた美しい少女が目覚めの鼓動に身をわななかせるように季節が変わろうとしている。

キングストンの古式ゆかしい通りが水際まで伸びているあたりは、陽光に照らされて一枚の絵を思わせた。はしけの行き交うきらめく川面、樹々の翳《かげ》さす曳舟道《ひきふねみち》、両岸の瀟洒《しょうしゃ》な別荘、赤とオレンジのブレザーを着て力漕《りきそう》するハリス、遠く望まれる

テューダー家の古い灰色の宮殿。それらがひとつになって形作る心地よい絵は、明るいながらに静まり返り、生命感に満ちつつ安らかであって、僕は思わず、昼間から夢想の世界へ誘われていた。

思えばキングストンはいにしえの「キニンゲストゥン」であって、サクソン人の「王たち《キングス》」はこの地で戴冠式を行なった。偉大なるユリウス・カエサルはここでテムズ河を渡り、ローマの軍団が高台に野営した。後の世のエリザベス女王と同じく、カエサルはありとあらゆる場所で一晩を過ごしたようだ。もっともカエサルはわれらが善良なるエリザベス女王より気取り屋だったから、酒場兼宿屋《パブリック・ハウス》に泊まったりはしなかったが。

イングランドの処女王たるエリザベスは、パブときたら目のないほうだった。ロンドンから十マイル以内で少しでも面白そうなパブならば、女王は必ず顔を出したり、足を止めたり、泊まったりしたようである。そこで思うのだが、もしハリスが性根を入れ替えて偉大かつ善良な男になり、英国首相にでも上りつめて死んだなら、ハリスが贔屓《ひいき》にしたパブはこぞってこんな看板を掲げるのじゃないだろうか。「ハリスは当店にてビターを一杯飲んだ」とか、「ハリスは一八八八年の夏に当店でスコッチを二杯飲んだ」とか、「ハリスは一八八六年の十二月に当店からつまみ出された」とか。

いや、それじゃ数が多すぎる！　むしろ、ハリスが行ったことのない店のほうが有名になるだろう。「南ロンドンでハリスが一杯やったことのない唯一の店！」ということになれば、人々がわんさと押し寄せて、いったいハリスは何がお気に召さなかったのか突き止めようとするに違いない。

あのかわいそうな、気の弱い十世紀の王エドウィは、いかばかりキニンゲストゥンを嫌ったことだろう！　戴冠式の祝宴は、彼には耐えがたいものだった。プラムの砂糖漬けを詰め物にした猪《いのしし》の頭などという料理にはぞっとしただろうし（僕もぞっとする）、蜂蜜から作った酒のたぐいにもうんざりだったろう。そこで彼は騒がしい祝宴を抜け出し、愛するエルギヴァとともに静かな月明かりのひと時を楽しんだのだ。

ふたりは手に手を取って窓辺にたたずみ、河に映る静寂な月の姿を眺めたのだろう。遠くの大広間から、野卑な祝宴の騒ぎがかすかな反響となって時おり忍び込んでくる。

だが、それも長くは続かない。粗野なカンタベリー大主教オードと聖ドゥンスタンが静かな部屋に荒々しく入り込み、花のかんばせの王妃に向かって手ひどく毒づいたあと、哀れなエドウィを酔宴《すいえん》の狂騒へと引き戻してゆくのである。

年を経て、軍楽鳴り響く戦いのうちにサクソン人の王も酔漢も枕を並べて葬り去られ、キングストンの偉大さはしばらく衰えることになる。しかし、近隣のハムトン・コートがチューダー家、ついでステュアート家の王宮となったことで、キングストンは復活をとげる。河岸にもやわれた王家の小舟が波に揺れ、鮮やかな色の服に身を包んだ意気揚々たる伊達男《だておとこ》たちが水辺の階段を下りて叫ぶのだ。「おーい、そこな渡し舟！　やや、これはしたり」などと。

この近辺にある古い家の多くは、キングストンが王家の庇護《ひご》を受ける町だった時代を今に伝えるものである。その頃のキングストンでは、貴族や廷臣が王のそば近くに住まい、王宮の門に至る長い道では武具が一日じゅう金属音を響かせ、馬が躍るように歩み、美女たちがシルクやヴェルヴェットをさらさら鳴らしながら通っていったものだった。今もキングストンに残る広々とした邸宅は、その出窓や格子ガラスといい、巨大な暖炉といい、破風造りの屋根といい、ことごとく昔の時代を偲《しの》ばせる――男たちが短袴《ホーズ》と胴着《ダブレット》、女たちが真珠に飾られた胸当て《ストマッカー》を身につけ、何かというと手の込んだ誓いの文句を口にした時代を。これらの家が建てられたのは、「人が家の建て方を知っていた」時代だった。しっかりした赤煉瓦《あかれんが》の壁は時とともに堅固さを増していくし、樫の木で造られた階段も、そっと下りれば決してきしんだりはしない。

樫の階段で思い出したが、キングストンのとある家に、壮麗な彫刻をほどこした樫造りの階段がある。今では市場に面した商店となっているが、かつては間違いなく貴顕紳士の邸宅だったろう。[1]キングストンに住んでいる友人がこの店に帽子を買いにゆき、その日はついうっかりしていたのか、ポケットに手を突っ込んで即金で支払ってしまったことがある。

友人をよく知っている店主は、無理からぬことながら最初はあっけにとられた様子だった。が、すぐにハッと我に返り、このような行動を今後も促進するために何か手を打たねばと考えたらしく、立派な彫刻をほどこした樫の階段があるんですがご覧になりませんか、と誘った。ぜひ拝見したいと友人が答えると、店主は友人を店の奥に案内し、階段を上がっていった。階段の手すりは精緻な職人細工だったし、壁は天井に至るまで、王宮にさえ威風を添えそうな彫刻つきの樫のパネルで覆われていた。

階段の先は居間だったが、これは大きな明るい部屋で、青い壁紙は少々ぎょっとするくらい陽気な模様だった。もっとも、とりたてて何があるというわけでもなさそうだったので、友人はなぜこんな場所に案内されたのかといぶかしんだ。店主は壁に近寄って、拳の先で叩いた。木を叩いたときの音がした。

「樫ですよ。床から天井まで、彫刻つきの樫のパネルなんです。階段でご覧になったでしょう、あれと同じですよ」

「ええっ！　どういうことです」友人は思わずとがめるような声を出した。「まさか、彫刻つきのパネルを青い壁紙で隠してしまったんじゃないでしょうね？」

「そうですとも。いや、ひと財産かかりました。まずは壁一面を板で覆わなきゃなりませんでしたから。でも、これで部屋が明るくなりました。以前は陰気でねえ」

僕としても、この店主を一方的に責める気にはなれない（こう言っておけば、先方も気が休まるだろう）。店主はこの家を住宅として使っているごく普通の人間なわけ

1　この階段はおそらく、一六五一年にパブ〈カースル・イン〉として建てられた、マーケット・プレイスに面した家のもの。「貴顕紳士の邸宅」というのは、ジェロームの文飾か調査不足である（この翻訳の底本として使った一九八二年出版の注釈版による）。ちなみに、ジェロームの時代以降この建物にはさまざまな店が入ったが、二〇一七年現在は衣料品店の〈ネクスト〉になっており、階段の彫刻は〈ネクスト〉が新しい壁板で覆い隠してしまったようである。

で、骨董《こっとう》マニアでもない彼がなるべく家内を明るくしようと思うのは道理である。彫刻つきの樫パネルというやつは眺めるぶんには結構だし、ちょっとばかり家にあっても素敵なものだが、部屋全体がそうだとなると、古いものに興味のない人間にとってはいささか気が重いだろう。教会に住んでいるようなものだ。

この話で悲しいのは、彫刻つきの樫のパネルなどに興味のない店主がそういう居間のある家に住んでいる一方、愛好家がそれを手に入れるにはとんでもない値段を払わねばならないという点だ。どうも、世の中はそういうふうにできているらしい。誰しも自分が欲しいものは手に入らず、必要もない他人がそれを持っているのである。

既婚の男には妻がいるが、そういう連中に限って妻など不要そうだ。一方で、若い独身男は妻がほしいのにどうしても相手がいないと訴える。自分たちの生活もぎりぎりの貧乏な夫婦に八人の元気な子供がおり、金持ちの老夫婦は遺産を受け取る係累もないまま死んでゆく。

女の子たちはどうだろう。恋人のいる子に限って、恋人を有難がらない。恋人なんていないほうがいいわ、だって邪魔なんですもの、あたしじゃなくてミス・スミスやミス・ブラウンに言い寄ればいいのに、あの人たち不器量で年増だから恋人がいないんだし、などと言う。そして自分は恋人なぞ要らず、結婚するつもりもないとのたまうのである。

こんなことをくよくよ考えるのはやめよう。気分が落ち込んでしまう。

僕らが通った学校に、「サンドフォード・アンド・マートン」と呼ばれている少年がいた。[2]本当の名前はスティヴィングズという。あれほど妙ちきりんな少年を僕は知らない。なにしろ、勉強が心底から好きらしいのだ。ベッドに入ったあともギリシャ語を勉強して親に叱られるし、フランス語の不規則動詞ときたら大の好物だった。両

2　『ザ・ヒストリー・オブ・サンドフォード・アンド・マートン』は、トマス・デイ（一七四八～一七八九）作の教訓物語。出版当時からよく売れ、十九世紀を通じて広く読まれた。金持ちのわがまま息子マートンが、貧しく清く正しい少年サンドフォードによって改心させられるという内容である。デイは博愛主義者で奴隷制廃止論者だったが、いささかならず奇矯な人物だった。ジャン゠ジャック・ルソーの『エミール』から影響を受けた結果、孤児院から女児を引き取って自分のために「完璧な妻」に仕立て上げる教育を施そうとして失敗したことでも有名。その過程で、女児の忍耐力を鍛えると称して足元にピストルをぶっ放したり（空砲だったがそのことは教えていなかった）、溶かした蠟を女児の腕にたらしたりもした。

親の誇り、母校の名誉になりたいという薄気味悪い考えに取りつかれており、学校で賞を取りたいとか、大人になったら賢人になりたいとか、病的な野心をいっぱい抱え込んでいた。あんなに変なやつは見たことがない。もっとも、付け加えておくならば、まだ生まれていない赤ん坊なみに人畜無害な男ではあったのだが。

サンドフォード・アンド・マートンは一週間に二度は病気にかかり、学校に出てこられなくなった。病気にかけては、右に出るものがいなかった。周囲十マイル以内で病気が発生すれば、必ずやられてしまうのだ——それも手ひどく。夏のさなかに気管支炎になり、クリスマス時分に花粉症になる。カラカラ天気が六週間も続いた後でリウマチ熱を発する。十一月の霧の中に外出すると、日射病になって帰ってくる。

ある年のこと、かわいそうなサンドフォード・アンド・マートンは笑気ガスの麻酔をかけられて歯をぜんぶ引っこ抜かれ、入れ歯になってしまった。それほど歯痛がひどかったのだ。その上、抜歯手術のせいで神経痛と中耳炎をしょいこんだ。いつでも風邪をひいており、珍しくひいていなかったのは猩紅熱にかかった九週間ぐらいのものだ。しもやけなどはしょっちゅうだった。一八七一年にコレラが大流行した際、僕らの近所では不思議なくらい患者が出なかった。教区全体でコレラを疑われたのはたったひとりで、それが他ならぬスティヴィングズ少年だったのである。

病気になると、床につくほかない。鶏ひき肉の茶碗蒸《ちゃわんむ》しと温室栽培の葡萄をあてがわれたスティヴィングズは、ラテン語の練習問題ができない、ドイツ語の文法書も取り上げられてしまったとすすり泣くのだった。

ひるがえって、僕らはどうだ。一日でも病気になれれば十学期ぶんの勉強が無駄になったって構わないと願っているし、僕らを放っておく口実を両親に与えてやるつもりなどさらさらないというのに、肩こりにさえならないのだ。寒風の中でふざけ回っても、かえって健康になって元気が湧いてくる。体に悪そうなものを食べても、食欲が増して体重がふえるだけ。どう頑張ってみても、病気にはなれないのである。ところが、休みの始まる日になると、風邪だの百日咳《ひゃくにちぜき》だのありとあらゆる病気にかかり、休みじゅうそれが続く。そして学校がまた始まる日になると、病気を引き延ばそうといくら努力してもいきなり治ってしまい、これまでにない健康体で学校に行く破目になる。

ああ、これが人生というものだ。僕らは鎌に刈り取られ、炉で燃やされてしまう草のごとき存在にすぎない。

彫刻つきの樫のパネルに話を戻そう。僕らの遠いご先祖たちは、芸術や美に関してよほど鋭い感覚を持っていたに違いない。なにしろ、今の世で尊ばれる芸術品なるものは、三百年か四百年前のがらくたが掘り出されたに過ぎないのだから。僕らは昔のスープ皿だのビールジョッキだの蠟燭消しだのを珍重するが、いったいそれらには本当に美が内在しているのだろうか。それとも、時間の重みがついた分だけ有難さが増して、僕らの目をくらませているに過ぎないのだろうか。僕らが装飾品として麗々しく壁に掛けておく「古染付《オールド・ブルー》」の皿は、数世紀前には平凡極まる日用品だったわけだ。ピンク色の羊飼い少年や黄色の羊飼い少女の焼物にしても、僕が友人たちに鑑賞させるとさも分かったような賞賛の言葉が返ってくるけれど、十八世紀ごろにはどうということのないマントルピースの飾り物で、むずかる赤ん坊に母親がしゃぶらせたりしていたのである。

未来も事情は同じだろうか？　今日のがらくたは、明日の宝なのだろうか？　僕らがふだん使っている中国趣味《ウィローパターン》の皿は、二〇〇〇年を越えるころには金持ちの家で暖炉の上に並べられるのだろうか？　縁が金色で内側に同じ色のきれいな花（何の花かは不明）が描いてあるカップなど、今はお手伝いの女の子が気軽に落っことして割ったりしているが、そのころには注意深く修復され、特注の台に乗せられて、はたきをかけていいのは一家の奥様だけということになるのだろうか？

僕の家具つき下宿の寝室に飾ってある、陶器の犬などはどうだろう。白い犬である。眼は青い。鼻は繊細な赤色で、黒い点々が入っている。頭はあくまでまっすぐにおっ立て、表情は愛想がよすぎて馬鹿みたいだ。僕はどうも感心しない。芸術作品として見れば、僕を苛立《いらだ》たせる代物だと言っていい。心ない友人連中はからかいの種にするし、下宿のおかみさん本人も気に入っていないらしく、うちの叔母がくれたものですからと言い訳する始末だ。

しかし、これから二百年ほど経って、この犬がどこかから掘り出されるということも大いにありうる。その頃には足がもげ、尻尾も壊れているだろうが、古陶器という触れ込みで売りに出され、ガラスケースにおさめられる。それを人々が、代わる代わる手に取って感心する。鼻の色の深みに目をみはり、失われてしまった尻尾の先はいかばかり美しかったろうと思いを馳《は》せるのだ。

こんにち、僕らはこの犬の美しさが見えないでいる。日没や夜空の星をふだん見慣れているがゆえに、その美しさに圧倒されることがないのと同じだ。陶器の犬にしてもしかり。二二八八年にもなれば、人々は口をきわめてそれを褒めそやすだろう。こんな犬を作る技術は、失われて久しくなっているに違いない。こんなものがどうやって作れたのかと僕らの子孫は不思議がり、ご先祖の知恵をたたえるだろう。そして僕らは、敬慕の念を込めて「十九世紀に隆盛を迎え、これらの犬を作り出した大芸術家たち」と呼ばれるようになるのだ。

僕らのいちばん上の娘が学校で仕上げた「お刺繍《サンプラー》」は「ヴィクトリア時代のタペストリー」と呼ばれ、天井知らずの高値で取引されるだろう。[3] そこらの宿屋で使っている青と白のマグカップは、ひびだらけ欠けだらけの状態で発見され、同じ重さの金《きん》と引き換えに売られて、金持ちがボルドーの高級ワインを飲むのに使うようになるだろう。「ラムズゲイトの思い出」とか「マーゲイト土産」とか書いてある皿で割れずに残ったやつは、日本の観光客が買い集め、古代イギリスの珍品としてエドに持ち帰るわけだ。

と、そこまで考えた刹那である。ハリスが急にオールを放り出すと、席から転がり落ちて尻餅をつき、両脚を空中に突き出した。モンモランシーも、一声吠えたと見る間に宙返りした。重ねておいた食品かごの上半分が跳ね上がって、中身がぜんぶ飛び出した。

僕はちょっと驚いたが、かんしゃくを起こしたりはしなかった。ごく上機嫌な声で、こう尋ねた。

「おいおい！　こりゃまた、どうしたというんだね？」

「どうした、だと？　このバ――」

いや、ハリスが言ったことをここに繰り返すのはやめておこう。たしかに僕が悪かったかもしれないが、いかなる事情があろうとも乱暴な言葉遣いや攻撃的な態度は許されない。ハリスは僕も知るとおりちゃんとした育ちの男なのだから、なおさらだ。誰でも簡単に想像できるはずだが、考え事にふけっていた僕は、舵の綱を操る立場をつい忘れていたのである。その結果、ボートと曳舟道の境界がたいへん曖昧になってしまった。しばらくは、どこまでが僕らのボートでどこからがミドルセックスの岸辺か不分明な状態が続いたが、ややあって整理がつき、僕らはボートを岸から引き離

3　実際、ヴィクトリア朝の女性の一般的な教養とされていた刺繍《ししゅう》は現在では蒐集《しゅうしゅう》の対象になっており、ものによっては数百ポンドで取引されている。

した。

だいぶ漕いだから疲れた、とハリスが言うので、僕はそんなら代わろうと申し出た。今まではふたりともボートに乗っていたが、僕が下りて綱でボートを曳きながらハムトン・コートの前を通り過ぎていった。このあたり、河沿いに伸びたハムトン・コートの古い城壁は実に美しい。僕はここを通るといつでも、壁を眺めた分だけ気分爽快にならずにいられない。何とも優しげで明るくて甘美ないにしえの城壁は、まさに一幅の魅惑的な絵となっている。ある場所には地衣が這い、別の場所には苔《こけ》が生《む》し、あちらでは壁の上から若い葡萄の蔓《つる》がおずおずと覗《のぞ》いて河の忙しい光景を見やり、こちらでは古色を帯びた蔦《つた》が群生している。この古い城壁は、十ヤードごとに五十もの光と陰翳《いんえい》と色合いを持っている。僕にデッサンの心得があり、色彩の操り方が分かっていたなら、あの美しい古壁の素敵なスケッチができるに違いない。ハムトン・コートに住めたならと、僕は何度も考えたことがある。この上なくのどかに静まり返ったこの城は、人ごみと無縁の早朝に歩き回るには絶好の場所だ。

もっとも、夢想を現実に移してハムトン・コートに住んでみたいかと言われると、僕も二の足を踏んでしまう。夜になると、あまりの陰気さに気が滅入ってしまうだろう。パネルを張りめぐらした壁にランプが不気味な影を投げ、かすかな足音が冷たい石畳の廊下にこだましつつ近づいては遠のき、死んだような沈黙を破るものとては自分の心臓の鼓動しかないのだから。

僕ら人間は、男も女も太陽の創造物だ。光と生命を愛する存在なのだ。それゆえ僕らは町や都市に押し寄せ、田園は年を追ってさびれゆくことになる。太陽が照らしているあいだは——自然の精霊が僕らの周囲で生き生きと活動しているあいだは——僕らも開けた丘陵や深い森を十分に愛することができる。けれども夜の帳《とばり》が下り、母なる自然が僕らを残して眠りについてしまうと、事態は一変する。ああ！　世界はあまりに寂しく思われ、僕らは静まり返った家に取り残された子供のように怯《おび》えきってしまう。腰を下ろして泣きじゃくりはじめ、ガス灯に照らされた街路をなつかしみ、人声の響きや活動する社会の頼もしさに恋い焦がれるようになるのだ。黒々とした樹々が夜風にそよぐ巨大な静寂《しじま》の中では、僕らは自分たちがあまりに無力かつ卑小だと感じる。あたりに佇《たたず》む無数の亡霊たちの音もなき溜息が、心を痛ましめるのである。されば我ら、大いなる都市に集おうではないか。何百万のガス灯で巨大な篝火《かがりび》を焚き、ともに叫び歌って勇気を奮い起こそう。

ここでハリスが、君はハムトン・コートの庭園にある生垣の迷路に入ったことはあるかと尋ねた。なんでもハリス自身は、人を案内して一緒に入ったことがあるらしい。入るまえに地図で調べたところ、あんまり簡単そうで馬鹿馬鹿しく見えたという――入場料の二ペンスの価値もないくらいに。もっとも今では、あの地図はいたずら目的で作られたのじゃないかと思えてならないとハリスは言う。実物とは大違いで、人を迷わせる役にしか立たないのだそうだ。ハリスが連れて行ったのは田舎に住む従弟だった。ハリスは従弟に向かって言った。

「まあ、せっかくだから記念のつもりでちょっと入ってみよう。大したものじゃないけどね。迷路と呼ぶのがおかしいくらいなんだ。右へ右へと曲がりつづければいいのさ。十分もあれば出られるから、それでランチにしよう」

ふたりが入ってゆくと、他の人たちが声をかけてきた。もう四十五分も出られないでいるから何とかしてほしいというのだ。よかったら僕についていらっしゃい、一回りしてすぐ出るつもりですからとハリスは答えた。ほんとに助かります、と人々は感謝し、ハリスの後からぞろぞろついてきた。

進んでゆくうちに、やっぱり出られないで困っている他の人たちが次々と加わってきた。しまいには、迷路の中にいる人すべてがハリスの後に従うようになった。右も左もさっぱり分からず、生きているうちに我が家と友人たちに相まみえる望みを捨てていた人たちも、一行を見るに及んで勇気を取り戻し、ハリスを称《たた》えながらついてきた。ハリスの言うには、全部で二十人もいたそうである。朝からずっと迷路の中にいたという赤ん坊連れの女などは、この人を見失ったらおしまいだとばかりにハリスの腕を握って離さなかった。

ハリスは右へ右へと曲がりつづけたが、ずいぶん長い道のりのようだった。すごく大きい迷路なんだね、と従弟が言った。

「ヨーロッパ最大だからな」とハリス。

「うん、そうだろうね」と従弟が答える。「もう、たっぷり二マイルは歩いたよ」

ハリス自身も何だか勝手が違う気がしはじめていたが、そんな様子は見せずに進みつづけた。ところがしばらくすると、そこに落ちている菓子パンはたしかに七分前に見たぞ、と従弟が言い出した。そんなわけがあるもんか、とハリスは言ったが、赤ん坊連れの女が「ありますとも」と逆ねじを食わせた。これはハリスに出会う直前に自分が赤ん坊から取り上げて捨てたものだ、というのである。女はさらに、あなたなんかに会わなきゃよかった、と言い、ハリスを詐欺師だときめつけた。カッとなったハリスは地図を取り出して、自分が正しいゆえんを説明しはじめた。

と、一行の中から声が上がった。「その地図も役に立つだろうさ、いま俺たちがどこにいるのか分かればな」

言われてみると、分からないのである。そこでハリスは、いったん入口に戻ってやり直すのが一番だと述べた。やり直すという部分に関しては賛成の声が少なかったが、入口に戻るのがいいという点では全員が一致したので、一同は向きを変え、またハリスの後について、これまでとは反対に進んでいった。ところが十分ばかりすると、またさっきの場所に戻ってしまった。

ハリスはこれこそ自分の狙いだったと言い訳しようかと思ったが、見ると人々が殺気立っている。そこで、不思議な偶然ですなあと白《しら》を切っておくことにした。

とにかく、これで出発点らしきものができたわけである。自分たちがどこにいるのか分かったのでもう一度地図を見てみると、事態は今までになく明快に思われた。そこで一同は、みたび出発した。

そして三分後、例の場所に戻っていた。

それから先は、どう頑張っても他の場所に出られなくなった。どこで曲がっても、必ずあの場所に戻ってしまうのだ。しまいにはそれがお決まりになったので、何人かの連中はその場から動かず、一行がぐるぐる回ったあげく戻ってくるのを待つ作戦に切り替えた。しばらくしてハリスはまた地図を取り出したが、それを見た群衆は怒りに火がつき、そんなものは細かくちぎってカールさせるのに使ったらいいと罵った。自分の大衆的人気が盛りを過ぎつつあるのを感じざるを得なかった、とはハリスの述懐である。

ついには全員が恐慌をきたし、声を揃えて管理人を呼んだ。管理人がやってきて、迷路の外に梯子《はしご》をかけ、上から大声で案内した。だが、一同はもはや頭が混乱しきっていて、何を言われてもさっぱり飲み込めない。そこで管理人は、いま行きますからじっとしていてください、と怒鳴った。一行はひと固まりになって待った。管理人は梯子から下りて中に入ってきた。

ところが、不運なときはとことん不運なもので、管理人はこの仕事を始めたばかりの新人だった。入ってきたはいいが、ハリスたちのいるところにたどり着くことができず、管理人自身が迷ってしまったのである。ときどき、生垣の向こうを走り回っているのが見える。向こうもこちらが見えた様子で、合流しようと駆け出す。だが五分ばかりも待っていると、案の定さっきの場所に顔を出し、あなたたちはどこをうろついていたんですと憤慨するのだ。

一同がやっと外に出られたのは、年かさの管理人が昼食を終えて戻ってきてからだった。

自分が見たところあれは実に巧妙な迷路だ、とハリスは言った。今回の旅行の帰りにぜひジョージをけしかけて挑戦させてやろうということで、僕らの相談はまとまった。

第7章

日曜の晴れ着をまとったテムズ河——川遊びの服装——男にもお洒落のチャンス——ハリスにおけるセンスの欠如——ジョージのブレザー——ファッション雑誌から抜け出してきたようなお嬢さんふたりと過ごした一日——ミセス・トマスの墓——墓にも棺にもドクロにも興味がない男——ハリス狂乱す——ジョージと銀行とレモネードに対するハリスの見解——ハリス、軽業を披露

ハリスがハムトン・コートの迷路での経験を語ったのは、ボートがモールジーの閘門《ロック1》を通過している最中だった。通過するボートは僕らのだけだったし、規模の大き

1　ロックとは、河の水位にいちじるしい高低差がある地点を船が容易に通れるようにするために設置される建造物。ふたつのゲートに挟まれた閉鎖空間（ロック室）に船が入ると、注水ないし排水によってその空間の水位が調節され、船を上げ下げする仕組みになっている。

いロックなので、しばらく時間がかかったのだ。覚えているかぎり、モールジーのロックで他の舟がいなかったのは初めてである。モールジーは、有名なボールターズ・ロックを含めて、テムズ河随一の混雑するロックだと思う。

そばに立って眺めると、水なんかちっとも見えず、明るい色のブレザー、派手なキャップ、大胆なハット、色彩豊かなパラソル、シルクのラグ、マント、ひらひらのリボン、華奢《きゃしゃ》な白いドレスが目もあやに入り混じっているばかりということがままある。堤防からロックをのぞきこむと、巨大な箱にありとあらゆる色合いの花がでたらめに投げ込まれ、隅から隅まで七色の虹をなして積み重なっているかのようだ。

晴れた日曜のロックはほぼ朝から晩までこんな具合だし、上流にも下流にも、ゲートに入りきれなかった舟が長い列を作っている。舟は絶え間なく行き交い、パレスからハムトン教会までの晴れやかに澄みわたった水面は、黄色に青にオレンジに白、さては赤にピンクと色とりどりに飾られる。ハムトンとモールジーの住民はひとり残らず川遊びの服をまとって集まり、犬を連れてロックのあたりをぶらつく者もあり、恋に身をやつす者もあり、煙草をふかす者もあり、舟を眺める者もありというようなわけで、男たちのキャップとジャケット、女たちの華やかなドレス、はしゃぎまわる犬、河を滑りゆく舟、白い帆、美しい風景、きらめく水と相まって、これぞまさに、すすけて古ぼけたロンドンの近くで見られる眺めとしては陽気の極致と言っていい。

川遊びはお洒落《しゃれ》のいい機会だ。この時ばかりは、男たちも色の組み合わせが女の専売特許でないことを誇示していいし、僕らもその気になればうんと粋にやれるのだ。僕の髪は服にちょっぴり赤を効かせるのが好きだ——赤と黒の取り合わせである。僕の髪は金色がかった茶色で、よく人にほめられるが、この髪の色にダークレッドがぴったり合う。僕の見立てでは、ライトブルーのネクタイはいつでもよく映えるし、茶色の靴や赤いシルクのハンカチと取り合わせてもいい——川遊びの場合、ベルトではなくハンカチでズボンを締めたほうがぐっと引き立つものだ。

ハリスはいつでもオレンジと黄色の組み合わせにこだわっているが、僕はちっとも感心しない。ハリスの顔色は、黄色を着るには黒すぎるのだ。黄色がハリスに似合わないという点は、いささかの疑いもない。僕なら地色を青にして、白かクリーム色で変化をつけるはず。だが、そうも行かない！　服の趣味が悪いやつに限って、頑固に意見を変えないのだから。これは実に残念な事態であって、今のままではハリスは永遠に見栄えがしないだろう。ハリスにも少しは似合う色はあるし、帽子でもかぶればさらにましになるというのに。

ジョージは今回の旅行に合わせて新しい服をひと揃い買い込んだが、僕はうんざりした。ブレザーがこれ見よがしに派手なのだ。ジョージに僕がそう思っているのを知られたくはないのだが、実際あのブレザーは悪趣味としか言いようがない。木曜の夜に集まったとき、ジョージはブレザーを披露した。そりゃ何色というんだ、と僕らは尋ねたが、何色というような名前はないと思うとジョージは答えた。服屋の店員は、オリエンタル・デザインですと言ったそうである。ジョージはブレザーを着てみせて、どう思うかと聞いた。春先の花壇の上にぶら下げて鳥おどしにするならもってこいだし、マーゲイトあたりの海岸リゾート地でやっているミンストレル・ショー[2]の黒塗り役者ならよく似合うだろうが、普通の人間が着ていたら気分が悪くなるというのがハリスの意見だった。ジョージはひどくつむじを曲げたが、ハリスの言うとおり、意見が聞きたくなければ最初から尋ねないほうがいいのである。

ハリスと僕がジョージの服装に異を唱えるのは、そんな服を着た人間が乗っているとボートが目立って仕方がないからだ。

きれいな服を着た女の子も、ボート遊びの華である。僕が思うに、ボート遊び用の趣味のいいドレスほど魅力的なものはない。ただ、世の女性に分かっていただきたいのだが、「ボート遊び用の服」はそれを着てボートに乗れるものであるべきで、ガラスケースに入ったお人形みたいなのは困るのである。ボート遊びよりも自分たちの服が心配で仕方ないような手合いが乗り合わせていると、せっかくの遠出が台無しになってしまう。僕は不幸にして、そんなお嬢さんをふたり乗せてボートでピクニックに行ったことがある。いやはや、あれはさんざんな体験だった。

ふたりとも、美しく着飾っていた——レースにシルクに花にリボン、華奢な靴に薄手の手袋。ただ、これは写真スタジオ向けの服装であって、川遊びには場違いである。フランスのモードブックなら「ボート遊び用の服」として通用するかもしれないが、本物の土や空気や水のある場所でそんなものを着られてはたまらない。

まずもって、お嬢さんたちはボートが汚れていると思ったようである。僕らはどの

2　合衆国発祥の、白人の役者が顔を黒く塗って「滑稽な黒人」を演じるショー。明白な差別意識にもとづいたものであり、現在では廃絶している。ロンドンでは一八四三年に初演され、海岸のリゾート地にもしばしば巡業した。

座席も埃《ほこり》を払い、もう大丈夫です、と保証したが、信じてもらえなかった。お嬢さんのひとりが手袋の人差し指をクッションに滑らせ、その結果をもうひとりに見せた。ふたりは溜息をつき、処刑用の杭《くい》に縛りつけられた初期キリスト教の殉教者がなるべく楽な姿勢を取ろうとするような身のこなしで腰を下ろした。手漕ぎのボートではたまに水がはねてしまうものだが、お嬢さんたちのドレスは一滴でも水がかかるともう駄目らしかった。水のはね跡は決して消えず、しみになって残ってしまうというのだ。

船尾で漕いでいた僕は、できる限りの手を尽くした。水面を叩かないようにオールを二フィートも持ち上げ、ストロークが終わってオールを返すまえにはじゅうぶん水切りを行ない、再び水にオールを入れる際にもなるべく波のないあたりを狙った（船首で漕いでいたやつがしばらく経って言うには、どうも自分は君と一緒に漕げるほどの力量がないようだからしばらく休んでいいだろうか、君の様子を観察させてほしい、とのこと。実に興味深い漕ぎっぷりだ、とその男はほざいた）。とはいえ、いくら僕が気を使っても、たまに少量の水がドレスに飛んでしまうのは避けがたかった。

お嬢さんたちも文句は言わなかったが、身を寄せ合ってちぢこまり、唇を固く結んで、水滴がドレスに落ちるたびにビクッと震え上がった。無言で耐えつづけるその様子には気高いものがあったが、もともと神経が細い僕はすっかり参ってしまった。意識すればするほど漕ぎっぷりはぎこちなくなり、水がますます跳ねだした。

僕はついにあきらめ、船首の男に位置を替わろうと申し出た。向こうもそれがよかろうと言うので、位置を入れ替えた。船首に移動する僕の姿を見て、お嬢さんたちは思わず安堵《あんど》の溜息を洩《も》らし、目に見えて表情が明るくなった。かわいそうに！　僕で我慢しておけばよかったものを。交代した男は、陽気で軽率で目端が利かず、鈍感なることニューファンドランド種の子犬のごとしという代物だった。刺すような目つきで一時間ばかり睨まれても気がつかず、気がついたとしても気にしないタイプである。派手な身ぶりで力まかせに漕ぎ始めたものだから、たちまち噴水のような勢いでボートじゅうにしぶきが飛び、船上の全員が背中を伸ばして座り直す破目になった。一パイント以上の水をバシャリとドレスに飛ばしたときにも、やつは軽く陽気な笑い声を上げるだけ。「やあやあ、どうも失敬」と言って、これでお拭きなさいとハンカチを差し出すのである。

「なんでもありませんわ」と哀れなお嬢さんたちはつぶやいて、毛布や何かをこっそり巻きつけ、レースのパラソルで身を守ろうとするのだった。

ランチがこれまた、お嬢さんたちには試練だった。周りの人間たちは草の上にお座りなさいと勧めるのだが、草は埃で汚れている。切り株にもたれると楽ですよと言われても、その切り株はもう何週間もはたきをかけた様子がない。やむなくお嬢さんたちは草の上にハンカチを広げ、コチコチに固くなってその上に座った。ちょうどその時、ビーフステーキ入りのパイの皿を持ってうろうろしていたやつが、木の根っこにつまずいてパイをふっ飛ばしてしまった。幸いお嬢さんたちにはかすりもしなかったが、彼女らはこの事件に改めて震撼《しんかん》し、いっそう神経質になった。それからというもの、落としたら厄介なことになりそうなものを持った人間が近くを通ろうものなら、お嬢さんたちは不安が一気につのるらしく、その人間が座るまで目を離そうとしなかった。

ランチが終わると、最初は船首を担当していた例の漕ぎ手が陽気な声でお嬢さんたちに言った。「それじゃあ、お嬢さん方はこっちにいらっしゃい。洗い物はお任せしますよ！」

最初のうち、お嬢さんたちは彼が何を言っているのか分からなかったようである。しばらくすると理解できたらしく、あのう、洗い物のやり方を存じませんのでと言いだした。

「なに、僕が教えてあげます。こいつが楽しいんだ！　河っぺりに腹ばい——はいかんな、河っぺりから乗りだして、水の中でジャブジャブやるんですよ」

姉のほうが、あたくしたちそういうお仕事に向いた服装でございませんので、と言った。

「いやいや、そのままで結構ですよ」と、気軽な調子で男は答えた。「たくし上げればいいんです」

そして実際、彼はお嬢さんたちに洗い物をやらせてのけたのである。こういう仕事こそピクニックの醍醐味《だいごみ》なんですよと彼が言うと、お嬢さんたちは、とても面白うございますわ、と答えたものだ。

さて、今こうやって思い返してみるに、あの青年は僕らが考えたほど馬鹿だったのだろうか？　ひょっとすると——いや、それはありえない！　あの男の表情ときたら、子供のように純真そのものだったのだから。

ここでハリスが、ハムトン教会に寄りたいと言いだした。ミセス・トマスのお墓が見たいというのだ。

「ミセス・トマス？　そりゃ誰だ」

「僕が知るわけないだろ？」とハリスは答えた。「変わったお墓で有名な女の人なんだ。見に行こうぜ」

僕は異を唱えた。生まれついての偏屈なのか、僕は世間の人のように墓石を見に行く趣味が全くない。もちろん僕も、旅先で村なり町なりに着いたら真っ先に墓地に駆けつけて墓を鑑賞するのが世の習いだということぐらいは知っている。けれども、そういう愉《たの》しみに興味がないのだから仕方ない。喉をゼイゼイ鳴らす爺さんの案内で薄暗く肌寒い教会の中をうろつき、墓碑銘に目をこらして回るなんて、全くぞっとしない。墓石にはめこまれた真鍮板《しんちゅうばん》のひび割れさえ、僕には真の幸福と呼ぶべきものを与えてくれないのである。

エキサイティングな碑銘を見てもちっとも感動せず、地元の家系物語にもさっぱり興味を示さない僕の様子に、忠実なる墓守たちは衝撃を受ける。そればかりか、僕がさっさと外に出たい様子をあからさまに見せるので、彼らは深く傷ついてしまう。

あるよく晴れた、黄金《きん》色の日差し輝く朝のこと、僕はとある村の教会を囲む低い石壁にもたれて煙草を吸っていた。優しい安らぎに満ちた景色を、僕は心静かに満喫しつつあった――蔦の葉に厚く覆われた灰色の古い教会、彫刻のほどこされた古風な入口、背の高い楡《にれ》の木に両側を守られながら丘を下ってゆく白い小道、手入れの行き届いた生垣ごしにのぞくコテージの藁葺《わらぶ》き屋根、窪地を銀色に流れる川、その向こうに見渡される森なす丘の連なり！

美しい風景だった。牧歌的で、詩的で、清新の気を吹き込んでくれる景色だった。僕は善良で気高い人間になった気がした。罪や邪悪の生活とはきっぱり縁を切ろう。この地に居を構え、曲がったことは一切せず、一点の曇りもない美しい人生を送り、やがて銀髪の老人になろう――とか何とか、考えたものだ。

その時の僕は、友人や親戚一同のいまいましい陰険さを宥《ゆる》したばかりか、彼らを祝福しさえした。もちろん先方はご存じない。無知なるままに、それぞれの卑小な人生を歩むのみだ。けれども、この平和な村にいる僕は確かに彼らを祝福し、そのことを

3　ミセス・トマスとは、一七三一年に亡くなったスザンナ・トマスのこと。その墓は彼女が母親に本を読んでやっている場面の彫刻が付属しているが、とりたてて風変わりというほどの墓ではないようで、他にもっと変わった墓も存在するこの教会でハリスがなぜ特にこの墓を見たがるのか理解に苦しむ、とは底本の編註者たちの弁。

彼らが知ってくれればと願った。彼らを幸せにしてやりたかったからだ。こうした宏《こう》大《だい》にして優美なる思考を僕はいつまでも繰り広げるつもりだったが、そこで夢想は破られた。甲高い笛のような声が、こう叫んだのである。

「大丈夫ですよ、旦那。行きます、いま行きます。大丈夫です。急《せ》かずに待っててくださいな」

　目を上げると、禿《は》げ頭の老人がよたよたと庭を横切ってやってくる。手に持った巨大な鍵束が、一歩ごとにジャランジャランと音を立てている。

　僕は無言の威厳をこめて手で追い払ったが、向こうは足を止めない。そのあいだもキイキイ声は続く。

「行きます、いま行きますから。ちょっと足が悪いもんで、昔みたいにさっさと歩けんのですわ。こっちです、旦那」

「あっちへ行け、爺さん」

「これでも急いで参ったんですよ。かみさんが、ついさっき旦那をお見かけしましてね。後についておいでなさい」

「あっちへ行け」僕は繰り返した。「俺に構うんじゃない。さもないと、この塀を乗り越えて貴様を殺しに行くぞ」

　爺さんは一驚を喫したようである。

「墓をご覧になりたくないんで？」

「見たいもんか。俺はただ、この古びた素朴な壁にもたれていたいんだ。俺に構わず、どこかに行っちまえ。ちょうど今、美しくて高貴な考えで胸がいっぱいなんだから、邪魔をするな。俺はいい気分なんだ。わざわざ寄ってきて、俺を怒らせるな。墓石がどうこうなんていう御託で、俺の高級な感情を妨げるな。さっさと行って、誰か安値で貴様を埋めてくれるやつを探してこい。そしたら、俺も半分は出してやる」

　しばらく、爺さんはポカンとした様子だった。眼をこすり、改めて僕を眺めやった。見たところ、ごく普通の人間である。爺さんは理解に苦しんだらしい。

「旦那、このあたりの方じゃありませんね？　この村にお住まいじゃないいんでしょ？」

「ない。そのおかげで、貴様が住んでいられるんだ」

「ということは、やっぱりお墓をご覧になりたいんでしょ――墓穴を――人の埋まってる場所を――棺桶を！」

「馬鹿を言え」むかっ腹を立てて、僕はやり返した。「墓なんぞ見たくない――貴様のところの墓なんか。そんなもの、どうして見なきゃならん？　俺たち一族は、自前の墓があるんだ。ポジャー伯父さんの墓はケンサル・グリーン墓地にある。近所が自慢にしているくらい立派なやつだ。ボウ教会にある祖父《じい》さんの納骨所はいちどきに八人の客が入れるくらい広いし、祖父さんの妹のスーザン大叔母さんはフィンチリー教会の墓地に煉瓦造りの墓がある。その墓の銘板には何だかコーヒーポットみたいなものが浮き彫りされているし、周りはたっぷり六インチ四方ある白い石板でぐるっと飾りつけてある。ひと財産かかった代物だぞ。墓が見たくなったら、俺はそういう場所に出かけてゆっくり楽しむんだ。赤の他人の墓なんぞ、誰が見たいもんか。まあ、貴様が死んで埋められたら、その墓だけは見に来てやるよ。精一杯の好意ってやつさ」

爺さん、とうとう泣きだした。それでもなお、てっぺんが石造りになっている墓があってその石は故人の彫像の台座だろうと言われたことがあるとか、別の墓に彫られている言葉は誰も解読に成功していないとか、くどくど言いつのる。

僕はそれでも動かされなかった。すると爺さんは、傷ついた調子で言った。

「そんなら、故人を記念したステンドグラスなんぞはいかがです？」

それも見たくないと言うと、爺さんは奥の手を出してきた。ぐっと顔を近づけて、しゃがれ声でささやいたものである。

「地下の祭室に、人間のドクロが二個とってあります。見においでなさい。これを逃す手はありません！　旦那は休暇でいらっしゃったんでしょ。お楽しみにならなきゃ。ドクロを見にいらっしゃい！」

僕は回れ右して逃げ出した。走る僕の背後から、爺さんの呼ぶ声が聞こえた。

「ドクロを見にいらっしゃい、めったに見られないドクロを！」

こんな僕と違って、ハリスは墓石だの墓穴だの墓碑銘だの記念碑の碑文だのが大好きだ。ミセス・トマスの墓を見られないと考えただけで、ハリスは狂わんばかりになった。このボート旅行が計画されたそもそもの初めから、ミセス・トマスの墓を見るのを楽しみにしていた――あの墓に詣でられる見込みがなければ参加しなかっただろうと言うのである。

そこで僕は、ジョージのことを思い出させてやった。待ち合わせのためには、五時までにシェパートンに着いていなければならないのだ。するとハリスはジョージに八つ当たりしはじめた。やつが一日のんべんだらりと過ごしているあいだに、こっちはこの頭でっかちな古ぼけたボートを引きずって行ったり来たりして、待ち合わせに間に合わせなけりゃならないんだぞ。理屈に合わないじゃないか。どうしてジョージもちっとは手伝いに来られない？　一日ぐらい休暇を取って、最初から俺たちと一緒に来ればいいじゃないか？　なにが銀行だ！　だいたい、やつが銀行で何の役に立つ？

「いつ銀行に行ったって、あいつが仕事をしていたためしがないじゃないか。ガラスの仕切りの向こうにおさまって、何かやってるようなふりをしてるだけだ。大の男をガラスの向こうに置いて何になる？　俺は生活のために働いてるんだぞ。どうしてあいつは働かないんだ？　あいつが銀行で何の役に立つんだ？　いや、そもそも銀行ってやつは何の役に立つ？　俺たちの金を預かるだけ預かっておいて、こっちが小切手でも振り出そうもんなら、『無効』だの『振出人に問い合わせ』だの、スタンプをべたべた押して突っ返しやがる。そんなことして何になる？　先週なんか、二度もその手を食わされたぞ。もう勘弁ならん。預金を引き揚げてやる。ジョージのやつがここにいれば、ミセス・トマスのお墓を見に行けるのに。どうせあいつ、銀行になんかいないぜ。どこかにふらふら遊びに行って、仕事はぜんぶ俺たちに押しつける気なんだ。こうなったら俺もボートを下りて、一杯やりに行く」

パブは数マイル先までないぜ、と僕が指摘すると、ハリスは河に当たりはじめた。だいたい、河なんてものが何になるんだ。ここは河の上なのに、飲むものがなくて死ななきゃならないのか？

ハリスがこんなふうになったときは、放っておくのが一番だ。いずれ息切れして静かになる。

食品かごに濃縮レモネードが入っているし、舳先には一ガロン入る水差しがある。ふたつを混ぜ合わせるだけでひんやりした気持ちいい飲み物になるぜ、と僕は教えてやった。

すると、ハリスはレモネードにかんしゃくを起こした。レモネードだの、ジンジャービアだの、ラズベリーシロップだの、「日曜学校向けの砂糖水」なんかろくなもんじゃない。あんなのは消化不良の原因で、心身の害にしかならない。イギリスで起こる犯罪の半分はああいう飲み物が原因なんだ、とハリスは息巻いた。

しかしまあ、何か飲まないわけにも行かんな、とつぶやいて、ハリスは座席に上がり込み、レモネードの瓶を取ろうと身を乗り出した。食品かごの底に入っていた瓶がなかなか見つからないらしく、どんどん身体が前にのめっていった。それでも舵の綱は手放さず、上下さかさまの状態で操船しようとしたものだから、間違ったほうの綱を引いてしまったのである。ボートは岸にぶつかり、衝撃で椅子から飛び出したハリスは頭から食品かごに突っ込んだ。逆立ちの姿勢のまま必死で船端《ふなばた》をつかみ、両脚を宙に突き出している。河に落ちるのが怖くて身動きできないのだ。しばらく経ってから僕が脚をつかんで引っぱり出してやったが、ハリスはこの事件でいっそう不機嫌になってしまった。

第8章

ゆすりたかり——とるべき対抗策——岸辺の土地所有者の身勝手さ——「入るべからず」の看板——キリスト教徒にふさわしからぬハリスの感情——ハリス、コミックソングを歌う——高尚なるパーティ——ふたりの不良青年の恥ずべき振る舞い——無用の情報少々——ジョージ、バンジョーを購入

僕らはケムトン・パークの近所で柳の下にボートを止め、ランチにした。このあたりはなかなか感じがいい。きれいな緑の土手が水辺に沿って伸び、柳の並木が葉をさしかけている。さて、僕らがランチの第三のコース——ジャムを塗ったパン——に取りかかろうとしていたところ、シャツ姿で短いパイプをくわえた紳士が近づいてきて、あなたたちは私有地に侵入しているのをご存じか、と尋ねた。僕らは答えた——その問題には十分な論考を加えていないので決定的な判断に至らないが、我々が私有地に

侵入しているということを彼が紳士として確言するならば、当方としても遅滞なくそれを信ずるであろう、と。

先方が僕らの求める確言を行なったので、僕らはありがとうと礼を言ったが、男はまだ満足の行かない様子で、いっかな立ち去ろうとしない。それで僕らは、何か他にしてあげられることはないかと尋ねた。気のいいハリスなどは、ジャムのついたパンをちぎって差し出しさえした。

どうやらあの男は、ジャムのついたパンを断つことを信条とする宗教の信者だったらしい。ジャムのついたパンに誘惑されるのを恐れるかのごとく、不愛想にはねつけたのだ。続けて男は、僕らを追い出すのが自分の義務である、と言った。

義務ならば実行せねばなりませんな、とハリスが言い、実行のために最良の手段は何だと思いますかね、と尋ねた。ハリスは大柄でがっしりした造りの男で、筋骨たくましい外見である。男はハリスを頭からつま先まで眺めまわしたあげく、これから主人と相談してくる、戻ってきて河に投げ込んでやるから待っていろ、と言った。

もちろん、男は戻ってきたりはしなかった。要するに、あの男は一シリングが欲しかったのである。夏になるとテムズ河畔にこの手のごろつきが多数出没し、気の弱い連中を脅して結構な額を稼いでゆく。地主に委託された、というのが決まり文句だ。こういう輩《やから》への正しい対処法は、名前と住所を告げ、本当に地主が一枚噛んでいるのなら代理人でなく地主本人がこっちを呼び出す手続を取るがいいと求めることである。ボート遊びの人間が土地に腰を下ろしたことで損害が生じたというなら、先方がそれを証明すればいいわけだ。けれども世間の人々は大抵ものすごく怠け者で臆病だから、脅かしに屈して悪者をのさばらせてしまう。その手の脅かしなど、ちょっとばかり硬派なところを見せてやればおしまいなのだが。

もっとも、まぎれもなく地主に非がある点に関しては、ここで厳しく指弾しておかねばならない。河岸に土地を持っている連中の身勝手さは年々ひどくなるばかりだ。すべてが思い通りになるなら、テムズ河全体を封鎖したいというのが連中の本音だろう。実際、小さな支流などでは、まさしくそんなことが起こっている。地主が川底に杭を打ち込んだり、岸から岸に鎖を張ってボートを通れなくしたり、そこらじゅうの木に「入るべからず」という看板を掲げたりするのである。そういう看板を見ると、僕の中でありとあらゆる邪悪な本能が頭をもたげてくる。看板をぜんぶ引きずり下ろし、その看板で地主を撲殺して、地面に埋めたあとには墓石がわりに看板を立ててやりたい気がするのだ。

そうした感慨を僕が打ち明けると、ハリスは、俺ならそれどころじゃ済まさないと言いだした。看板を掲げた地主のみならず、家族・友人・親族一同を皆殺しにしたうえ、地主の家に火をかけてやりたいというのである。これはやりすぎだと僕は思い、ハリスにもそう言った。けれども、ハリスの答えはこうだった。「そんなことあるもんか。自業自得というものさ。家が焼け落ちたら、焼跡でコミックソング[1]を歌ってやる」

ハリスの言い分があまりに血に飢えたものなので、僕は気分を害した。僕らは人間なのだから、正義への欲求を単なる復讐心《ふくしゅうしん》へと堕落させてはならない。ハリスにもっとキリスト教徒らしい考え方を植えつけるのはかなりの手間だったが、最後にはハリスも納得し、友人と親族は勘弁してやる、焼跡でコミックソングを歌うのもやめると約束してくれた。

ハリスがコミックソングを歌うのを聞いたことがない人には分かるまいが、僕はここで人類に大いなる貢献をしたのである。自分はコミックソングを歌えるというのは、ハリスが抱いている固定観念のひとつだ。一方、ハリスがコミックソングを歌おうとするのを聞いたことがある友人の間では、ハリスにはコミックソングは歌えないし、将来も決して歌えるようにならないし、歌わせてもならないというのが常識になっている。

パーティなどで、何か歌ってくださいなと頼まれると、ハリスはこう答える。

「歌ってもいいですが、僕が歌えるのはコミックソングだけですよ」まるで、自分の歌うコミックソングはあらゆる人が死ぬまでに聞いておくべき至芸だと言わんばかりに。

「まあ、すてき」と主催の女性が言う。「ぜひお願いしますわ、ミスター・ハリス」そこでハリスは立ち上がり、ピアノのほうに向かう。その晴れやかな顔つきは、これから気前のいいプレゼントをする男のようだ。

「みなさん、お静かに願います」主催の女性が一同に向き直って言う。「ミスター・

1　ヴィクトリア朝から二十世紀にかけて英国で流行した、ユーモラスな歌詞の歌。代表的な作り手にギルバートとサリヴァンの「サヴォイ・オペラ」コンビ（一三九ページの注参照）がいるが、街の寄席《ミュージック・ホール》でもさまざまなヒット曲が生まれた。

ハリスがコミックソングを歌ってくださるんですって！」

「おや、そいつは面白そうだ！」と一同がざわめく。温室にいた人々も、下の階にいた人々も、互いに声をかけて家じゅうから集まってくる。期待に顔を輝かせながら、ハリスを囲んで腰を下ろす。

そこで、ハリスが歌いはじめる。

もちろん、たかがコミックソングである。声のよしあしなど問題ではない。正式なフレージングや発声法を期待するのも筋違いだ。歌い手がある音符の途中で声が高すぎると思い、急に音程を下げたとしても気にすべきではない。拍子をあげつらうのも野暮だ。伴奏より二小節先に行っていた歌い手が、行の途中でスピードをゆるめてピアニストとテンポについて打ち合わせ、歌詞の同じ聯《れん》を最初からやり直したとしても一向に構わない。とはいえ、せめて歌詞だけはちゃんと聞き取れることを期待するのが人情というものだろう。

歌い手が最初の聯の最初の三行しか歌詞を覚えておらず、コーラスまで延々とその歌詞を繰り返すなんてことは誰も期待していない。歌い手が行の途中で急に歌いやめ、にやにやしながら、実に滑稽な歌詞なんですが後の部分を忘れてしまいましたと言いだし、勝手な歌詞をでっち上げようとしたあと、歌が別の部分に移ってからさっきの部分の歌詞を思い出して一言の断りもなく歌を中断し、忘れていた部分に戻ってやり直すなんてことも期待していない。それにまた——いや、ここはひとつ、ハリスがコミックソングを歌う実例をお目にかけよう。あとは各々で判断してください。

ハリス（ピアノの前に立ち、期待でいっぱいの聴衆に向かって）古いところをお耳に入れるようで、恐れ入ります。みなさん、すでにお馴染《なじ》みの曲でしょう。でも、僕はこれしか知らないんです。『軍艦ピナフォア』の中の、判事の歌です——いや、『ピナフォア』じゃないな——ええとですね——ご存じでしょ——ほら、あの、もう一曲の有名なやつ。みなさんには、コーラスに加わっていただきます。

コーラスに加えられる聴衆の、喜びと不安が相半ばするざわめき。『陪審裁判』の判事の歌の前奏、神経質なピアニストによって見事に奏でられる。ハリスが歌いだすべきタイミング。ハリス、まったく気づかず。神経質なピアニスト、前奏を一からやり直しはじめるが、それと同時にハリスが歌いだす——『軍艦ピナフォア』の海軍大臣の歌の最初の二行を、おそろしい早口で。神経質なピアニスト、前奏を続けようとして途中であきらめ、判事の歌の伴奏でハリスに合わせようとするも、歌が違うことに気づき、自分が何をしているのか、どこを弾《ひ》いているのか思い出そうとしてパニックに陥り、演奏を中止。

ハリス（親切に、励ますような調子で）大丈夫ですよ。たいへんお上手です——さあ、続きをどうぞ。

神経質なピアニスト　何かおかしいようですよ。歌っていらっしゃるのは何ですか？

ハリス（即座に）『陪審裁判』の判事の歌じゃありませんか。知らないんですか？

ハリスの友人（部屋の後ろから）違うぞ、おバカさん。それは『ピナフォア』の海軍大臣の歌だ。

ハリスが何を歌っているのかにつき、ハリスと友人の間で長い論争。最後に友人が、何だろうと構わないからちゃんと歌えと提案する。ハリスは明らかに不服な様子ながら、ピアニストにもう一度弾くよう頼む。ピアニストは海軍大臣の歌の前奏を弾きはじめ、ハリスは自分が適当だと思ったタイミングで歌いだす。

ハリス　♪若い身空で法曹づとめ

聴衆、どっと笑いだす。[2]ハリスはそれを賞賛と勘違いする。ピアニストは妻子のことを思い、勝ち目のない戦いから降りて退出。代わりに、もっと神経の太い男が座につく。

新任のピアニスト（愉快そうに）さあ、おやりなさい。君が歌いだしたら僕が付いていきます。前奏なんぞ飛ばしてしまえばいい。

ハリス（やっと事の真相に気づきはじめ、照れ隠しに笑う）あっ、そうか！　こりゃ失敬しました。そうですとも——歌を取り違えていたんだ。ジェンキンズのせいで混乱してしまった。じゃ、行きましょう。

ハリス歌う。その声は地下室から響くがごとく、地震の近づきを予感させる低い地響きのごとく。

♪若い身空で弁護士事務所の
小僧づとめは忙しい

（ピアニストに）どうも低すぎるようですよ。よかったら、もう一度最初から。

最初の二行を歌い直す。今度は突拍子もない裏声。聴衆、大いに驚く。暖炉のそばに座っていた神経質な老婦人が悲鳴を上げ、部屋から運び出される。

ハリス（歌いつづける）
♪窓を拭き拭き、ドアを拭き、

そしてそれから——

どうも違うな——表のドアの窓を拭き、床を拭き拭き——これも違うぞ——相すみません——妙な話ですが、あの行がどうしても出てこないんで——そしてそれから——そしてそれから——まあいいや、どうせコーラスが近いんだから、適当にやら——

2 『軍艦ピナフォア』『陪審裁判』は共に、ウィリアム・S・ギルバート（一八三六～一九一一）作詞、アーサー・サリヴァン（一八四二～一九〇〇）作曲のコミックオペラのヒット作。ギルバートとサリヴァンのコンビは「サヴォイ・オペラ」と総称される連作で名を成した。『軍艦ピナフォア』の弁護士出身で海軍経験がまるでない海軍大臣の歌（「若い身空で弁護士事務所の／小僧づとめは忙しい／窓を拭き拭き、床を拭き拭き／表のドアのノブも拭き……今じゃ女王陛下の海軍の総大将」）と、『陪審裁判』の判事の歌（「若い身空で法曹づとめ／食欲だけは盛んでも／新米弁護士の悲しさで／財布はいつも空っけつ……」）は、内容が似ているせいもあってしばしば混同される（ちなみに、作詞者のギルバートは青年時代に弁護士を開業したが、客が付かず失敗している）。ハリスは最初『陪審裁判』の判事の歌の伴奏で『軍艦ピナフォア』の海軍大臣の歌を歌おうとし、二度目は『軍艦ピナフォア』の海軍大臣の歌の伴奏で『陪審裁判』の判事の歌を歌いだしたのである。

りますよ。

♪そしてそれから、何とかのかんとかでタリラリラン、
今じゃ女王陛下の海軍の総大将

さあ、コーラスです。最後の二行の繰り返し。

全員

♪そしてそれから、何とかのかんとかでタリラリラン、
今じゃ女王陛下の海軍の総大将

自分がいかなる醜態をさらしているか、罪もない人々をどれだけ苦しめているか、ハリスはちっとも気づかない。満座の聴衆を魅了したと信じ切っていて、夜食の後でもう一曲歌って差し上げましょうなどと言いだすのである。

コミックソングとパーティといえば、僕はかつて奇妙な事件に関わったことがある。

この事件には人間性一般を深く理解するための多大なヒントが含まれているから、記録しておく価値があるはずだ。

僕が参加したのは、ファッショナブルで高尚なパーティだった。僕らは最上の服装に身を包み、洗練された会話を楽しんで、誰もが幸福な気分でいた——例外はただふたり、ドイツから帰ってきたばかりという学生たちである。どちらも凡庸な青年で、そわそわと落ち着かない様子からすると、パーティから刺激が感じられずに退屈しているようだった。要するに、僕らはあのふたりにとって教養がありすぎたのだ。僕らの華麗だが洗練された会話、ハイクラスな趣味は彼らの手が届かないものだった。僕らの集まりでは、あのふたりは場違いだった。あんなふたりを入れてやるべきではなかったのだ。後になって話し合ったところ、この点は全員の意見が一致した。

古いドイツの巨匠たちが書いた小曲を僕らは次々に演奏した。哲学や倫理学を議論した。品格を保ちつつ、恋の戯《たわむ》れに興じた。冗談さえ言い合った——ハイクラスな冗談を。

夜食の後で誰かがフランス語の詩を朗唱し、みんなは口を揃えて美しいと言った。続いてさる女性がスペイン語のセンチメンタルなバラードを歌うと、何人かがすすり泣いた――それほど悲しい曲だったのだ。

と、そこで例の青年たちが立ち上がり、かのスロッセン・ボシェン氏が歌うドイツ語のコミックソングを聴いたことはおありですか、と尋ねた。氏はロンドンに到着したばかりで、陛下の食堂にいるという。

聴いた覚えのある者はひとりもなかった。

史上もっとも滑稽な歌なんです、と青年は言った。我々はスロッセン・ボシェン氏をよく存じ上げておりますので、歌うようにお願いしてみてもいいのですが。さらに彼らが説明したところでは、その歌はあまりに滑稽で、スロッセン・ボシェン氏がドイツ皇帝の御前で歌ったときなど、笑い死にしそうになった彼（つまりドイツ皇帝）をベッドに運ばなければならなかったほどだという。

スロッセン・ボシェン氏の歌いぶりがまた独特なんですよ、と青年たちは言った。最初から最後まで真剣そのものの様子で歌うので、悲劇的な歌かと思うほどです。もちろん、そのせいで一層笑えるんですが。声の調子も、身振りも、滑稽な歌を歌っているなんてことはちっとも表に出さないんです――いかにも滑稽な様子で歌ったら、それこそ台無しですからね。シリアスを通り越してほとんど悲愴《ひそう》な雰囲気だからこそ、たまらないほど可笑《おか》しいんですよ。

それはぜひ拝聴して思いきり笑いたいものだ、と僕らは言った。そこで青年たちは階下に行き、スロッセン・ボシェン氏を連れて戻ってきた。氏は、歌う機会を得たのが嬉しいらしかった。いそいそと上がってくると、余計な言葉は何もなしでピアノに向かった。

「ほんとに可笑しいんです。大笑いできますよ」青年たちはそうささやきながら部屋じゅうを回ると、ボシェン教授の背後の目立たない場所に位置を占めた。

スロッセン・ボシェン氏は自分でピアノを弾いた。前奏を聞くと、たしかにコミックソングらしくなかった。この世のものならぬ、おどろおどろしい雰囲気があった。身の毛がよだちそうなくらいだった。けれども僕らは、これがドイツ式なんだよと小声で言い合い、気合を入れて楽しみにかかった。

僕自身はドイツ語が分からない。学校ではたしかに習ったのだが、卒業して一、二年もするときれいに忘れてしまい、以来ずっと解放されたような気分でいる。とはいえ、周囲に自分の無知を感づかれるのは癪《しゃく》だったから、ある名案を考え出して実行した。すなわち、あの若い学生たちの様子をうかがって、ふたりがするとおりにしたのである。ふたりがクスクス笑えば、僕もクスクス笑った。ふたりが笑いだすと、僕も笑いだした。それだけでなく、他の人々には分からない洒落が分かったような顔つきでときどきニヤリと笑みを浮かべもした。我ながら、これは巧みな作戦だと思えた。

歌が始まってしばらく経つと、僕だけでなくだいぶ多くの人々がふたりの青年を注視しているのが分かってきた。その連中も、ふたりがクスクス笑えばクスクス笑い、ふたりが笑いだせば笑いだしていた。ふたりの青年は歌のあいだずっとクスクス笑ったり笑いだしたり爆笑したりしていたから、満場は笑いの渦となった。

ところが、ボシェン教授は嬉しそうではなかった。僕らが最初に笑ったときには、ギョッと驚いた表情になったものだ。まさか笑いが起きるとは予期していなかったかのようだった。僕らはこの表情をひどく可笑しがり、あの真剣な態度あってこそのユーモアなんだよと評しあった。自分がどれほど滑稽なのか分かっているようなそぶりを見せようものなら、全てがぶちこわしになってしまうのだから。僕らが笑いつづけると、ボシェン氏の驚きの表情は苛立ちと憤怒に変わった。獰猛《どうもう》な眼つきで、彼は僕ら全員を睨みつけた（ただし、真後ろにいた例の青年たちは睨まれなかった。死角だったのだ）。このひと睨みに、僕らは身をよじって笑った。こいつは笑い死にしてしまう、と言い合った。歌詞だけでも爆笑ものなのに、あんなふうに真面目くさった顔つきで睨まれては——ああ、もうたまらない！

最後の一聯で、ボシェン氏は信じがたい力業を見せつけてくれた。殺意を凝縮したような、恐るべき眼力《がんりき》で一座を睨み回したのである。ドイツ流のコミックソングの歌い方について事前に教わっていなかったら、みんな震え上がるところだった。この部分で教授は不気味なメロディに途方もない苦痛と悲嘆をこめて歌ったから、コミックソングだと知らなければみんな泣きだしていたかもしれない。

狂乱の笑いのうちに歌は終わった。今まで聴いたうちで一番笑える歌だ、と僕らは言った。ドイツ人にはユーモアのセンスがないと世間は言うが、こういうものを歌われてはそんな迷信がどうして生じたのか不思議になる、と。そして教授に、一般庶民でも理解できるようにぜひこの歌を英訳してくださいよ、と頼んだ。そうすれば、本物のコミックソングの神髄が誰にもわかるでしょうから。

するとスロッセン・ボシェン氏は立ち上がり、怒りを爆発させた。僕らをドイツ語で罵り（ドイツ語というやつは、罵るという目的には実に効果的な言語だと言わざるを得ない）、地団駄踏んで拳を振り回し、バカとかアホとか、知っているかぎりの英語を投げつけた。これほど侮辱されたのは初めてだ、というのである。

よく聞くと、さっきの歌は全然コミックソングではなかったらしい。ハルツ山地に住む若い娘が、恋人の魂を救うために命を捨てる。だが恋人は死に、天空で彼女の霊とめぐりあう。ところが、最後の聯で青年は彼女を棄《す》て、別の霊とともに去ってしまう――細かい部分は僕も自信がないが、とにかく、ひどく悲しい物語なのである。ボシェン氏の言うところでは、かつてドイツ皇帝の御前で歌った折など、彼（つまりドイツ皇帝）は子供のように泣きじゃくったそうだ。彼（つまりボシェン氏）は、この歌はドイツ語の歌曲のうちで最も悲劇的かつ哀感に満ちたものだと広く認められていると述べた。

気まずい状況だった――いや、気まずいどころでは済まない。返す言葉がないとはこのことだ。僕らは自分たちに一杯食わせた青年たちの姿を探したが、ふたりは歌が終わったとたんにこっそり抜け出していた。

パーティはそこで打ち切りとなった。これほど静かに、ひっそりと解散したパーティを僕は他に知らない。互いにおやすみの声さえ出なかった。全員が足音をひそめ、薄暗い側を選ぶようにして階段を下りた。使用人に帽子やコートを頼むときも、息を殺した声だった。ドアを自分たちで開けてそっと外に出ると、なるべく互いの顔を見ないように気をつけて、そそくさと角を曲がった。

以来僕は、ドイツ語の歌曲なるものにすっかり興味をなくしてしまった。

サンベリーのロックに着いたのは午後三時半である。ゲートに入る前の河辺の景色はとてもきれいだし、ロックの上流の細い支流も魅力的だ。ただし、この支流は流れが速いので、漕ぎ上がろうとしてはいけない。

僕は以前にやってみたことがある。僕がオールを握っていた。舵を担当する連中に、漕ぎ上がれるだろうかと尋ねると、うん、頑張って漕いでくれれば大丈夫だという。この答えが返ってきたとき、ボートはふたつの堰《せき》の中間地点に架《か》け渡された歩行者用の小さな橋の下にいた。僕はオールを持ち直してぐっと前にかがみ、力を込めて漕ぎだした。

我ながら素晴らしい漕ぎっぷりだった。よどみない、リズミカルなストローク。腕と脚と背中のみごとな連携。鮮やかな素早いオールさばきで、僕は華麗に漕ぎつづけた。ふたりの友人は、君の漕ぐ様子を見ていると実に楽しい、と言った。五分ばかり漕いで、上流の堰にだいぶ近づいたろうと思ったので、僕は顔を上げた。そこで見えたのは例の橋である。つまりボートは、さっきからまるきり同じ場所にいたわけだ。同乗しているふたりの阿呆《あほう》どもは、身体を壊しそうなくらい笑い転げている。何のことはない、あれだけ必死に漕ぎつづけて、ボートを橋の下にとどめておく役にしか立たなかったわけだ。今では僕は、流れが速い場所を漕ぎ上がるときには他の誰かに漕がせることにしている。

サンベリーからウォルトンまで漕いでいった。ウォルトンは、河辺にしてはだいぶ大きな町である。河辺の町はどこもそうだが、ウォルトンも水に接している部分はごく小さく、ボートから見ると五、六軒の家が並ぶだけの村かと思うほどだ。ロンドンからオックスフォードまでの区間で、河からちゃんと見渡せる町はウィンザーとアビンドンだけである。他の町はどれも、本体を曲がり角の向こうに隠して、通り一本だけが河岸をうかがうような造りになっている。それらの町が自己宣伝にかまけず、岸辺の空間を森や野原やロックに明け渡しているのを僕は徳としたい。

レディングの町だけは、何とかのさばって景色を味気なく汚してやろうとしているようなところがある。だが、そのレディングさえ、醜い顔をできるだけボートに見せないよう配慮してくれる程度には善良なのだ。

ユリウス・カエサルは、言うまでもなくウォルトンに滞在した——陣営というか砦《とりで》というか、そんなものを築いたのだ。まさしく河を漕ぎ上がるのに向いた男だったわけである。エリザベス女王も滞在している。イギリスのどこへ行こうとも、この女性の足跡から逃れることはできない。クロムウェルとブラッドショー（旅行案内のブラッドショー社ではなく、チャールズ一世の首斬り役のほう）もまた、この地に足をとどめた。この四人が顔を合わせたら、愉快な一行が出来上がったに違いない。

ウォルトン教会には、鉄製の「がみがみ女の轡《くつわ》」がある。その昔、女のよく回る舌を抑制するために使われた代物だ。今ではもう、そんなものは使われない。材料の鉄が不足し、鉄ほど強いものが他に見つからないのだろう。

この教会にも有名な墓がいくつかあるので、きっとハリスが寄っていこうと言いだすだろうと僕は恐れた。ところがハリスは忘れてしまっていたらしく、すんなり通過できた。町の橋を過ぎると、テムズ河はうねうねと大曲がりし始める。おかげで景色は絵のようなのだが、綱で曳くにせよ漕いでゆくにせよボートを進めるには面倒な場所で、漕ぎ手と舵取りの関係がぎくしゃくしがちである。

上流から見て右岸には、オートランズ・パークがある。有名ないにしえの王宮だ。

ヘンリー八世が、誰か（いまちょっと出てこない）から無理に召し上げて住んだのである。敷地内には人工の洞窟があって、料金を払うと洞窟の中の部屋を見せてもらえる。素晴らしい内装だと言われているが、僕自身はさほどとも思わない。オートランズに十九世紀の初めまで住んでいたヨーク公爵夫人はたいそう犬が好きで、驚くほどの頭数を飼っていた。死んだ犬たちを葬れるように、夫人は特別の墓地を作らせた。現在でも五十匹ばかりが眠っており、それぞれ別の墓石に碑銘を彫ってもらっている。まあ、そこらのキリスト教徒と同じく、犬にもそうしてもらう権利はあるわけだ。

コーウェイ・ステイクス――ウォルトン橋の上流、ひとつめの大曲がりのあたり――では、カエサルとブリトン人の王カッシウェラウヌスが戦った。カッシウェラウヌスはカエサルを迎え撃つため、河の至るところに杭《ステイクス》を打ち込んだ（「侵入すべからず」という看板が掲げてあったに違いない）。けれども、カエサルはそれを無視して河を渡った。カエサルという男を河から締め出すのは、どだい不可能である。流れが速い水路を漕ぎ上がるときは、こういう男に任せるといい。

ハリフォードもシェパートンも、水に接するあたりはこぢんまりとしていい景色だ。ただしどちらの町も、とりたてて見るべきほどのものはない。もっとも、シェパートンの教会墓地には詩が刻まれた墓がある。ハリスがボートを下りて散歩しようと言いだすのではないかと、僕は心配になった。案の定、町のボート寄せが近づいてくると、ハリスは物欲しげな眼つきでじっとそちらを見はじめた。そこで僕は、巧みな手つきでハリスのキャップを河に叩き落とした。あわててキャップをすくい上げたり、何やってるんだと僕を叱りつけたりする騒ぎにまぎれて、ハリスは大切な墓のことを忘れてしまった。

ウェイブリッジでは、ウェイ河（この小さな河は小型のボートならギルフォードまで漕ぎ上がることができるが、僕はいつもやろうと思いつつまだ実行していない）、ボーン河、ベイジンストーク運河がみんなテムズ河に合流する。町の対岸にあるロックが見えるあたりまで寄っていくと、真っ先にゲートの上に見えたのはジョージのブレザーだった。さらに近寄ってみると、ジョージ本体もブレザーの中にいた。[3]

モンモランシーは狂ったように吠えはじめ、僕は声高に呼ばわり、ハリスはどら声を張り上げた。ジョージも帽子を振って叫び返した。ロックの番人は誰かがゲートの内側に落ちたと勘違いしたらしく、網を抱えて飛び出してきたが、誰も落ちていないと知ってムッとした顔になった。

ジョージは、防水布に包んだ妙な形のものを抱えていた。片方の端は丸くて平たく、そこからまっすぐな長い柄が突き出ている。

「そりゃ何だ」とハリス。「フライパンか?」

「違うよ」と言って、ジョージは眼を妖《あや》しく光らせた。「今年のシーズンは、これが大流行なんだ。川遊びの連中は、必ず持ってきてる。バンジョーだよ」[4]

「えっ、バンジョーが弾けるのか!」ハリスと僕は口を揃えた。

「というわけでもないんだが、ごく簡単に覚えられるそうだ。ほら、独習書も買ってあるんだぜ!」

3 この記述から判断すれば、ジョージはシェパートン駅で汽車を下り、ウェイブリッジの対岸にあるシェパートンのロックまで歩いたものと思われる。ただし、第2章の冒頭には「チャーツィー（シェパートンよりひとつ上流の町、対岸にロックあり）で合流」とあることから、チャーツィーのロックで合流した可能性も否定できない。チャーツィーのロックはシェパートン駅からやや遠いが、歩いていける距離である。この点だけでなく、登場人物たちにおそろしく長い距離を「散歩」させたりするなど、本書におけるジェロームの地理感覚は時にいささか適当である。

4 ヴィクトリア朝後期にはバンジョーはかなりポピュラーになっていたが、上流階級的な楽器とはいいかねた。一八八〇年代には、川遊びにバンジョーを持ち込む人々のせいで雰囲気が俗化したという声も聞かれるようになっていた。『ボートの三人男』は作者ジェローム本人の出身階級であるロウアー・ミドル・クラスの生活文化を――おそらくジェローム本人の意図とは裏腹に（解説参照）――所々で反映していると言われるが、これなどもその一例だろう。

第9章

ジョージ、労働を慫慂される――曳綱の異教徒的性質――二人漕ぎボートの恩知らずな振舞い――曳くものと曳かれるもの――恋人たちの有効活用法――老婦人、謎の失踪――急いては事を仕損じる――女の子たちに曳いてもらうことの刺激――行方不明のロック、ないし呪われた河――音楽――助かった!


ジョージが来た以上、働いてもらうことにした。もちろんジョージとしては働きたくない。当然である。シティでさんざん仕事をしてきたんだから、というのだ。だが、もともと鈍感な性格で同情というものを知らないハリスは、こう言い放った。

「そうかい！ なら、今度は河でさんざん仕事をするんだな。気分が変わっていいぜ。人間、変化が一番だからな。さあ、出た、出た！」

良心に照らせば――たとえジョージの良心であっても――異を唱えるのは不可能

だった。それでもジョージは抵抗を試みて、自分がボートに残ってティーを用意するからハリスと僕が綱でボートを曳いていくのがいいんじゃないかと提案した。なにしろティーの準備というのは気骨《きぼね》の折れる仕事だし、君たちふたりは疲れているようだから、というのである。しかし、僕らは何も言わずにジョージに曳綱を手渡し、ジョージは曳綱を受け取ってボートから出た。

曳綱というやつには、どうにも奇妙な、得体の知れないところがある。新品のズボンを畳むのと同じくらい丁寧に念入りに巻いておいても、五分後に取り上げようとするころには、魂を揺るがすほど恐ろしくこんぐらかっているのだ。

僕としても、あらゆる曳綱を侮辱するつもりはない。だが、僕の信ずるところでは、ごく普通の曳綱を野原で伸ばしてものの三十秒も目を離していると、振り返って見るころには野原の真ん中でとぐろを巻き、もつれにもつれ、あちこちで瘤《こぶ》になり、両端はどこにあるか分からず、結び目だらけになっているものだ。草の上に座り込んで悪態をつきながら解きほぐそうとすると、たっぷり三十分はかかる。

これが、曳綱というもの一般についての僕の意見だ。もちろん、栄誉ある例外は存在するのだろう。存在しないとは僕も言わない。曳綱の誉れとも言うべき曳綱――良心的で、尊敬すべき曳綱――自分たちはかぎ針編みであると思い込んだり、自由を与えられた瞬間にレース編みの椅子カバーに変身したりしない曳綱――なんてものも、どこかにはあるのかもしれない。僕自身、そういう曳綱の存在を心から願うものである。ただ、お目にかかったことがないだけだ。

今日の曳綱は、ロックに着く直前に僕自身がボートに引き上げておいた。ハリスは不注意だから、絶対に触らせなかった。僕は曳綱をゆっくり慎重に巻き、真ん中のところで結んでおいてふたつに折ると、ボートの底にそっと置いたのだった。いま、その曳綱をハリスは実験器具を扱うような手つきで持ち上げ、ジョージの手に渡した。ジョージはしっかりと受け取り、腕をなるべく伸ばして、赤ん坊のおくるみを脱がせるような手つきでほどきにかかった。ところが、ものの十二ヤードもほどかないうちに、曳綱は下手糞《へたくそ》に作ったドアマットのようになってしまったのである。

いつも同じだ。曳綱がそこにあると、必ずこういう事態が発生してしまう。岸辺に立っているほうの男は、何とかして曳綱をほどこうとしつつ、巻いたやつが百パーセント悪いと考える。河に出ているとき、人は何か考えつくと必ずそれを口に出してしまうものだ。

「いったい何してたんだ、曳綱で魚網でも作るつもりだったのか？　しっちゃかめっちゃかじゃないか。曳綱を普通に巻くくらいのことがどうしてできないんだ、このうすのろ」そうして、曳綱と格闘しながら唸り声を上げたり、綱を曳舟道に平たく伸ばして端はどこにあるのかと駆け回ったりする。

一方、曳綱を巻いたほうの男は、混乱の全責任は綱をほどこうとしている男にあると考える。

「そっちに渡したときには、ちゃんとしてたんだぞ！」と、怒りに燃えて叫ぶ。「どうしてもっと計画的にやらない？　だいたい君は、何かにつけて適当なんだ。君に任せておいたら、建築現場の足場のポールだってもつれちまう！」

ふたりは腹立ちのあまり、お互いを曳綱で絞首刑にしてやりたいと願う。十分が経過するころ、ひとりが度を失って何かわめきだし、曳綱の上で地団駄を踏んで、後先の考えもなく綱のどこかを摑《つか》み、無理やりに引っぱって一気にほどこうとする。もちろん、そんなことをすればもつれは一層固くなるばかりだ。もうひとりがボートから降りて手伝いにやってくるが、ふたりは互いの邪魔になり、相手の作業を妨げるばかり。綱の同じ箇所を握りしめて反対側にひっぱり、一体どこでひっかかっているのかと首をかしげる始末だ。てんやわんやの末に何とか全体がほどけ、やれやれと振り返ってみると、ボートは岸から離れ、堰の落ち口へとまっしぐらに進んでいる。

僕は実際、そういう場面を目撃したことがある。ボヴニーの上流で、風の強い朝だった。下流へ漕いでゆく途中だった僕らは、ある曲がり角を回ったところで、岸辺に立っているふたりの男に気づいた。互いの顔を見つめあう彼らの表情は、僕がそれ以前も以後も見たことがないほど困惑しきって、無力かつみじめだった。ふたりは長い曳綱を手にしていた。何かが起こったのは間違いなかったから、僕らはボートの速度をゆるめ、どうしたんですかと尋ねた。

「ボートがいなくなったんだ！」怒り狂った声でふたりは答えた。「さんざん苦労して曳綱をほどいたと思ったら、ボートがどこかに行っちまった！」

傷ついた様子だった。ボートの振る舞いを卑怯で恩知らずだと考えているのは明らかだった。

逃げたボートは半マイルほど下流で藺草《いぐさ》にひっかかっていたから、ふたりのところまで届けてやった。彼らも、それから一週間というものはボートに脱走のチャンスを与えなかったろうと思う。

それにしても、あのふたりが曳綱を手に岸辺をうろうろしてボートを探していた様子は、忘れようと思っても忘れられるものではない。

ボートを綱で曳いていく際には、いろいろおかしな事件が起こるものだ。一番ありがちなのは、こんなものである。曳き手ふたりはおしゃべりに夢中になりながら、元気よく進んでゆく。ところが後方百ヤードでは、曳かれているボートに乗った男が、止まってくれと声を張り上げ、オールを必死に振り回して合図をしているのだ。何かまずいことが起こったのだろう。舵が船尾から外れてしまったとか、鉤竿《ボートフック》が流れてしまったとか、河に落ちた帽子が流れに乗って遠ざかっていくとか。ボートの男も、最初のうちはごく礼儀正しい言葉づかいで、止まってくれないかと呼びかける。

「おーい！　悪いがちょっと止まってくれないか？」と、きわめて陽気な調子だ。

「帽子を河に落としてしまったんだ」

それから――「おい！　トム！　ディック！　聞こえないのか？」もう、さっきほど愛想はよくない。

それから――「こらっ！　何してやがる、馬鹿野郎！　止まれってのに！　ええい、この――！」

そのあと、男はいきなり立ち上がり、地団駄を踏み、顔が真っ赤になるまでわめきちらし、ありとあらゆるものに悪態をつく。岸辺では小僧どもが足をとめて男をからかい、小石を投げつける。時速四マイルで曳かれてゆくボートから出られないのだから、恰好の標的である。

この手のトラブルを回避するには、曳き手が自分たちはボートを曳いているんだということを忘れず、ボートの様子を頻繁に確認すべきだ。一番いいのは、ひとりだけで曳かせることである。ふたりいるとどうしてもおしゃべりが始まるし、ボートそのものは軽々と曳かれてゆくばかりだから、曳き手たちに状況を思い出させる助けにはならない。

この日の夕食後、僕らはボートを曳くという問題を話し合ったのだが、その折にジョージが興味深い経験を話してくれた。これは、ふたりで組になって曳くとどれだけ仕事を忘れやすいかという好例である。

ある日の夕方、ジョージは三人の男友達と一緒に、積荷がいっぱいの重いボートを漕いでメイドンヘッドから上流へ向かっていた。クッカムのロックの少し先で、若い男女の二人組が曳舟道を進んでいるのに気づいた。どうやらふたりして、きわめて興味津々たる会話に夢中の様子である。一本の鉤竿を一緒に持っていて、その鉤竿に結びつけられた曳綱が長く尾を引き、端は水につかっている。曳かれているボートはないし、あたりを見渡してもボートの影さえ見えない。かつてその曳綱にボートが結ばれていたことは、まさに確実だ。けれども、ボートがどうなったのか、いかなる悲惨な運命がボートとその中に取り残された者たちを襲ったのかという点は、深い謎に包まれていた。しかし、どんな事故があったにせよ、綱を曳いている若い紳士とお嬢さんはそのことに全く気づいていなかった。鉤竿が手元にあり、曳綱が鉤竿に結んであるだけで、万事は順調なのだった。

ジョージは大声で知らせてやろうと思った。が、まさにその瞬間、冴《さ》えた思いつきがひらめいたので、注意するのはやめにした。そのかわり手鉤《てかぎ》を持って身を乗り出し、曳綱の端をすくい上げた。一行は綱を輪っかに結んでボートの帆柱に引っかけた。そしてオールを片づけ、みんなで船尾に腰を下ろしてパイプに火をつけた。

若いカップルは、大の男四人を乗せた重いボートをマーロウまで曳いていったのである。

マーロウのロックに着いて、この二マイルというものずっと他人のボートを曳いていたと気づいたときの若いふたりの顔つきといったらなかった、とジョージは述懐する。ほんの一瞬のまなざしに、あれほど深い悲しみが凝縮されているのを見るのは初めてだったそうだ。男のほうは、若くてきれいなお嬢さんの手前がなければ僕らをさんざん罵倒していたかもしれないなとジョージは言った。

先に驚きから立ち直ったのは、お嬢さんのほうだった。彼女はいきなり両手を握り合わせ、恐慌をきたした様子で叫んだ。

「ねえ、ヘンリー、だったら叔母さんはどこに行ったの？」

ここでハリスが「その叔母さんとやらは見つかったのかい？」と尋ねた。

知らないね、とジョージは答えた。

曳く側と曳かれる側が意思疎通を欠いているときの危険については、ジョージと僕自身がウォルトンの近くで目撃した例もある。このあたりは、曳舟道がゆったりした斜面になって水面に続いている場所だ。僕らは対岸にキャンプを張って、あたりの情景を眺めていた。やがて、小さなボートが近づいてきた。たくましい曳馬がすごいスピードで引っぱっており、曳馬に乗って御しているのはほんの小さな男の子だった。ボートでは、五人の男たちが思い思いに夢でも見るように寝転がっていた。舵の綱を握っているやつは、とりわけのんびりした様子だった。

「あいつが間違った綱を引くと面白いんだがな」と、ボートが通り過ぎるときにジョージがつぶやいた。まさにその瞬間、舵の男が間違った綱を引き、ボートは四万枚のシーツを引き裂いたような音を立てながら岸に乗り上げたのである。男がふたり、食品かごがひとつ、それに三本のオールがたちまち左舷から投げ出された。ややあって、さらにふたりが右舷から転げ落ち、鉤竿や帆や旅行かばんや飲み物の瓶が散乱するさなかに尻餅をついた。最後のひとりは二十ヤードばかり頑張っていたが、これも真っ逆さまに転がり落ちた。

ボートが軽くなったせいで、いきなりスピードが上がった。男の子は声を張り上げて、馬を駆けさせようとする。男たちは身体を起こし、互いの顔を見やった。数秒間はただ呆然としていたが、ついに事態を理解できたらしく、必死に声を絞って少年に止まれと呼びかけた。けれども少年は馬を御するのに夢中で、ちっとも聞いていない。男たちはその後を追って全力で走りだし、やがて僕らの視界から消えた。

彼らの災難を僕が気の毒に思ったかというと、そんなことはない。それどころか、馬にボートを曳かせるような若造どもは――これがまた、うじゃうじゃいるのだが――みんな同じ目に遭えばいいとさえ思う。彼らはわが身を危険にさらしているばかりか、行き交うすべてのボートにとって危なく迷惑なのである。あんなスピードで進まれては、連中がこっちをよけることも、こっちが連中をよけることもできない。向こうの曳綱がこっちの帆柱にひっかかって、ボートがひっくり返る。あるいは、曳綱がこっちの誰かにぶつかって、河に叩き落としたり顔に傷をつけたりする。こんな連中に対抗するには、決して道を譲らず、向こうが近づいてきたら帆柱を突っかい棒にして押しのけてしまうに限る。

あらゆる曳き舟体験の中でも、とりわけ刺激的なのは女の子に曳いてもらうことだ。実に愉快だから、ぜひやってみていただきたい。女の子がボートを曳く場合は、必ず三人組でなければならない。ふたりが綱を持ち、もうひとりはその周りを走ってキャアキャア笑う役を引き受ける。彼女らが最初にやるのは、綱にからまれることだ。まずは互いの足にからみついた綱をほどくため、曳舟道に座り込む。ほどいたとたん首に綱がからまり、窒息しそうになる。それでも、最後にはなんとか綱を伸ばすことができて、一目散に駆けはじめる。ボートが危険なまでのスピードで動きだす。もちろん、百ヤードも駆けると女の子たちは息が切れ、だしぬけに立ち止まると、全員が草の上に座り込んで笑いだす。急に放置されたボートは、こっちが異変に気づいてオールを取り上げるひまもなく、河の真ん中まで漂っていってクルリと向きを変える。すると女の子たちは立ち上がってボートを見やり、びっくりするのである。

「あら、見てよ！　ボートが河の真ん中に行っちゃった」

それからしばらくはかなり着実に曳いていくが、突然ひとりがドレスをピンでたくし上げると言いだし、三人はそのために立ち止まる。ボートは岸に乗り上げる。

こっちは跳ね起きてボートを岸から押し出し、止まっちゃダメだよ、と向こうに怒鳴る。

「えっ、何ですって？」女の子たちが叫び返す。

「止まっちゃー、ダメだよーっ」

「何しちゃダメ？」

「止まっちゃダメ――進んで――どんどん！」

「エミリー、あなたちょっと行って、何のご用か聞いてきてよ」ひとりが言う。エミリーはこっちに来て、何のご用か尋ねる。

「何かご用事？　どうかしまして？」

「いや、どうもしないけどね、とにかく前に進んでほしいんだ――止まらないで」

「えっ、どうして？」

「だって、何かというと止まられたんじゃ、舵が取れないもの。ピンと張ってないと困るんだ」

「ピンと張るって、何を？」

「曳綱だよ――ボートを曳きつづけてくれなきゃ」

「あ、そういうこと。じゃあたし、あの子たちにも言うわ。あたしたち、うまくやれてるかしら？」

「やれてるとも、とっても上手だよ。ただ、止まらないで」

「ぜんぜん難しくなんかないのね。もっと大変だと思ってた」

「大変なことなんかありゃしないよ。ペースを保ってくれれば、それでいいんだ」

「分かったわ。あたしの赤いショールを取ってくださらない、クッションの下にあるから」

ショールを見つけて渡してやると、もうひとりが近づいてきて、あたしのもお願いと言う。メアリーのも一応持っていこうかしら、ということになるが、メアリーはショールは要らないというので、ふたりはメアリーのショールを返しにきたついでにポケット用の櫛を出してくれと言いだす。三人がまた曳きはじめるまでに二十分かかるが、次の曲がり道で牛が出たというので、こっちがボートから出て追い払いに行かねばならない。

女の子たちが曳いているあいだは、退屈している暇なんぞないのである。

しばらくするとジョージが曳き役に回り、ペントン・フックまで着実に歩を進めた。そこで、僕らは宿泊という大事な問題を話し合った。今晩はボートで寝るつもりだから、このあたりでボートをつなぐか、ステインズの先まで行くかである。太陽はまだ空にあるからここで店じまいはもったいない気がして、三マイル半先のラニミードまで頑張ろうということになった。ラニミード近辺は木々の枝が河を覆う静かな場所で、一夜の宿りにふさわしい。

もっとも僕らはみんな、ペントン・フックで泊まっておけばよかったと後から悔やむ破目になった。朝早いうちなら三、四マイルさかのぼるのも何でもないが、長い一日の終わりにさらに三マイル半となると、ひどく疲れてしまうのだ。最後の数マイルは、景色を楽しむ余裕なんかない。しゃべったり笑ったりする気力もない。たっぷり二マイルは進んだと思っても、実は半マイルだったりする。自分たちがまだこんな場所にいるとは信じられず、地図が間違っているに違いないと思えてくる。重い船足《ふなあし》を引きずって少なくとも十マイルは進んだはずなのにロックがまだ見えないときなど、誰かがロックを持ち逃げしたんじゃないかと真剣に悩んでしまう。

そういえば、僕はテムズ河で行き暮れて参った経験がある。若いお嬢さん――母方の従妹――と相乗りで、ゴアリングへ漕ぎ下ろうとしていたときのことだ。もうだいぶ遅い時刻で、僕らは早く帰りつきたいと願っていた――少なくとも、従妹はそう願っていた。ベンソンズ・ロックに着いたときには六時半で宵闇が迫りかけていたから、従妹が焦りはじめた。夕食に間に合うように帰りたい、というのだ。自分もそう思っている、と僕は答え、地図を取り出して、どれだけの距離か調べてみた。次のロックはウォリンフォードで、わずか一マイル半。ゴアリングのすぐ手前にあるクリーヴまで、そこから五マイルだ。

「ああ、これなら大丈夫！　次のロックは七時までに通過できるし、そのあとは一区間だけだよ」というわけで、僕はせっせと漕ぎはじめた。

橋の下を通り過ぎてしばらく経ったとき、僕は従妹に、ロックは見えるかいと尋ねた。いいえ、ロックなんて見えないわ、と従妹は答え、僕は「そうか！」と返事して漕ぎつづけた。さらに五分経ったので、僕はもう一度見てくれないかと従妹に頼んだ。

「見えないわ、ロックなんて。影も形も」

「あのう――ロックって、見たら分かるよね？」怒らせるといけないと思って、僕は遠慮がちに尋ねた。

従妹は別に怒りもしなかったが、それなら自分でご覧になって、と言った。僕はオールを置き、あたりを見渡した。たそがれの河景色が一マイルばかり広がっているが、ロックはどこにも見当たらない。

「まさか、道に迷ったなんてことは？」と従妹が尋ねた。

そんなはずはないんだが、と僕は答え、こう付け加えた。ひょっとすると、間違って堰のある支流に入ってしまったのかも。だとすると、この先にあるのは落ち口だ。

そう聞いても従妹はちっとも慰められず、しくしく泣きだした。あたしたちふたりとも溺れ死んでしまうんだわ、というのだ。あなたとふたりで川遊びなんかに来たから天罰が当たったのよ、と彼女は言いつのった。

天罰にしても厳しすぎやしないか、と僕は反論したが、従妹は聞き入れない。いっそ早く溺れ死んで楽になりたい、と言いだす始末だ。

　僕は従妹をなんとか元気づけるため、事態を楽観的に解釈しようとした。思ってたほど速く漕いでなかったんだろう、ロックはもうすぐだよ、と保証し、さらに一マイル漕ぎ進めた。

　だが、このあたりで僕も不安になってきた。もういちど地図を見てみた。ウォリンフォードのロックは、ベンソンズ・ロックの下流一マイル半の地点にはっきり印がつけられている。正確な、信用できる地図だ。だいたい、ロックのありかは僕自身が覚えている。これまで二度も通った場所だ。なら、僕らはどこにいるんだろう？　いったい何が起こったんだろう？　これはぜんぶ夢で、実はベッドでぐっすり眠っているんじゃないだろうか。しばらくすると目を覚まして、もう十時ですよ、なんて言われやしないだろうか。

　これって夢なんじゃないだろうか、と僕が尋ねると、ちょうど同じことを聞こうと思ってたの、と従妹は答えた。そこで、ある疑問が持ち上がった。これが夢だとすればふたりとも眠っていることになるが、いったいどっちが夢を見ていて、どっちが夢に見られているんだろう。実に興味深い問題ではあった。

それでもなお漕ぎつづけたが、やっぱりロックは見えてこない。夜の闇が濃くなってくるにつれて河辺の景色は陰鬱で謎めいたものに変わり、あらゆるものがすさまじく気味悪く思われてきた。僕は妖怪やアイルランドの伝説の泣き叫ぶ女妖精《バンシー》、鬼火、さらには夜になると河の岩に座って旅人を急流の渦へと誘う邪悪な娘たちのことを思い出し、ああ、もっと善良な生き方をしておけばよかった、もっと讃美歌を覚えておけばよかったと後悔した。そんな思いに押しつぶされそうになっていた折も折、「粋な身なりの色男」[1]が六角形の手風琴《コンサーティーナ》で下手糞に奏でられるのが聞こえてきたのである。助かった、と僕は感じた。

僕はふだん、コンサーティーナの音色が好きではない。しかし、ああ！　あの時ばかりは、僕らふたりにその音楽がなんと美しく聞こえたことか――オルフェウスの声

1　「粋な身なりの色男《ヒーズ・ゴッテム・オン》」は、当時のミュージック・ホールのスターであるT・W・バレットが歌ってヒットした曲。コンサーティーナはアコーディオンと同じ原理を用いた蛇腹楽器だが、アコーディオンのような鍵盤式ではなく、六角形の蛇腹の両側に並んでいるボタンで音階を奏でるようになっている。タンゴで用いられるバンドネオンの親戚筋に当たり、演奏の形も似ている。

よりも、アポロの竪琴《たてごと》よりも、その手のいかなるものよりも、コンサーティーナのメロディが美しく聞こえたのだ。あの時の精神状態では、天国のような旋律が聞こえてきたら僕らはいっそう怯え上がっただろう。魂を動かすような和音が正確に奏でられていたら、冥界からの警告だと思って、すべての希望を失ったことだろう。けれども、回らぬ指で間違いだらけにやっつけられた「粋な身なりの色男」が喘息《ぜんそく》病みのようなコンサーティーナから響いてくる様子には、何かひどく人間的で心を落ち着かせてくれるものがあった。

甘美な音色はさらに近づき、やがて音楽の出どころであるボートが僕らと並んだ。地元の兄《あん》ちゃん、姉ちゃんの一行が、月光のもとで舟遊びとしゃれこんでいたのだった（実際のところ月は出ていなかったが、これは彼らの責任ではない）。あれほど魅力的な、愛すべき人々を僕は他に見たことがない。僕は一行に挨拶し、ウォリンフォードのロックにはどう行けばいいでしょうか、もう二時間も探しているのですがと尋ねた。

「ウォリンフォードのロックですって！　おやおや、取っ払われてもう一年になりますぜ。ウォリンフォードのロックは、もうないんですよ。もうちょっと行けばクリーヴでさあ。おい、ビル！　こちらの旦那、今どきウォリンフォードのロックを探しておいでだとよ！」

まったく思いがけない話だった。その場で連中の首根っこに抱き着いて、ひとり残らず祝福してやりたい気がした。が、水の流れが速すぎてそれは無理だったので、通り一遍の感謝を述べてよしとするほかなかった。

僕らは何度もありがとうと繰り返し、今夜はいい晩ですねと言い、どうかごゆっくりお楽しみくださいと付け加えた。たしか僕は、みなさんお揃いで一週間ばかり泊りにいらっしゃいと言ったようだし、従妹は、みなさんにお目にかかれたら母が喜びますわ、などと言っていた。僕らふたりは、『ファウスト』[2]の「兵士の合唱」を意気揚々と合唱しながら家路を急ぎ、つまるところ夕食に間に合ったのである。

2　フランスの作曲家シャルル・グノー（一八一八〜一八九三）がゲーテの劇詩『ファウスト』を題材として作曲したオペラ。一八五九年初演。

第10章

初日の晩――キャンバスの下で――助けを求める声――ケトルのあまのじゃくを克服する方法――夕食――高徳の人間になるには――求む、設備よく排水よき無人島、なるべくは南太平洋に――ジョージのお父さんの滑稽な体験――眠れぬ夜

ハリスと僕は、ベル・ウィアのロックも同じように撤去されてしまったに違いないと考えはじめた。ステインズまでジョージがボートを曳いてゆき、そこで僕らふたりと交代したのだが、まるで五十トンの荷物を曳いて四十マイル歩き通すような具合だったのだ。ベル・ウィアのロックを通過したのが七時半。そこからは三人全員がボートに乗って、左側の岸辺近くを漕ぎながら、ボートを泊めるのにふさわしい場所を探した。

もともとの計画では、マグナ・カルタ島まで行くはずだった。マグナ・カルタ島は

河畔の景色が穏やかで美しく、その前後のテムズ河はゆったりした緑の丘にはさまれながら蛇行している。この小島の近くにたくさんある、絵のように美しい入江でキャンプするつもりだった。ところがどうしたものか、今となっては絵のような景色を求める気持ちが朝ほどには湧いてこないのである。石炭船とガス工場にはさまれた狭苦しい場所でも、この晩なら満足してボートを泊めただろう。眺めなんかどうでもよかった。夕食を食べて、さっさと寝たかった。それでも、目印になる建物がある場所――「ピクニック・ポイント」と呼ばれている――までは進み、巨大な楡の木に覆われた心地よい一角に入り込んで、八方に広がっている楡の根元にボートをゆわえつけた。

そこで、さあ夕食という話になった（時間を節約するためにティーは飛ばしたのだ）が、ジョージが待ったをかけた。手元が不確かにならないうちに、ボートの上にキャンバスの幌を張ってしまったほうがいいというのだ。そうすれば今日の仕事はすべて完了、後顧の憂いなく食事に取りかかれるというのがジョージの主張だった。

ところが、このキャンバスというのが、僕らが予想していたよりもはるかに難物だった。理屈の上では、ごくごく簡単そうである。クローケー[1]用のゲートを巨大にしたようなフープをボートに立て、その上からキャンバスを広げ、端を留めてまわればいいのだ。十分もあれば済むだろう、と僕らは考えていた。

これは、甘く見ていたと言わざるをえない。

僕らはフープを取り上げ、穴にはめこもうとした。こんな作業が危険だとはよもや誰も思わないだろうが、今から振り返ってみると、僕ら三人が生きてこの話をできるのが不思議な気がしてくる。あれはフープなんてものじゃない、悪魔だ。まずもって穴にはまらないので、フープの上に飛び乗ったり、フープを蹴りつけたり、鉤竿でぶっ叩いたりしなくてはならない。しかも、やっとはめ終えた段になって穴が違うと分かり、もう一度引っこ抜く破目になる。

ところが、今度は抜けないのである。五分ばかりも格闘するうち、フープはいきなりすっぽ抜けて跳ね上がり、僕らを水に落として溺死させようとする。そのうえフープは真ん中で折れるようになっており、こっちが油断している時を狙って身体のデリケートな部分に食いつく。フープの片方の端になんとか言うことを聞かせようと格闘していると、もう一方の端が卑怯にも背後から忍び寄り、頭をぶん殴る。

やっとのことでフープがはまり、あとはキャンバスで覆うだけになった。ジョージが布を広げ、一方の隅をボートの舳先に固定した。ボートの真ん中に立っているハリスがそれをジョージから受け取って僕のほうに広げる手はずだったから、僕は船尾で待っていた。ところが、なかなかキャンバスが手元まで伸びてこない。ジョージはちゃんと仕事をしたが、ハリスが不慣れで大失敗してしまったのだ。

どうしてそんなことになったのか僕には分からないし、ハリスも説明できない。ともかく、ある神秘的なプロセスが働いたらしく、十分間にわたる超人的奮闘ののち、ハリスは完全にキャンバスに巻き込まれてしまったのである。十重《とえ》二十重《はたえ》のぎゅうぎゅう巻きといった有様で、ハリスは中から出られなくなった。もちろんハリスは英国人の生得の権利たる自由を求めて必死に戦ったが、そうこうするうちに（これは後から分かったのだが）ジョージに体当たりして倒してしまった。するとジョージはハリスに悪態をついて取っ組み合いを始め、自分までぎゅうぎゅう巻きになったのである。

1　木の球を槌で打ってゲートをくぐらせ、標柱に当てることで得点を競うゲーム。現在のゲートボールの原形となった。

僕はそんな成り行きをちっとも知らないでいた。僕自身は、キャンバスの張り方などまったく分かっていなかった。船尾に立ってキャンバスが伸びてくるまで待てと言われたものだから、モンモランシーと一緒に船尾に突っ立ち、忠実そのものの態度で待ちつづけたわけである。なるほど、キャンバスは激しく持ち上がったり凸凹《でこぼこ》になったり、相当に激しい動きを見せていた。けれども僕らはこれも手順の一部だろうと考えて、干渉しないでいたのである。

キャンバスの下から、くぐもった声がずっと聞こえていた。こいつはだいぶややこしそうだなと僕らは思い、事態がもう少し整理されてから手を出すことにしようと結論した。

僕らはしばらく待ちつづけたが、状況は混迷を増すばかりのようだった。と、ジョージの頭がボートの横からニュッと突き出してこう言った。

「手を貸せ、馬鹿野郎！　何をミイラみたいに突っ立ってるんだ。俺たちは窒息しかかってるんだぞ、この間抜け！」

僕は、助けを求められて無視するということができない。手を貸してふたりを助け出してやった。時期尚早だったとは言いがたい。ハリスは顔が真っ黒になりかけていた。

それから三十分ばかり必死に作業をこなしてやっと幌が張れたので、ボートの中を片づけて夕食にした。舳先に置いたコンロにケトルを乗せると、僕らは船尾に引き下がり、ケトルのことなどちっとも気にかけていないそぶりでせっせと他のものを取り出しはじめた。

ボート遊びの際にケトルで湯を沸かすには、この方法に限る。早く沸いてくれないかというこっちの気分をケトルが察知すると、シュンシュン沸きだしさえしないものだ。ケトルから離れ、お茶なんか飲まないよという顔つきで食事を始めなければならない。ケトルのほうを振り返ってもいけない。そんなふうに無視していれば、ケトルの中の水は早くお茶にしてもらいたがってゴボゴボ沸きだすこと請け合いである。

もし急ぎだったら、お茶なんて要らない、飲みたくもないなどと大声でやりあってみせるのも手である。こっちの言うことがケトルに聞こえるくらいの距離まで近づき、僕が「俺はお茶なんか要らないぞ。ジョージ、君はどうだ?」と怒鳴る。ジョージは「要らないとも、僕はお茶が嫌いなんだ。レモネードにしよう――お茶は消化に悪いから」と怒鳴り返す。するとケトルは、コンロの火を消さんばかりに吹きこぼれるのである。

この罪のない策略を用いた結果、他の食べ物ができるより先にお茶が僕らを待っていた。そうして僕らは、ランタンに火を入れて夕食のために腰を下ろした。

この夕食の待ち遠しかったこと。

三十五分のあいだ、ボートの中に響くものといっては、ナイフやフォークが皿とぶつかる音、四組の奥歯が絶えず嚙みしめられる音だけだった。その三十五分の終わりに、ハリスが「ふう！」と言って、あぐらの脚を組み替えた。

それから五分後に、ジョージも「ふう！」と言って、岸辺に皿を投げ出した。その三分後、モンモランシーがこの旅行で初めて満足の様子を示し、ごろりと横になって脚を伸ばした。それから僕が「ふう！」と言って背筋を反らしたところ、鉄のフープに思いきり頭をぶつけてしまった。けれども僕は気にしなかったし、悪態ひとつつかなかった。

腹が満たされると、人はなんと善良な気分になるものか――自分にも世界にも、どれだけの満足を覚えることか！　曇りなき良心こそ人を幸福で満ち足りた気分にさせると世の求道者《ぐどうしゃ》たちは言うが、腹いっぱいであることも同じ効果をもたらしてくれるし、だいいち安上がりで達成が容易である。たっぷりした食事をよく消化すれば、人はきわめて寛大かつ鷹揚《おうよう》な気分になることができる——この上なく気高く、親切な心持ちに。

まったく妙な話だが、僕らの知性は消化器官に支配されている。僕らが働くのも、ものを考えるのも、胃袋の命令があればこそなのである。感情も、情熱も、胃袋が僕らに与えるものなのだ。ベーコンエッグを食べれば、胃袋は「働け！」と言う。ビーフステーキと黒ビールなら、「眠れ！」だ。一杯のお茶（カップにつき茶さじ二杯、抽出は三分まで）の後では、胃袋は頭脳にこう命じる。「さあ、立ち上がってお前の力を見せてやれ。雄弁にして深遠、かつ柔和であれ。澄みきった眼で、自然と人生を見通すがいい。生命を宿した思考の白き翼を広げて神のごとき精霊となり、混濁の世を見下ろして高く飛べ。燃え上がる星の長い連なりを縫って舞い上がり、永遠世界の門をめざせ！」

熱々のマフィンの後では、胃袋はこう言う。「野の獣のごとく、鈍重で魂なき存在であれ——想像力も、希望も愛も、生命の感覚の光も宿すことのない、うつろな眼をしたケダモノとなれ」適切な量のブランデーを飲んだときにはこうだ。「さあ、来たれ、阿呆よ。にやけ顔でひっくり返り、同族の人間どもを笑わせるがいい——たわごとを垂れ流し、意味なき音を吐き散らせ。貴様の理性と意思は、一杯のアルコールに浸ってたわいもない子猫のように寝転がっている。そんなとき人間がどれほど埒もない愚かな存在となるか、身をもって世界に示すのだ」

まったく、僕らは胃袋の哀れな奴隷に過ぎないのである。されば友よ、倫理や正義をむやみに求めることなかれ。それよりも君の胃袋に絶えず気を配り、適切な栄養物を優しく送り込んでやるべきだ。そうすれば、君が何ら努力せずとも、美徳と満足がおのずから心に満ちわたる。かくして君は、良き市民、愛情ある夫、優しき父親になるだろう——高潔にして信仰深き人間に。

夕食より前、ハリスとジョージと僕は喧嘩腰でぶっきら棒で不機嫌だった。ところが夕食が終わったときには、互いにほほえみかけ、犬のモンモランシーにさえ笑顔を向けていた。僕らは互いを愛し、あらゆる人間を愛した。その最中に、ボートの中をうろうろしていたハリスがジョージの足にできた魚の目を踏みつけた。これが夕食前だったら、ジョージは現世および来世においてハリスの運命が悲惨ならんことを大っぴらに熱望し、心ある人間を慄然とさせていたはずだ。

ところが今では、ジョージはこう言っただけだった。「おっと、気をつけてくれよ。足に魚の目があるんだ」

ハリスのほうも、もし夕食前だったなら、可能なかぎり不愉快な調子でこう言っていただろう——君から十ヤード以内に近づかなきゃならない人間が足を踏まずに済むなんてことがあるもんか、だいたい君みたいな大きな足のやつが普通のボートに乗るのが間違ってる、どうして夕食前みたいに船端から脚を突き出しておかないんだ、と。だが今では、ハリスはこう言っただけだった。「おっ、すまんすまん。痛いところを踏んだのでなけりゃいいんだが」

するとジョージは、そんなことちっともないさ、僕のほうが不注意だったんだ、と言い、ハリスは、いやいや、悪いのは僕だよと言った。

こういうやり取りは、聞いていて気持ちがいい。

僕らはパイプに火をつけて腰を下ろし、テントの中から静かな夜を眺めながらお喋りをした。

どうしていつもこんなふうに暮らせないんだろう、とジョージが言った——罪と誘惑に満ちた俗世を離れて、平和で落ち着いた生活を送り、善行を積んでゆくことができればいいのに。僕も、それこそ自分がずっと願ってきたことだと相槌を打った。そこで、僕ら四名で世間を捨て、手ごろで設備の整った無人島にでも引っ越して、森の中で暮らすことはできないかという相談になった。

ハリスが口を出し、自分の聞き及ぶところでは、無人島暮らしで困るのは湿気が多すぎることだと言った。ジョージがそれに答えて、なあに大丈夫さ、排水《ドレイン》さえうまくやればね、と言った。

そこから話題は酒を飲む《ドレイン》ことに飛び、ジョージがかつてお父さんの経験した滑稽な出来事を思い出した。お父さんが友達とウェールズを旅行した時のことである。ある晩、ふたりがとある宿で足を止めると、そこには他の旅行者たちも泊まっていたので、ふたりは仲間入りして共に盃《さかずき》を干した。

一同は夜遅くまでたいへん愉快に過ごした。ベッドに入るころには、ジョージのお父さんと友達は（これはジョージのお父さんがごく若かった頃の話である）だいぶいい機嫌だった。ふたりは同じ部屋に泊まることになっていたが、ベッドは別々だった。燭台を借りて、ふたりは階段を上がった。ところが、部屋に入ったときに蠟燭が壁にこすれて消えてしまったので、真っ暗闇の中で服を脱いで手探りでベッドに入るより仕方がなくなった。ふたりはそうしたが、実は別々のベッドに入ったつもりで同じベッドにもぐりこんでいたのである――ひとりはごく普通の向きで横になったが、もうひとりは反対側からベッドに近づき、枕に足を乗せる恰好で横になってしまった。

しばらく沈黙が流れたあと、ジョージのお父さんが言った。

「なあ、ジョー！」

「何だい、トム？」ジョーの声が、ベッドの向こう端から聞こえた。

「どうも、俺のベッドに別のやつがいるみたいなんだ。足が枕に乗っかってる」

「あれっ、妙なこともあるもんだ」友達が答えた。「実は、俺のベッドにも誰かいやがるのさ！」

「で、どうする？」

「これから、そいつを叩き出しちゃう」

「俺もそうしよう」ジョージのお父さんは決然と言った。

短い格闘のあと、ドスン、ドスンという音が床に響き、いささか情けなそうな声がこう言った。

「なあ、トム！」

「何だい！」

「そっちはどうなった？」

「実を言うと、俺のほうが叩き出されちゃった」

「こっちもそうなんだ！　おい、俺は何だかこの宿が気に食わないんだが、どう思う？」

　そこでハリスが口をはさんだ。「その宿屋、何ていう名前だ？」

「〈ピッグ・アンド・ホイッスル〉というのさ。それがどうかした？」

「うーん、じゃ、別の宿か」

「えっ、そりゃどういう意味？」

「なに、不思議な偶然もあるもんだと思ってさ」とハリスはつぶやいた。「俺の親父が田舎の宿で、まったく同じ目に遭ってるんだ。親父の得意の笑い話でね。ひょっとすると、同じ宿かと思ったもんだから」

　その晩は十時に就寝した。疲れているからよく眠れるだろうと思っていたのだが、そうはいかなかった。普段の僕なら、服を脱いで枕に頭を乗せたと思ったら、次の瞬間には誰かがドアを叩いて八時半ですよと教えてくれるものだ。けれども今夜は、僕にとってすべてが不都合なようだった。ボート旅行の目新しさ、床の固さ、無理のある姿勢（ひとつの座席の下に足を入れ、もうひとつの座席の上に頭を乗せていた）、ボートの周囲から聞こえる波の音、木の枝を吹き渡る風——すべてが安眠をさまたげた。

二時間ばかり眠ったのは確かだが、ボートのどこかがいつのまにか瘤になってふくれ上がったようで——ボートに乗ったときはそんなものはなかったし、次の朝には消えていたのだが——僕の背骨をえぐりつづけた。しばらく我慢して寝ていると、夢を見た。僕は一ソヴリン金貨を飲み込んでおり、周りの人間が僕の腹に錐《きり》で穴を開けて取り出そうとしているのだ。あこぎなやり方だと思った僕は、つけにしておいてくれ、月末には返すからと言った。ところが連中は聞く耳を持たず、今いただいておくほうがずっといいですよ、放っておくと利息がかさみますからなどと言う。すっかり腹を立てた僕は、遠慮なく悪態をついてやった。すると連中が錐をいやというほどねじ込んだので、目が覚めた。

ボートの中は空気がこもって、頭が痛かった。僕はちょっとばかり涼しい夜気に当たろうと考えた。そのへんにあった服をひっかけ——僕の服もあれば、ジョージやハリスのもあった――幌をくぐり抜けて岸辺に出た。

壮麗な夜景が広がっていた。月は沈み、静まり返った大地を星が照らすばかり。四囲の沈黙のさなか、月の子供たる人間が眠るあいだに、月の妹である星が月と言葉を交わしているかのようだった――高遠なる謎を語り合うその声は、人間の幼い耳に届くにはあまりに遠く、あまりに深いのだが。

冷たく冴えわたった遠い星々は、僕らに畏怖の念を抱かしめる。僕らはまるで、礼拝することを教えられてはいても実体をいまだ知らない神々のまします薄明かりの神殿に足を踏み入れた子供のようだ。かぼそく灯りのともる奥深い空間を覆うドームに物音がこだまするこの場所で、僕らは眼を上げて見やるのである――上の空間に漂う恐るべき存在が見えるのを半ば期待し、半ば恐れつつ。

だが同時に、夜は慰めと力強さに満ちているようにも思われる。夜の偉大な存在感を前にすると、僕らのちっぽけな悲しみは恥じらいを覚えてこっそり消え去ってしまう。昼間の世界は不安や恨みに満ちていて、僕らの心には邪悪かつ残忍な思いが充満し、世間はあまねく過酷で不当なように思われる。だが〈夜〉は、僕らの熱を帯びた頭に慈母のごとく優しい手をあてがい、僕らの涙に汚れた顔を彼女の顔に向かせてほほえみかけてくれる。〈夜〉は言葉を発しないが、僕らは彼女が言わんとすることを知っていて、熱く上気した頬を彼女の胸にうずめ、痛みが去りゆくのを感じるのである。

痛みがあまりに深く切実なとき、僕らは黙って彼女の前に立ち尽くす。痛みを表現できる言葉はなく、ただ呻《うめ》きの声があるだけだから。〈夜〉の心は、僕らに対する憐れみに満ちている。彼女は僕らの痛みを和らげることはできないが、ただ僕らの手を取って握りしめる。すると俗世は足下に小さく遠ざかり、僕らは彼女の漆黒の翼に連れられて、彼女よりも力ある存在のもとをしばし訪れることになる。その偉大なる存在の放つ光の中で、人生のすべてが一冊の書物のごとく僕らの眼前に広がる。そうして僕らは知るのだ、痛みと悲しみは神がつかわされる天使に他ならないことを。

苦しみの冠を戴《いただ》いたことのある者だけが、神の驚くべき光を目にすることができる。だが、光を目にして帰ってきた者もそれを語ることはできず、自分たちの知りえた神秘を人に告げることもできない。

はるかな昔、幾人かの善良な騎士たちが見知らぬ土地を馬で駆けていた。彼らの通る道は深い森の中にあり、太い茨の枝が絡まりあいながら生い茂っていた。森の中に踏み迷った騎士たちの肌を、茨のとげが切り裂いた。樹々の葉は幾重にも重なって暗く、陰鬱と悲哀を和らげる日の光が枝の間からさしこむこともなかった。

この暗い森を通りゆく途中、騎士のひとりがはぐれ、遠くさまよって戻らなかった。残る騎士たちは、仲間がすでに命を落としたものと考え、深く悲しみながら道を急いだ。

さて、目指す美しい城に到着した騎士たちは、幾日も滞在して楽しい時を過ごした。ある晩、大広間の暖炉で燃えさかる薪《まき》を囲んでくつろいだ騎士たちが美酒の盃を干していると、行方知れずになっていた仲間が姿を現して彼らに声をかけた。見ると、衣服は物乞いのようにみすぼらしく、なめらかな肌にはいくつも痛ましい傷が刻まれていたが、その顔は深い喜びに輝いていた。

一同は、彼の身に何が起こったのか尋ねた。すると彼は、このように物語った——自分はあの暗い森の中で道に迷い、何昼夜もさまよったあげく、傷ついて血を流しながら、死を覚悟して地面に身を横たえた、と。

彼はまさに死なんとしていた。だが、見よ！　残忍なる闇の彼方からひとりの威厳に満ちた処女《おとめ》が現れ、彼の手を取った。彼女は知る人もなき脇道を通って彼を連れていった。そうして行き着いた場所で、森の闇がまばゆい光に照らされた。その光に比べれば、日中の明るさといえども太陽の前の小さなランプのようだった。過酷な旅を続けてきたわれらの騎士は、この不可思議な光の中に、夢のごとくひとつの幻を見た。その幻は光輝に満ちてこよなく美しく、彼は血が流れ出す傷のことも忘れて恍惚《こうこつ》と立ち尽くした。彼が感じた喜びは海のごとく深く、その深さは計り知れなかった。

そして、幻は消え去った。地面にひざまずいた騎士は、悲哀に満ちた森に自分の足を踏み迷わせてくれた善き聖人に感謝を捧《ささ》げた。その導きあってこそ、森の奥深くに隠れていた幻を目にすることができたのだから。

暗い森の名は〈悲しみ〉と言った。けれども、かの善良な騎士がそこで目にした幻については、僕らは語る言葉を持たず、人に告げるすべを持たないのである。

第11章

むかしむかしジョージが早起きをしたとさ――ジョージ、ハリスおよびモンモランシー、冷たそうな河を気に入らず――J氏におけるヒロイズムと決断――ジョージと彼のシャツに関する教訓つき物語――料理人としてのハリス――歴史の回顧、学校にて使われたし

目が覚めたのは朝の六時で、ジョージも目を覚ましていた。僕らは寝返りを打ってもう一度眠ろうとしたが、無駄だった。もしこれが、二度寝してはならず、今すぐ起き上がって服を着なければならない事情のある朝だったなら、僕らは時計を見ながらまた眠り込んで十時まで目を覚まさなかったに違いない。まったく、世の中は皮肉なものだ。少なくともあと二時間は起きる理由などさらさらなく、こんな時刻に起き出すなど馬鹿げきっている今朝に限って、僕とジョージはあと五分も横になっていたら死んでしまいそうな気分だったのである。

そこでジョージが話しだした。一年半ばかり前に今と同じような経験をしたが、そっちのほうがはるかにひどかったという。当時、ジョージはミセス・ギピングズなる女性が経営する下宿で暮らしていた。ある晩、ジョージの時計が故障して、八時十五分を指したまま止まってしまった。ただし、そのことに本人は気づいていなかった。どういうわけか就寝時にねじを巻くのを忘れて（ジョージには珍しいミスである）、そのまま枕元の釘に引っかけてしまったのだ。

この事件が起こったのは冬で、一年で最も日が短い時期だった。おまけに一週間にわたって霧が出ていたから、目を覚ましたとき周囲が真っ暗だからといって時刻を知る助けにはならなかった。ジョージは手を伸ばして時計を取った。八時十五分である。

「うへっ、何てことだ！」ジョージは叫んだ。「九時にはシティに着いてなきゃならないのに。どうして誰も起こしてくれなかったんだ？　まったく、どうかしてる！」時計を放り出してベッドから飛び起き、冷水を浴びて顔を洗った。服を着ると、湯が沸くのを待っていられないので冷水でひげを剃り、それから時計に駆け寄って時間を見た。

ベッドに放り出された拍子に動きはじめたのかどうか、ともかく時計は八時十五分から進んだようで、今では八時四十分を指していた。

ジョージは時計をひっつかみ、階段を駆け下りた。居間は真っ暗で静まり返っているる。暖炉に火はなく、朝食も用意されていない。ミセス・ギピングズというのは何とたるみきった女だとジョージは呆《あき》れ、夕方に帰ってきたら叱り飛ばしてやろうと決心した。大急ぎで外套《がいとう》をひっかけて帽子をかぶり、もぎ取るように傘を摑んで玄関に向かった。玄関のドアはまだ閂《かんぬき》を差したままである。ギピングズの婆《ばあ》さんはろくでなしの怠け者だとジョージは心中で罵り、そこらの人間がまっとうな時間に起き出すことができないのはいったいどういうわけかと訝《いぶか》しみながら、ドアの鍵を開け、閂を外して通りに飛び出した。

四分の一マイルほど走ったところで、何かがおかしいことにジョージは気づいた。周囲にほとんど人がおらず、通りの店も一軒として開いていないのである。たしかに日の出が遅くて霧の深い朝ではあったが、そんな理由でみんなが商売を中止してしまうのはどうも変だ。この自分は仕事に行かなければならないのに、他の連中はあたりが暗くて霧深いというだけの理由でベッドに入りっぱなしでいいのだろうか？

ついにホルボーンの大通りに出た。どこの鎧戸《よろいど》も閉まったままだ！　乗合馬車の一台も走っていない！　近くの人影は三つだけで、そのひとりは巡邏《じゅんら》の警官だった。あとはキャベツを満載した荷車と、おんぼろの辻馬車である。ジョージは時計を出して眺めた。八時五十五分じゃないか！　ジョージは足を止め、脈拍を数えてみた。屈みこんで、自分の足に触ってみた。それから、時計を手に持ったまま警官に近づき、いま何時でしょうかと尋ねた。

「何時か、だって？」警官はあからさまに怪しんでいる目つきでジョージをじろじろ眺めた。「じきに時計の鐘が鳴るから、聞いてみるといい」

ジョージが耳を澄ますと、すぐさま近所の鐘が鳴った。

「あれっ、三回しか鳴らないじゃないか！」鐘が鳴り終わると、ジョージは傷ついた声で言った。

「何回鳴ってほしいと思っとったのかね？」

「九回ですよ」とジョージは答え、時計を警官に見せた。

「住所を教えてもらいましょうか」公共秩序の番人は厳しい声を出した。

ジョージはちょっと考えて、住所を告げた。

「ふむ、嘘じゃないだろうな」と警官。「ま、悪いことは言わんから、時計を持ってさっさとうちに帰りなさい。これ以上、人に迷惑をかけてはいかん」

ジョージは狐《きつね》につままれたような気分で下宿に戻り、部屋に入った。

当初、ジョージは服を脱いでもう一度ベッドで寝るつもりだった。けれども、ベッドから起きたらまた服を着て顔を洗わなければならないし、もう一度水浴びをしなければならない。そう考えると、ベッドに入り直す気にはとてもなれず、安楽椅子で仮眠を取ることにした。

ところが、眠れないのである。こんなに眼が冴えるのは初めてだった。ジョージは灯りをつけてチェス盤を取り出し、チェスを指しはじめた。しかしそれも興が乗らず、時間つぶしにならない。チェスはやめて本を読もうとしてみた。だが、読書にもいっさい興味が湧いてこない。そこで、また上着を着て散歩に出かけた。

おそろしく孤独で陰気な散歩だった。すれ違った警官はみんな泥棒を見るような視線を向け、角灯の光をジョージに浴びせて後からついてきた。そうなると不思議なもので、ジョージ自身も何かよからぬことをしてしまったような気分になり、警官のコツンコツンという足音が近づいてくると横道にこっそり曲がったり、灯りのともっていない軒先に身をひそめたりするようになった。

もちろん、そのせいで警官はジョージにいっそう疑いをかけ、わざわざ近づいてきて「そこで何をしとるのかね」と尋ねるようになった。別に何も、ただ散歩しているだけですとジョージが答えると（まだ四時だった）、警官たちは不信の表情を浮かべ、ついには私服警官がふたり付き添って、ジョージが本当に申告どおりの住所に住んでいるかどうか確かめることになった。ジョージが鍵を取り出して下宿に入るのを見届けたあとも、警官たちは通りの向かいに陣取って下宿を監視しつづけた。

中に入ったら火をおこして何か食べるものを作ろう、とジョージは考えていた。食欲はないが、時間つぶしにはなるはずだ。ところが実際にやってみると、石炭入れのバケツからティースプーンに至るまで、どんなものに手を出しても落っことすか蹴飛ばすかしてしまい、それがまた恐ろしい音を立てるのだ。ジョージはすっかり怯えきってしまった。次に音を立てたらミセス・ギピングズが目を覚まし、泥棒と勘違いして、窓から「お巡りさん！」と叫ぶだろう。あのふたりの警官がすわこそと飛んできて、手錠をかけて彼を連行し、治安判事の法廷に引きすえるだろう。

すでに妄想のとりこになっていたジョージは、裁判の様子を思い浮かべた。自分は陪審に向かって事情を説明するが、誰ひとり信じてくれない[1]。懲役二十年の判決が下り、母親は心痛のあまり死んでしまうだろう……。というわけでジョージは朝食をあきらめ、外套を毛布代わりにして、ミセス・ギピングズが七時半に下りてくるまで安楽椅子に座ってひたすら待つ破目になった。

あの朝の経験が身に沁《し》みたので決して早起きはしないことにしている、とジョージは述懐した。

この実話をジョージが語るあいだ僕らは毛布にくるまって座り込んでいたが、話にけりがついたので、僕はハリスをオールでつついて起こしにかかった。三度目でハリスは目を覚まし、すぐ下りていくから編み上げブーツを出しておいてくれと言った。僕らが手鉤でハリスをくすぐって過ちを正してやると、ハリスはだしぬけに身体を起こし、彼の胸の上で正しき者の眠りをむさぼっていたモンモランシーをボートの端まで吹っ飛ばしてしまった。

それから、幌を外した。総員四名が右舷から首を突き出して水面を見下ろし、身震いした。ゆうべの計画では、朝一番に起き出して寝具をはねのけ、幌を取り払い、歓声を上げながら河に飛び込んでたっぷり泳ぎ回るはずだった。しかし、じっさい朝になってみると、どういうわけかこの計画がさほど魅力的に思われないのである。水はいかにも冷たそうだし、河風もひどく涼しい。

「で、誰から飛び込む？」しばしの沈黙の後、ハリスが尋ねた。

先陣争いは起こらなかった。ジョージは、自分に関するかぎり問題は解決済みだという態度で、ボートの奥に引っ込んで靴下をはいてしまった。モンモランシーも、考えただけでぞっとするというように唸りだした。ハリスは、いったん水に入るとボートに上がるときが厄介だからな、などとほざいて、これまた奥に引っ込んでズボンを手に取った。

だらしないやつらだと僕は思ったが、自分だって喜んで飛び込みたいわけではない。河の中には木が沈んでいたり、水草が生えていたりしそうだ。とりあえず、水際まで行ってピチャピチャと水を浴びる程度でごまかしてしまおう。そう考えた僕はタオルを持ってボートから岸辺に出ると、先が水につかっている木の枝の上にそろそろと足を進めた。

1　治安判事裁判所は陪審制ではない。ジョージの妄想の中で、事件は治安判事裁判所を経て正式起訴の対象とされ、陪審制の刑事法院送りとなっているのである。

おそろしく寒かった。風が身を切った。これはいけない、水を浴びるのはよそうと僕は決めた。ボートに戻って服を着るため、身体の向きを変えた。とたんに、いまいましい枝がポッキリ折れ、僕はタオルと一緒に水に落ちて盛大なしぶきを上げた。何が何だか分からないうちに流れの真ん中に押し出され、テムズ河の水を一ガロンばかり飲んでいた。

「おっ！　やったね」水面に浮きあがって水を吐き出したとき、ハリスの声が聞こえてきた。「Jにそんな気概があるとは思わなかった。なあ、ジョージ？」

「気分はどうだい？」ジョージが尋ねた。

「すごくいいぞ」僕は水を吹きながら答えた。「馬鹿だなあ、泳がないなんて。実にもったいない。どうだ、飛び込まないか？　ちょっと決心するだけでいいんだぜ」

けれども、ふたりをその気にさせることはできなかった。

服を着るときになって、ちょっと愉快なことが起きた。ボートに戻った僕は身体が冷え切っていたので、一刻も早くシャツを着ようと焦るあまり、シャツを河に落としてしまった。ジョージがゲラゲラ笑いだしたので、僕はいっそう腹を立てた。何が可笑しいのか分からなかったし、ジョージにもそう言ってやったのだが、ジョージはそれを聞いていっそう笑うばかり。あんなに馬鹿笑いする人間は見たことがない。とうとう僕はかんしゃく玉を爆発させ、貴様はたわけでうつけでうすのろの阿呆だ、と怒鳴りつけたが、それを聞いたジョージは腹を抱えて大笑いした。仕方なく僕はシャツを拾い上げにかかったが、その段になって、河に落としたのはジョージのシャツだと分かった。さっきは勘違いして、ジョージのシャツを着ようとしていたのだ。とたんに事態の可笑しみが分かってきたので、今度は僕も笑いだした。ずぶずぶに濡れたジョージのシャツと馬鹿笑いしているジョージを見比べるにつけてどんどん愉快になり、あんまり笑ったものだからシャツをまた河に落っことしてしまった。

「おいおい――イッヒッヒ――拾わないでいいのか？」ジョージが笑いの発作の合間に言った。

こみ上げてくる笑いのせいで僕はしばらく返事ができなかったが、それでもなんとか言葉を吐き出した。

「僕のシャツじゃない――君のだ！」

人間の表情があれほど一瞬のうちに歓喜から憂慮へと変わるのを見るのは、僕にとって初めての経験だった。

「なにっ！」とわめいて、ジョージはいきなり立ち上がった。「この間抜け！　どうしてもっと気をつけないんだ？　どうして岸に上がってシャツを着ないんだ？　貴様みたいなやつがボートに乗るのが間違ってる。おい、手鉤をよこせ」

僕はこの事態がなぜ可笑しいのか説明しようとしたが、聞く耳を持ってもらえなかった。ジョージはたまに、まるきり冗談を解さない人間になってしまう。

朝飯にはスクランブルエッグを食べようぜ、とハリスが提案した。自分が作ってやる、という。ハリスの口ぶりからすれば、スクランブルエッグ作りが大得意のようだった。ピクニックでもヨット旅行でも、自分が作るスクランブルエッグは大好評を博したというのだ。ハリス特製のスクランブルエッグを一度でも口にした人間は他の食べ物を受け付けなくなり、それが手に入らないと衰弱して死んでしまうのだそうである。

ハリスの自慢を聞くうちに、僕らは口の中によだれが湧いてきた。そこでハリスに、コンロとフライパンと卵を渡した（もちろん卵の多くは割れて食品かご全体をべとべとにしていたが、それでも何個か残っていたのである）。ぜひぜひ作ってくれ、と僕らはハリスに頼んだ。

ハリスが卵を割るのが、まず一苦労だった——というか、曲がりなりにも割ることはできたのだが、割ったやつをフライパンに放り込む際に、ズボンに落としたりシャツの袖にはね飛ばしたりせずにいられないのだ。それでも六個ばかりフライパンに落とし込んだハリスは、コンロのそばにしゃがみこんでフォークでかき混ぜはじめた。

ジョージと僕が見たところでは、大変な仕事のようだった。フライパンに近寄るたびにハリスは熱い部分に触ってしまい、持っていたものを放り出してコンロの周囲を踊り回ったり、指をひらひらさせながら悪態をついたりした。実際のところ、ジョージと僕が目をやるたびに、ハリスはこの儀式を行なっていた。これも料理法の一部なんじゃないか、と僕らは思ったものだ。

僕らはスクランブルエッグというのがどういうものか知らなかったから、それはアメリカのインディアンかサンドイッチ諸島の料理で、本格的にやるためにはダンスと呪文が不可欠なのだろうと考えた。モンモランシーもフライパンに近寄ったが、とたんに脂がはねて鼻をやけどし、ハリスと一緒に踊り回って呪文を唱えた。要するにこれは、僕がこれまで見たうちでもっとも興味深くエキサイティングな作業だった。終わったときには、ジョージも僕もがっかりしたものだ。

結果はと言えば、ハリスが予言した御馳走《ごちそう》とはいささか異なっていた。なにしろ、量からしてひどく少ないのだ。六個の卵がフライパンに入ったのに、けっきょく出てきたのはスプーン一杯の焦げてまずそうな代物だった。

ハリスはそれをフライパンのせいにして、魚用の長鍋《フィッシュケトル》とガスコンロがあればうまく行ったはずだと言い張った。それらの調理用具が手に入るまで、スクランブルエッグはおあずけということで僕らの意見は一致した。

朝食が終わるころには太陽がさんさんと照り、風は止んで、この上ないお天気の朝になった。今が十九世紀だと思い出させるものは周りにほとんどなく、朝日を浴びた河を見渡せば、マグナ・カルタが署名されたことで不滅の名を残すあの一二一五年六月の朝に戻ったような気がした。僕らは手織りの服をまとい、帯に短剣をたばさんだイングランドの独立自営農民《ヨーマン》の子となって、偉大なる歴史の一ページが記されるのを目撃しようとしているのだった。そのページが意味するところは、四百年余り後になってオリヴァー・クロムウェルの手で庶民のために翻訳されることになる。ピューリタン革命の首領であるクロムウェルは、マグナ・カルタの意義を深く学んでいたのだ。[2]

それは晴れ渡った夏の日だった——明るく、穏やかで、静かな日だった。けれども、あたりの空気には、来るべき興奮を伝えるざわめきが感じられる。ジョン王はステインズのダンクロフト・ホールで一夜を過ごしたのである。昨日は朝から晩まで、小さなステインズの町に武張った音が響きつづけていた。男たちの武器のがちゃつき、目

2　ジョン王（一一六七〜一二一六、在位一一九九〜一二一六）は、プランタジネット朝のイングランド王。即位後、フランスのフィリップ二世と争い、イングランドがフランスに持っていた領土をほぼ喪失。また、カンタベリー大主教の任命をめぐってローマ教皇インノケンティウス三世と争って破門され、イングランドの領土をいったん教皇に寄進する形をとって許されるなど、失態を重ねた。しかも度重なる戦費をまかなうために重税を課したため、諸侯の不満が爆発してイングランドは内戦状態に。ついに窮したジョンは一二一五年六月十五日に、王権が契約と法で縛られることを確認する文書であるマグナ・カルタに署名した。その後ジョンはマグナ・カルタを否認しようとして戦乱のうちに死去し、マグナ・カルタの意義は忘れられたかに見えたが、ステュアート朝のチャールズ一世（一六〇〇〜一六四九、在位一六二五〜一六四九）の時代に至り、王権と対立した議会派の人々が主張のよりどころとしたのがマグナ・カルタだった。オリヴァー・クロムウェル（一五九九〜一六五八）は、議会派軍の将帥にして、チャールズ一世処刑後のイングランドの指導者。

の粗い石畳を踏みならす大柄な馬の蹄《ひづめ》、隊長たちが叫ぶ命令、髭だらけの弓兵や矛《ほこ》兵《へい》や槍兵《やりへい》たちの荒々しい悪態や武骨な冗談、外国人の長槍兵たちが交わす不可思議な言葉。

派手やかな服を着こんだ騎士や郷士の群れが、旅塵《りょじん》にまみれて町に乗り込んできた。臆病な町人たちの家のドアは、深夜に至るまで、荒くれ兵士どもの要求ひとつで開かれねばならなかった。食事と宿、それも最上のものを差し出さねば、一家に災いが降りかかるのだ。あの嵐の時代にあっては剣こそが裁判官と陪審員と提訴人と処刑人を一身に兼ねた存在だったし、剣によって召し上げられたものへの対価といっては、お情けで命ばかりを助けてもらえれば上々だったのだから。

市が立つ広場で燃えさかる大篝火の周囲には諸侯軍の兵隊が集まって鯨飲馬食し、酒飲みの歌をがなりたて、夕闇迫って夜に至っても博打《ばくち》と喧嘩はいっかな終わりそうにない。積み上げられた武器や兵士たちの武骨な姿に、篝火の炎が奇妙な影を投げかける。町の子供たちはその周りにこっそり集まり、目をみはって兵士たちを眺めやる。たくましい田舎娘たちが威張り返った兵隊どもに笑いながら近寄り、酒場仕込みの野卑な冗談で戯《たわむ》れかかる。村の若者たちはそれとは大違いで、今では娘たちにすっかり軽んじられておずおずと遠巻きに立ち、たわけた愛想笑いを浮かべながら様子をうかがうばかり。町を囲む野原では、野営の篝火が遠く明滅する。大諸侯の駆り集めた軍勢が控えているのだ。一方、嘘つきジョンのフランス傭兵《ようへい》も、今にも飛びかからんとする狼《おおかみ》のごとく町の外をうろついている。

暗い通りのそこかしこに歩哨《ほしょう》が立ち、町を囲む高台すべてに見張りの焚火が燃えるなかで夜は更けゆき、ついに古きテムズ河の緑の谷に朝が明ける。来るべき時代の運命を一挙に決する、偉大なる一日の幕開けだ。

僕らが立っている場所のすぐ上手《かみて》に、島がふたつある。そのうち下流に位置する島では、灰色の夜明けからずっと、人々が立ち騒ぐ声やおおぜいの大工が作業する音が響いている。ゆうべ運び込まれた大天幕が張られ、大工たちが横並びの椅子の列を忙しく釘付けするそばで、ロンドンから来た徒弟たちが色とりどりの絹物や金糸銀糸の布を持って動き回る。

そして、見よ！　ステインズの町から河沿いに蛇行してくる道を、十人ばかりの屈強な矛槍兵《ほこやりへい》が野太い声で談笑しながらやってきて――諸侯の兵たちだ――僕らの位置から百ヤードばかり上流の対岸に陣取り、武器にもたれて待ちはじめる。

武装した男たちの集団が、次から次へと同じ道をやってくる。まだ低い太陽から射してくる光の筋を、兜《かぶと》や胸当てが照り返す。ついに、ステインズからの道は輝く鋼《はがね》と勇む馬で見渡すかぎり埋め尽くされてしまう。騎馬武者が叫びながら集団から集団へ駆け回り、温かい風にあおられた小さな旗が物憂げにひるがえる。時に兵隊たちの列が道を開けて、より大きなざわめきが起こる。軍馬に乗った豪族が郷士たちに周りを固められ、家臣を従えて署名式に座を占めるべく進んでゆくのだ。

対岸なるクーパーズ・ヒルの斜面には、何事かと見に来た百姓やステインズから駆けつけた物見高い町人が集まっている。だが、この騒ぎが何なのかはっきり分かっている者はおらず、これから起こるべき大事件についてそれぞれが勝手な意見を述べ合うばかり。今日の儀式は庶民にも大きなご利益《りやく》があると説く者もいるが、老人たちは首を振る。そんな与太話は、以前にも聞いたことがあるからだ。

ステインズに至る川面のあちこちに、小舟やボートや丸形の網代舟《コラクル》が浮かんでいる——コラクルはこの時代にはすたれかかっており、貧しい人々だけがまだ使っているのだ。後の時代に小ぎれいなベル・ウィアのロックが設置されることになる早瀬をこれらの舟で漕ぎ上がるには、屈強な漕ぎ手が全力を出さねばならない。なんとか早瀬を越えた舟の人々は、巨大な屋形船の様子をうかがおうと遠巻きににじり寄る。屋形船は、いまや遅しとジョン王を待ち構えている。運命を決する憲章が署名されるべき場所へと、王を運ばねばならないのだ。

もう正午になった。僕らと周囲の人々は、すでに何時間となく辛抱強く待っている。と、そこに噂が流れてくる。逃亡の常習犯であるジョンは今回も諸侯の手から逃れた、傭兵たちを引き連れてダンクロフト・ホールを抜け出したという。王はまもなく、民に自由を与える憲章への署名とは程遠い仕事に取りかかるだろうとの囁《ささや》きが交わされる。

馬鹿なことを！　今度ばかりは包囲は鉄壁、ジョン王の悪あがきも通用しなかったのだ。道のはるか先で小さな土煙が上がり、こちらに近づくにつれて大きくなる。群れ並ぶ馬の蹄が立てる響きも高まる。あちこちに散らばった小隊列の間を、きらびやかに着飾った諸侯や騎士たちの騎馬勢がぐんぐん進んでくる。前後左右を固めるのは諸侯に従う自由民《ヨーマン》の家臣たちで、真ん中にジョン王がいる。

屋形船が待つ場所まで王が馬を進めると、有力諸侯が列から歩み出て迎える。王はにこやかな笑みをふりまき、愛想たっぷりの言葉つきで応対する。まるでこれから始まる儀式が、自分を主賓として催される饗宴であるかのように。しかし、下馬のために腰を伸ばしながら、王はせわしなく視線を走らせる——後ろに控えるフランス傭兵から、自分を包囲する諸侯のいかめしい軍勢へと。

もはや手遅れだろうか？　何も疑わずにいる隣の騎士にジョン王が一撃を加え、手勢のフランス傭兵に大声で命令し、戦う用意のない眼前の隊列に必死の突撃をかけたならば、蹶起《けっき》軍の諸侯らは王意に逆らったこの日を後悔する破目になったろう！　王がもう少し豪胆であったなら、この時点でさえ形勢は逆転できたかもしれない。ジョンの今は亡き兄、獅子心王《しししんおう》リチャードここにありせば！　自由の盃はイングランドの唇からもぎ取られ、解放の美酒は百年にわたってお預けとなったに違いない。

だが、イングランドの勇士たちの厳しい顔を前に、ジョン王の心はくじけたのだった。腕を手綱に戻した王は、馬を下りて先頭の屋形船に座を占める。諸侯はみな、甲冑《かっちゅう》の手を刀の柄にかけながら続いて乗り込み、出発の命令が下される。

華やかに飾られた重たげな屋形船が、おもむろにラニミードの岸辺を離れてゆく。船の列は速い流れをゆっくりさかのぼり、最後に鈍重なきしみを上げて小さな島に着岸する。この島こそ、今日からマグナ・カルタ島と呼ばれることになる場所だ。

ジョン王はすでに岸に降り立っている。僕らは息を呑んで待つ。そしてついに、大歓声が沸きおこる。かくして僕らは、イングランドの自由を守る殿堂の礎石がしっかり据えられたことを知るのである。

第12章

ヘンリー八世とアン・ブーリン――恋愛中のカップルと同じ家に泊まることの不都合――イギリス国民の苦難の時――美しきホテルを求めて闇を行く――泊まる場所、さらになし――ハリス、死を覚悟する――天使の出現――突然の歓喜がハリスにもたらした結果――ささやかなる夕食――ランチ――辛子を求む、いかなる値にてもよし――恐るべき戦い――メイドンヘッド――帆走――三人の漁師――呪い

僕はひとりで岸辺に腰を下ろし、そんな情景を思い浮かべていた。と、そこにジョージが声をかけてきた。だいぶ休んだようだから洗い物を替わってくれというのである。栄光に満ちた過去から悲惨と罪に満ちた散文的な現在に呼び戻された僕は、ボートに戻ってフライパンの汚れを木の枝と一束の草で落とし、ジョージの濡れたシャツでぴかぴかに磨き上げた。

三人はマグナ・カルタ島に上がって、コテージの中に展示されている石板を眺めた。

マグナ・カルタはこの石板の上で署名されたと言われているが、実際にそうだったのか、一部の説がとなえるようにラニミードの岸で署名されたのかという点に関しては、僕は判断を保留する。もっとも、個人的な意見としては、やはり島で署名が行なわれたという言い伝えを採りたいところだ。もし僕が当時の諸侯のひとりだったら、ジョン王のようなずるい男が相手なのだから騙し討ちの機会が少ない島でやるべしと強く主張したことだろう。

ピクニック・ポイントに近いアンカーウィック・ハウスの荘園《しょうえん》には、いにしえの修道院が廃墟《はいきょ》となって残っている。かのヘンリー八世は、この修道院のあたりでアン・ブーリンと逢引《あいびき》したのだそうだ。もっともヘンリー八世はケントのヒーヴァー城でも、セント・オールバンズの近郊でもアンとの逢瀬《おうせ》を楽しんでいる。当時のイングランドの人々は、この軽率な若いカップルがいちゃいちゃしていない場所を見つけるのに苦労しただろうと思う。[1]

たまたま居合わせた家で、求愛が進行中だったことはおありだろうか？　実に厄介な状況だ。ちょっと居間でくつろごうと思って、そちらに足を向けたとしよう。ドアを開けると、誰かがいきなり何かを思い出したかのような物音がする。入っていくと、エミリーが窓の前に立って道路の反対側をさもさも興味深げに眺めており、ジョン・エドワードのやつは部屋のこっち側にいて、魂を吸い取られたように赤の他人の親族写真に見入っている。

君は入口で足を止め、「や、誰もいないと思ったもんだから」と言い訳する。

「あ、そう?」エミリーの口調はそっけなく、ちっとも信用していないようだ。

君はしばらく居間にとどまり、ふと思いついて言う。

「ずいぶん暗いね。ガス灯をつけないの?」

ジョン・エドワードは「えっ、そう? ぜんぜん気がつかなかった」ととぼけ、エミリーは「夜になるまえにガス灯をつけるとパパに叱られるの」と言う。

君はふたりに向かってふたつばかりニュースを教えてやり、アイルランドの自治問題[2]についての意見を開陳するが、ふたりは興味を示さない。返ってくる言葉は「へえ」とか「ほう」とか「あら、そうなの」とか「そうね」とか「まさか!」ぐらいが関の山だ。そんなスタイルの会話を十分ばかり行なううちに、いたたまれなくなった君はドアへとにじり寄り、さりげなく外に出る。すると驚いたことに背後でドアが勝手に閉まり、こっちが手を触れもしないのにぴったり閉ざされてしまうのである。

三十分後、君は温室でパイプを一服しようと思い立つ。ところが、温室にひとつしかない椅子はエミリーに占領されている。ジョン・エドワードは、服の様子から判断すれば床に座っていたに違いない。ふたりとも何も言わないが、その眼には、文明社会で許される限度ぎりぎりの非難がこもっている。君はすぐさま回れ右してドアを閉める。

さあ、こうなると、どの部屋に行っても邪魔者扱いされそうな気がしてくる。しばらく階段を上り下りして時間をつぶしたあげく、自分の部屋で座り込む。しかし、

1 アン・ブーリンに懸想したころのヘンリー八世にはキャサリン・オブ・アラゴンというれっきとした王妃がいた。アンはヘンリーから愛人になることを求められたが、結婚抜きの肉体関係を拒否。アンとヘンリーの結婚をめぐり、カトリックから英国国教会が分離することになる。

2 英国によって永らく植民地扱いされてきたアイルランドの自治要求は、議会主義的なアイルランド国民党が力をつけると、英国国会内の第三勢力となった国民党の取り込みを図るグラッドストーン自由党内閣によって真剣に検討されるようになる。『ボートの三人男』出版の三年前である一八八六年にはダブリンに議会を作ることを認める第一回自治法案が国会に提出されるが、英国＝アイルランドの協力を重視する勢力に阻まれて廃案。

ずっとそうしているのも退屈なので、帽子をかぶって庭を散歩しに出かける。小道を歩き、あずまやを通った拍子に何となく目をやると、あの馬鹿者どもが片隅で顔を寄せ合っている。ふたりの眼つきは、何の下心があって自分たちの跡をつけるのかと詰問せんばかりだ。

「どうしてもそういうことがしたいなら、専用の部屋でも作ってよろしくやればいいじゃないか」君は心の中でつぶやき、玄関に駆け込んで傘をひっつかむと家の外に逃れ出る。

ヘンリー八世というお馬鹿な青年が可愛いアンに言い寄っていたころも、事情は似たようなものだったに違いない。バッキンガムシャーの人々がウィンザーやレイズベリーあたりをぶらぶらしていると、だしぬけにふたりに出くわして「おや！　こちらにおいででしたか！」と声を上げる。すると陛下、いささか照れ加減に「うむ、人と会う用事があってな」とつぶやかれる。アンはいっこう平気なもので、「まあ、お目にかかれて嬉《うれ》しゅうございますわ！　偶然って不思議なものね！　さっき、ヘンリー八世さんにばったり出会ったら、ちょうど同じほうに行くところだっておっしゃるの」

人々はそそくさと立ち去りながら、こう考える。「参ったな！　あのふたりがそのへんでいちゃいちゃしているうちは、避難したほうがよさそうだ。ケントにでも行くとしよう」

　そうしてケントに到着してみると、あにはからんや、いち早くヒーヴァー城に到着していたヘンリーとアンにお熱いところを見せつけられる。

「何たることだ！　ここもダメか。もう我慢ならん。セント・オールバンズに行こう――あの静かな町なら大丈夫だ」

　ところが、セント・オールバンズにたどりついたとたん、あのいまいましいカップルが修道院の塀ぎわでキスしているのが目に入る。かくなる上は是非に及ばず、結婚式が終わるまで海賊稼業に身をやつすほかなくなるのだ。

　ピクニック・ポイントからオールド・ウィンザーのロックまでは、水辺の景色が美しい。可愛らしいコテージが点在する木陰の道を歩いて岸を行けば、〈ベルズ・オブ・ウーズリー〉[3]に出る。河畔の酒場兼宿屋はほとんどそうだが、ここも絵になる建物で、ハリスの話ではたいへん旨いエールを飲ませるそうである――この手のことに関しては、ハリスの言葉は信用していい。オールド・ウィンザーはそれなりに名のある町である。[4] アングロサクソン王朝末期の王であるエドワード証聖王はこの町に宮廷を構えたし、エドワードの舅《しゅうと》であるウェセックス伯ゴドウィンが王弟のアルフレッドを謀殺した廉《かど》で有罪判決を下されたのもこの場所である。その時、ゴドウィン伯はパンをちぎって手に持ち、こう言った。

「もし我にして有罪なりせば、このパンを飲み下したとたんに窒息するであろう！」

そしてパンを口に入れて飲み下したところ、パンは彼を窒息させ、ここにゴドウィン伯は頓死を遂げたのである。

オールド・ウィンザーを過ぎると景色はいささか退屈になり、ウィンザーのやや上流にあるボヴニーの近くまで調子を取り戻さない。ジョージと僕は、アルバート橋からヴィクトリア橋にかけて右岸に広がるホーム・パークの芝生を横目にボートを曳いていった。ダチェットの町を通り過ぎるときにジョージが、初めて一緒にボート旅行をしたときのことを覚えているかと尋ねた。ほら、夜の十時にダチェットでボートを下りて、宿を探したことがあったろ。

もちろん覚えているさ、と僕は答えた。忘れようったって忘れられない経験である。

八月の公休日《バンク・ホリディ》の前の土曜日だった。今回と同じ顔ぶれの三人は、みんな疲れて腹が空いていた。ダチェットについた僕らは、食品かごと旅行鞄ふたつ、コートや敷物や何やかやをボートから下ろし、宿探しにとりかかった。最初に通りかかったのは感じのいい小ぢんまりしたホテルで、玄関のポーチにはクレマチスと蔦がからませてあった。だがスイカズラは植わっておらず、どういうわけか僕はそれをひどく気にして、こう言った。

「や、ここはよそうぜ！　もうちょっと先まで行って、スイカズラのからませてあるホテルを探そう」

そこで僕らは足を進め、もう一軒のホテルの前に出た。これも非常に素敵なホテルで、横手の壁にちゃんとスイカズラがからませてあった。ところがハリスが、玄関口

3　〈ベルズ・オブ・ウーズリー〉は一九三六年に建て替えられたが、二〇一七年現在もパブとして営業中。

4　オールド・ウィンザーは王宮があるウィンザーの町より数キロ下流にあり、より歴史が古い。もともとはオールド・ウィンザーが「ウィンザー」と名乗っていたが、王宮がある町のほうが発展を遂げたため「ウィンザー」の呼称を引き継ぎ、もう一方の町は「オールド・ウィンザー」と称せられるようになった。

にもたれている男の顔つきが気に入らないと文句をつけた。ひどく人相が悪いし、履いているブーツも柄が悪そうだ、というのだ。それで、僕らはまた先に行った。しかし、そこからはかなり歩いても一向にホテルがなかった。男がひとり歩いてきたので、僕らはこのあたりのホテルを教えてもらえないかと頼んだ。

「おや、ホテルなら方向が違いますよ。この道を引き返すんですね。〈スタッグ〉というのがありますから」

　僕らは答えた。

「いや、そこにはもう行ったんですが、気に入らなくて——スイカズラをからませてないもんで」

「はあ、それなら〈スタッグ〉の向かいに〈マナー・ハウス〉がありますよ。そっちは当たってみましたか？」

　今度はハリスが答えた。そっちも嫌なんですよ——宿泊客で、人相の悪いやつがいましてね。髪の色も、ブーツの形も気に入らない。

「おやおや、そうなるとお手上げだ」僕らの情報提供者は言った。「この町には、ホテルが二軒しかないんですから」

「二軒しかない！」ハリスが叫んだ。

「そうですよ」

「じゃあ、どうすればいいんだ？」ハリスは悲鳴を上げた。

ここで、ジョージがたまりかねて口をはさんだ。君らふたりはお好みのホテルを建ててお好みの客を泊めたらいいだろう、僕は〈スタッグ〉に戻る、というのだ。

高邁《こうまい》すぎる精神を持っていると、理想と現実の落差にいつも苦しむことになる。ハリスと僕はこの世の望みのむなしさに溜息をつき、ジョージの後に従った。

僕らは〈スタッグ〉まで荷物を運び、玄関ホールで荷を下ろした。

ホテルの主人が出てきて言った。

「みなさん、こんばんは」

「やあ、こんばんは」とジョージ。「ベッドを三つお願いします」

5 ジェロームの記述と少しだけ名前の違う〈ロイヤル・スタッグ〉と〈マナー・ホテル〉はダチェットに（ほぼ筋向かいの形で）実在し、前者はパブ、後者はホテルとして二〇一七年現在も営業中。

「おあいにくさまでございます。それは用意ができかねまして」

「いや、なに、いいですよ。ふたつでも構いません。ふたりがひとつのベッドで寝ればいいわけだから。な?」そう言ってジョージは、僕とハリスのほうを向いた。

ハリスが「いいとも」と言った。ジョージと僕なら一台のベッドで十分だろう、という魂胆だ。

「おあいにくさまでございます」と主人は繰り返した。「ホテルじゅうに、空きのベッドがひとつもございませんので。実のところ、一台のベッドに殿方おふたり、三人とお願いしていますようなわけでして」

僕らはグッと言葉に詰まりかけた。

けれども、ハリスは旅慣れた男である。機転をきかせて、陽気に笑いながらこう言った。

「なるほど、それじゃあ間に合わせでいくしかないな。ビリヤード台に寝床を作ってくれれば大丈夫ですよ」

「おあいにくさまでございます。ビリヤード台にはもう三人の殿方がおやすみでございますし、コーヒールームにもふたりいらっしゃいます。今晩ばかりは、みなさまをお泊めするわけにまいりませんので」

僕らは荷物をまとめて〈マナー・ハウス〉に向かった。なかなか感じのいい、こざっぱりしたホテルである。〈スタッグ〉よりもこっちのほうが良さそうだなと僕が言うと、ハリスも口を揃えた。「そうだとも、こっちがいいよ。あの赤毛の男は、僕らがわざわざ見なきゃいいんだ。それに、あの男だって好きこのんで赤毛なわけじゃないんだし」

今ではハリスの口調もごく寛大で、情理がそなわっていた。

〈マナー・ハウス〉の連中は、僕らに口を利くひまも与えなかった。おかみは玄関口に顔を出すやいなや、この一時間半でお断りするのはみなさまで十四組目ですと言い放った。僕らは下手《したで》に出て、厩《うまや》でも、ビリヤードルームでも、石炭置き場でも構わないと懇願したが、おかみは笑い飛ばした。そんな場所はとっくの昔に売れてしまったというのだ。

それなら、町のどこでもいいから今晩泊めてくれそうな場所を知らないか、と僕らは尋ねた。

そうですねえ、とおかみは言った。むさくるしい場所でよろしければ――決しておすすめはいたしませんけど――イートン・ロードを半マイルばかり行ったところに小さいパブが――

僕らはみなまで聞かなかった。食品かごと鞄、コートと敷物と紙包みをひっ抱えて走りだした。半マイルというより一マイルに近い気がしたが、ともかくもたどりつき、息せききって飛び込んだ。

パブの連中は無礼だった。何を言ってもあざ笑うばかりなのだ。このパブ全体でベッドは三台しかないが、すでに七人の独身紳士と二組の夫婦が寝ているという。ただ、ちょうど居合わせた気のいい船頭が〈スタッグ〉の隣の食料品店はどうかと教えてくれたので、僕らはまた引き返した。

食料品店も満員だった。たまたま親切なお婆《ばあ》さんが買い物に来ており、知り合いの女性がときどき殿方に部屋を貸すことがあるというので、四分の一マイル先のその家まで案内してくれた。

お婆さんは歩くのが馬鹿に遅く、知り合いの家に着くのに二十分かかった。道中の退屈をまぎらしてくれるつもりか、お婆さんは僕らに向かって、さいきん背中のここが痛い、このへんも痛いんですよと逐一説明した。

知り合いの家はどの部屋もふさがっていた。その家で、二十七番地を紹介してくれた。二十七番地も満員で、僕らを三十二番地に送り込んだ。三十二番地も満員だった。そうして大通りに戻ったところで、ハリスが食品かごの上に座りこみ、これ以上はどこへも行かないと言いだした。ここは静かな場所のようだから、このまま死んでしまいたいというのである。自分に代わって母親にキスしてくれ、親戚たちには自分が彼らの罪を許して幸福に死んでいったと伝えてくれと、ハリスは僕らに頼んだ。

その時、天使が小さな少年の姿となって現れた(天使の変装として、それよりふさわしい姿を僕は知らない)。少年は片手にビールの入った水差しを持ち、もう一方の手には何か紐のついた物を持っていた。歩きながらそれを敷石の一枚一枚にぶつけ、また紐で引き上げるのである。この仕草が引き起こす物音はひどくわびしく、世の苦しみを思い起こさせた。

僕らはこの天の使いに向かって(天の使いだというのは後になって分かったのだが)、このへんに寂しい一軒家はないかと尋ねた——住人の数が多くなく、あんまり頑健でもなくて(できれば婆さんか中風の爺さんがいい)、三人の殺気立った紳士がちょっと脅かせばベッドを譲ってくれそうな家はないかと。それが無理なら、豚小屋でも、使われなくなった石灰焼きのかまどでもいい。すると、少年は答えた。近所でそんな場所は知らないけど、おじさんたちが一緒に来てくれたら、母さんがうちの空き部屋に一晩くらいは泊めてくれるよ。

僕らは月光のもとで少年の首っ玉にかじりつき、祝福した。これはなかなか感動的な図だったはずだが、僕らの激情を受け止めかねた少年がぺったり尻餅をついたので、僕らは上から折り重なって倒れこんでしまった。ハリスは喜びのあまり我を失い、少年が持っていたビールをひったくって半分がた飲み干してからやっと正気に戻った。それからいきなり駆け出していったので、ジョージと僕が荷物を持っていくしかなかった。

少年が住んでいたのは、四部屋だけの小さなコテージだった。母親は――なんといい人だろう!――夕食に温かいベーコンを出してくれ、僕らはそれを全部――五ポンドまるごと――平らげたばかりか、ジャムタルトとポット二杯のお茶も腹に収め、しかる後にベッドに入った。部屋にはベッドが二台あった。ひとつは幅が二フィート六インチほどの車輪付き簡易ベッドで、ジョージと僕は落っこちないよう一緒にシーツでぐるぐる巻きになって寝た。もうひとつはふだん少年が寝ている子供用ベッドで、ハリスが独り占めした。朝になって見てみると、ハリスの毛脛《けずね》が二フィートばかりベッドの裾から突き出している。ジョージと僕は、水浴びをするあいだハリスの脚をタオル掛けがわりに使ってやった。

次にダチェットを訪れたとき、僕らはホテル選びについて生意気なことは言わなくなっていた。

今回の旅行に話を戻そう。ダチェットではとりたてて事件もなく、僕らはモンキー・アイランドの少し下流まで着実にボートを曳いていって、そこで昼食にした。コールド・ビーフを食べる段になって気づいたのだが、僕らは辛子を持ってくるのを忘れていた。あの時ほど辛子に恋い焦がれたのは、僕の人生で空前絶後だと思う。いつもの僕はさほど辛子が好きでなく、めったに付けることもないくらいなのだが、あの時ばかりは辛子と引き換えに世界をいくつ差し出してもよかった。

この宇宙に世界がいくつあるのか知らないが、あの瞬間にスプーン一杯の辛子を僕にくれる人があったなら、それらの世界を残らず手に入れられたはずだ。欲しいものが手に入らないとき、僕は無茶な気分になってしまう。

ハリスも、辛子と引き換えに世界をいくつ差し出してもいいと言った。この場に辛子をひと缶持ってこられる幸運な人がいたら、一生のあいだ世界に不自由せずに済んだろう。

だが、ちょっと待った！　実際に辛子が手に入ったら、ハリスも僕もなんとか約束を取り消そうとしたに違いない。頭に血が上った人間はこういう大げさな約束をするものだが、いざ考えてみれば、手に入れたい品とこっちが約束したものがとんでもなく不釣り合いなことが身に沁みて分かるのである。そういえば、スイスで山に登った男の話がある。この男は一杯のビールと引き換えに世界をいくつ差し出してもいいと言ったのだが、ビールを出す山小屋に着くと、バス社のビール一瓶で五フラン取られたといって大喧嘩をしたそうである。これは恥ずべき暴利だと男は言い、『タイムズ』に投書して世間に非を鳴らした。

辛子がないので、ボート全体が憂鬱に包まれた。三人は無言でビーフを食べた。人生は空虚で無意味に思われた。僕らは幸せだった子供時代に思いを馳せ、溜息をついた。もっとも、しばらくすると少し明るい表情になった。アップルタルトを食べたせいだ。そして、ジョージが食品かごの底からパイナップルの缶詰を取り出してボートの真ん中に転がしたとき、人生はやはり生きるに値すると僕らは感じたのである。

僕らは三人とも、パイナップルが大好きだ。缶に描かれたパイナップルの絵を眺め、たっぷりした果汁を思い浮かべて互いにほほえんだ。ハリスなど、いち早くスプーンを握りしめていた。

そこで缶切りを探した。僕らは食品かごを隅から隅までひっくり返した。鞄も中身を全部出して確かめた。ボートの床板もはがしてみた。あらゆる品を岸に上げて、いちいち振ってみた。が、やっぱり缶切りは見つからない。

ハリスがポケットナイフで缶を開けようとしたが、ナイフが折れて指をざっくり切った。次はジョージが鋏《はさみ》でやってみたが、刃が跳ね上がって自分の眼をえぐり出しそうになった。ハリスとジョージが傷の手当てをしているあいだに、僕は手鉤の尖ったほうの先で缶に穴を開けようとしたが、手鉤がつるりと滑ったせいで、ボートと岸の間にある二フィートの泥水に身体ごとはまりこんでしまった。缶詰は無傷で転がっていって、ティーカップを一個割った。

もう許せない。僕らは缶を岸に据え、ハリスが近くの野原で大きな尖《とが》った石を見つけてきた。僕はボートに戻って帆柱を持ち出した。ジョージが缶を持ち、ハリスが蓋の部分に石の尖端《せんたん》をあてがう。僕は帆柱を高く持ち上げると、全身の力を込めて打ち下ろした。

この日ジョージが命拾いしたのは、カンカン帽をかぶっていたおかげである。ジョージは今に至るまで帽子（というかその残骸）を手元に置いており、冬の夜など、パイプに火がついて男たちが法螺《ほら》だらけの冒険譚《ぼうけんたん》を語る段になると、おもむろに帽子を出してきて一同に見せる。そして、この肝の凍るような逸話は、毎回新たな誇張を付け加えて語られるのである。

ハリスは軽い怪我をしただけで済んだ。

そのあと僕が缶を受け取り、手に持った帆柱でめった打ちにしたが、心身ともにくたくたになるまでやっても効き目はなかった。そこで、ハリスと交代した。

僕とハリスは缶をぺたんこに打ちのめし、四角に戻し、ついには幾何学の認知するかぎりのあらゆる形態に変えた――けれども、穴を開けることだけはできないのである。最後にジョージがやってみたところ、缶はあまりに異様で不気味でこの世のものとも思われぬ形になったので、怖くなったジョージは帆柱を投げ出してしまった。そこで僕らは、缶を囲んで草の上に座り込み、とっくり眺めた。

蓋を横切って大きな凹《へこ》みができている。それが小馬鹿にした笑いを浮かべているように見えて、僕らはカッとなった。ハリスが缶に突進してひっ摑み、河の真ん中に投げこんだ。沈みゆく缶に罵声を浴びせた僕らは、ボートに乗り込んでこのいまいましい場所から漕ぎ去り、メイドンヘッドに着くまで一休みもしなかった。

メイドンヘッドはどうも浮わついた町で、好きになれない。テムズ河近辺に出没する色男と、けばけばしいドレスを着た恋人が好んで訪れる場所だ。軽薄才子とバレエの踊り子が主な客層の、商売っ気たっぷりのホテルが立ち並ぶ町だ。そしてまた、テムズ河に跋扈《ばっこ》する悪魔——蒸気エンジンの小艇《ランチ》——が発進する魔女の台所でもある。[6] 『ロンドン・ジャーナル』の煽情小説に出てくる公爵は必ずメイドンヘッドに女を囲っているし、三巻本小説のヒロインが他人の夫と遊び回る際に食事をするのも決まってこの町である。

メイドンヘッドを急いで通り抜けたあと、僕らはペースをゆるめ、ボールターズ・

6 テムズ河における蒸気ランチと手漕ぎ舟の対立は当時問題になっており、次章でユーモラスな誇張を交えて触れられている。なお、『ボートの三人男』の翌年に発表されたコナン・ドイルの『四つの署名』は、テムズ河下流域（ロンドン中心部以東）における蒸気ランチ同士の追跡劇をクライマックスに持ってきている。

ロックとクッカム・ロックの間に広がる豪奢な河景色をゆっくり楽しんだ。クリヴデンの森はまだ春の軽やかな装いに身を包み、濃淡さまざまな緑色の全《まった》き調和となって水辺から立ち上がっていた。美しい景色がずっと続くことにかけて、このあたりはテムズ河随一である。僕らは後ろ髪を引かれる思いでクリヴデンの森の深い安らぎを通り過ぎ、ゆっくりボートを漕いでいった。

　クッカムの少し手前の支流に漕ぎ入れてティーにしたので、クッカム・ロックを通過したときには夕方になっていた。やや強い風が吹きはじめていた――驚くべきことに、追い風である。驚くべき、というのは、河の上では普段どこへ行っても向かい風に決まっているからだ。日帰りのボート遊びに出かける朝、向かい風だったとしよう。人は長い距離をえっちらおっちら漕ぎながら、帰りは帆を上げて楽に帰ってこられるぞと考える。ところが、ティーの終わるころになって風は急に方向を変え、帰りも向かい風にびゅうびゅう吹きまくられながら漕ぐ破目になる。[7]

　しかも、帆を持ってくるのを忘れたときに限って行きも帰りもずっと追い風なのだ。だが嘆くなかれ！　この世は試練の場所であって、人が苦労をするようにできているのである。

もっとも、この夕方は明らかに何かの手違いが起きたらしく、向かい風のかわりに追い風が吹いた。僕らはそしらぬ顔をして、気づかれないように素早く帆を上げたあと、物思いにふけるような様子でボートのあちこちに寝そべった。帆が風をはらんで張りきり、帆柱がきしみの音を上げて、ボートは飛ぶように走りだした。

僕が舵を取った。

舟を帆走《ほばし》らせるほどスリリングな感覚を、僕は他に知らない。夢を別にすれば、これこそは人間が味わいうるうちで空を飛ぶのに最も近い感覚である。吹きつける風の翼は、いずこへとも知れず人を進めてゆくようだ。もはや人間は、ぶざまに地を這う、泥から作られた緩慢で鈍重で卑小な存在ではなくなる。〈自然〉の一部になるのだ！　人間の胸の鼓動は、〈自然〉の鼓動に合わせて高鳴る。彼女の輝く腕が人間を抱き上げ、脈打つ胸へと引き寄せる！　人間の魂は彼女の魂とひとつになり、手足は重力から解き放たれる！　大気の声が人間に歌いかける。地上はもはや遠く小さい。頭上近

7　当時のボートの多くは前部座席に帆柱を立てるための穴があり、場合に応じて帆走もできるようになっていた。

くの雲が人間の兄弟となり、人間は雲へと腕を差し伸べるのだ。僕らは河を独占していた。見渡すかぎり人影は、はるか彼方で流れの真ん中に舫《もや》われた平底舟に座って釣糸を垂れている三人の漁師ばかり。僕らは水面をかすめ飛び、樹々の並ぶ土手を過ぎていった。誰も口を利かなかった。

舵を取っていたのは僕である。

近づいてみると、釣りをしている三人はしかつめらしい表情の老人だった。平底舟に椅子を三つ置いて座り、糸の様子をじっと眺めている。赤い夕陽は水面《みなも》に神秘的な光を投げかけ、そそり立つ樹々を炎の色に染め、積み重なった雲に黄金の輝きを与えていた。深い魅惑の時、恍惚たる望みと憧れの時だった。小さな帆は紫色の空に際立ち、夕映えがあたりに広がって世界を七色の翳で包んだ。背後には夜が迫りつつある。

僕らはいにしえの伝説に登場する騎士のようだった。神秘なる湖に舟を走らせ、人知れぬ黄昏《たそがれ》の国へ、日の没する偉大なる王国へ向かうのだ。

ところが、黄昏の国には行けなかった。平底舟にもろにぶつかったのである。そこでは、三人の年寄りが魚を釣っていた。帆が視界をさえぎっていたせいで、最初のうちは何が起きたのかさっぱり分からなかった。けれども、夕暮れの中に湧き上がってきた言葉の性質からして、近くに複数の人間がいることは察せられた。彼らが怒りと不満を抱えていることも。

ハリスが帆を下ろしたので、事態がやっと判明した。僕らは三人の老紳士を椅子からはじき飛ばし、舟底でこんぐらかった塊りにしてしまったのである。彼らはいま、おもむろに、痛々しい様子でそれぞれの身体をより分け、魚を払いのけつつあった。この作業を行ないながら、三人は僕らを呪っていた。そんじょそこらの、通り一遍の呪いではない。それは長々と続く、慎重に考え抜かれた包括的な呪いであって、僕らのこれまでの人生すべてを対象とするのみか、遠い将来にまで及び、僕らの親族一同をも含み、僕らと関係ある事柄をすべて網羅していた。要するにそれは、実に本格的な呪いだった。

ハリスは爺さんたちにこう言った。一日ずっと座って釣りをしているのはお退屈でしょうから、ちょっとした変化になってよかったじゃありませんか。それに、あなたがたのようないいお歳の方々がそんなふうにかんしゃくを起こすのを見るのはショックです。とても悲しいことですよ。

けれども、ちっとも効果はなかった。

舵取りを代われ、とジョージが言った。君みたいな詩人がボートの舵取りで自己表現をしちゃいけない――僕みたいに散文的な人間に任せないと、みんな溺れ死んじゃうぜ。ジョージは舵の綱を握り、マーロウまでボートを操りつづけた。

マーロウで橋のそばにボートをつなぎ、その晩はクラウン・ホテルに泊まった。

第13章

マーロウ――ビシャム修道院――メドメナムの修道士たち――モンモランシー、年取った雄猫を殺害しようとする――が、結局は生かしておいてやることに――公務員向け集合店舗における、フォックステリアの恥ずべき振る舞い――マーロウを出発――威風堂々の行進――蒸気ランチを苛立たせ、妨害するための有効な方法――河の水は飲めず――平和そのものの犬――ハリスとパイの不可思議な消失

マーロウは、テムズ河沿いの主要な町で指折りの気持ちよい場所だ。人が多く、にぎやかな小さい町で、全体として非常に美しいとは言いかねるが、ところどころに興味深い一角を残している。それらは時間という橋の崩れ残ったアーチというべき存在で、僕らの想像力を駆っていにしえの時代へ連れ戻してくれる。四人の王に仕えた十六世紀の知恵者パジェット男爵がマーロウ荘園を所有していた時代、マーロウが歴代のウォリック伯の領地だった時代、ウィリアム征服王がマーロウ荘園を奪って王妃の

マティルダに贈った時代、そして荘園がサクソン人の豪族アルガーを領主に戴いていた時代へと。

ボートを漕いだあとで散歩する元気があるならマーロウ周辺には恰好の田園風景が広がっているし、テムズ河の景色もこのあたりが最上だ。マーロウより下流、クォーリーの森と草地を過ぎてクッカムに至る河辺は絶景と言ってよい。なつかしきクォーリーの森よ！　水際から上がってゆく細い小道、曲がりくねる小さな林間の空き地。こんにちに至るまで、そなたは明るい夏の日々の思い出をかぐわしく湛《たた》えている！　そなたの陰翳《いんえい》に富んだ景色のあちこちに、かつてそこで愉快に笑った人々の面影が残っている。さらさらと囁くそなたの葉むらの中から、昔の人々の声が柔らかく聞こえてくるではないか！

マーロウの上流、ソニングに至るまではさらに美しい。マーロウ橋からわずか半マイル上流の右岸には、豪壮なビシャム修道院がある。この修道院の石壁にはかつてテンプル騎士団の叫び声がこだましたのであり、時代が下ってからはヘンリー八世に離縁された王妃アン・オブ・クリーヴズやエリザベス女王の住まいにもなった。ビシャム修道院はメロドラマ風の空間をいくつも持っている。タペストリーのかかった寝室あり、厚い壁の上のほうに設けられた隠し小部屋ありといった具合だ。小さな息子を殴り殺したレイディ・ホーリーの幽霊は今でも夜になると修道院を歩き回り、もはや存在しない聖水盤でわが手の罪を洗い流そうとするという。[1]

薔薇《ばら》戦争の時代にふたりの王の退位に関与して「王作り《キングメーカー》」と呼ばれたウォリック伯リチャード・ネヴィルはこの修道院に眠っているが、もはや地上の王や王国などという些事《さじ》には関心がないようだ。百年戦争中にポワティエの戦いで勲功を挙げたソールズベリー伯ウィリアム・ド・モンタギューも、当地を墓所としている。修道院の手前の河べりにはビシャム教会がある。墓などというものをわざわざ見に行く価値があるとすれば、この教会の墓や記念碑こそ筆頭に挙げていいだろう。ロマン派の詩人シェリーは、ビシャムの橅《ぶな》が枝を伸ばす河にボートを浮かべて長詩『イスラムの叛《はん》

1　「レイディ・ホーリー（Holy）」はジェロームの誤記で、正しくは十六世紀の貴婦人であるデイム・エリザベス・ホービー（Hoby）。言い伝えによれば、彼女は二番目の夫ともうけた子供のひとりが書き取り帳を汚したのに腹を立てて折檻死《せっかんし》させたという。聖女を思わせる「レイディ・ホーリー」が我が子を撲殺するという事態のほうがいっそう皮肉に思われるがゆえに、ジェロームは彼女の名前を間違えて覚えたのかもしれない。

乱《らん》』をものした。当時シェリーはマーロウに居を構えており、今でもウェスト・ストリートにその家が残っている。[2]

少し上流にはハーリーの堰がある。僕はしばしば、このあたりの景色の美しさを堪能するにはひと月かけても足りないと思ったものだ。ハーリー・ロックから徒歩五分の距離にあるハーリーの村はテムズ河畔随一の歴史ある場所で、当時の奇妙な言葉遣いを借りれば「サベルト王およびオッファ王の時代より」存在している。[3] 堰を過ぎて少し上流に行けば、右手に広がるのがデーンズ・フィールドだ。ここは九世紀にイングランドに侵攻してきたデーン人が、グロスターシャーへ進軍する途中で陣を張った場所である。さらに行けば、景色のよい一角に、かつてメドメナム修道院だった建物がある。

有名な、十八世紀半ばの「メドメナムの修道士たち」――世間には「地獄の業火《ヘル・ファイア》クラブ」という通り名で知られており、悪名高いジャーナリスト兼政治家のジョン・ウィルクスも加わっていた――は「汝《なんじ》の欲するところを為《な》せ」をモットーとする修道会まがいの組織で、この誘惑の文句は今でも建物の朽ち果てた入口に掲げられている。淫蕩《いんとう》な放埒者《ほうらつもの》たちが集まったこのインチキ修道院が設立されるよりずっと昔には、同じ場所に、それよりはるかに厳格な修道院があった。この修道院に暮らした修道士たちは、快楽に淫した五百年後の後輩たちとはいささか趣を異にしていた。十三世紀にこの地に修道院を構えたシトー会の僧たちは、粗布の頭巾つき僧服しか着ず、肉も魚も卵も食べなかった。藁を寝床とし、真夜中に起き出してミサを行なった。日中は労働と読書と祈りに費やされ、修道院での生活は死のような沈黙に支配されていた。誰も口を利かなかったからである。

神がかくも風光明媚《ふうこうめいび》に作られた場所で、陰鬱な修道士たちが陰鬱な生活を送っていたとは！　自然の声に四方を囲まれながら——河の波がやさしく歌い、水辺の草がささやき、吹き過ぎる風が音楽を奏でているというのに——この修道士たちは人生の真

2　シェリーが住んだ家はウェスト・ストリート一〇四番地に現存。ちなみに、ジェロームは『ボートの三人男』の一部をマーロウのセント・ピーター・ストリートにあるパブ〈ザ・トゥー・ブルーアーズ〉で書いたようである（このパブも、二〇一七年現在も営業中）。

3　この言葉は、教会に隣接する中庭の石板に刻まれている。サベルト（在位六〇四以前～六一六ないし六一七）とオッファ（在位七〇九）はいずれも、九世紀前半にエグバートによってイングランドが統一される以前に存在したアングロサクソン七王国《ヘプターキー》の王。

の意味を教わることがなかったのだ。彼らは朝から晩まで押し黙り、天から聞こえてくるはずの声に耳を澄ましていた。実のところ、天の声は昼も夜もさまざまな音色で語りかけていたが、彼らは聞く耳を持たなかったのである。

メドメナムからハンブルドンのロックにかけての河景色は平和な美しさに満ちているが、グリーンランズ屋敷を通り過ぎたあたりからヘンリー＝オン＝テムズのだいぶ先まではいささか殺風景で退屈である。ちなみに、グリーンランズというのは僕もよく使う新聞販売所の大将が住んでいる場所なのだが、外見はどうも個性に乏しい。[4] この経営者氏は物静かで気取りのない老紳士であり、夏の間はマーロウからヘンリーのあたりでよく見かける。無駄のない精力的なスタイルでボートを漕いだり、ロックを通る際に番人の爺さんに愛想よく話しかけたりしている。

月曜の朝、僕らはそこそこ早く起き出して、朝食前にひと泳ぎした。その帰り道、モンモランシーが大失敗をやらかした。モンモランシーと僕の意見がまったく異なる唯一の問題が、猫の扱いである。僕は猫が好きだが、モンモランシーは嫌いなのだ。

僕は猫に出会うと「ようよう、猫ちゃん」と言ってしゃがみこみ、耳のあたりを撫《な》でてやる。すると猫は尻尾を鋼のようにピンと立て、背中を弓なりにして僕のズボンに鼻をこすりつける。友愛に満ちた、平和な図である。ところが、モンモランシーが猫に出くわすと、通りの端から端まで知れ渡るほどの騒ぎが巻き起こる。そのへんの真っ当な人間がちょっと節約すれば一生ぶん保《も》ちそうな量の悪態が、十秒間で吐き散らされるのである。

僕は犬を責めたりはしない（頭に拳固をくらわせるか、石を投げつけるかで満足す

4 「新聞販売所の大将」とは、現在も書店兼小売チェーンとしてイギリスじゅうに存在する〈W・H・スミス〉の創設者であるウィリアム・ヘンリー・スミス（一八二五〜一八九一）。この一大チェーンは鉄道駅の書店として出発し、車中の暇つぶしとなるような軽い小説の販売で成功した。のちに政界入りしたスミスは、海軍経験がないにもかかわらず一八七七年にディズレーリ内閣の海軍大臣に任命され、ギルバートとサリヴァンのオペレッタ『軍艦ピナフォア』（一三九ページ参照）に登場する海軍大臣のヒントとなった。ディズレーリは任命の責任者であるにもかかわらず、スミスを「ピナフォア・スミス」と呼んでからかったという逸話が残っている。グリーンランズは二〇一七年現在も残っており、レディング大学のキャンパスのひとつとなっている（学生のいなくなる休暇期間には、一般の宿泊も可能な模様）。ジェロームの評価とは裏腹に、この建物は今では英国の第二級指定建築物であり、許可なくして取り壊すことができない。

ることにしている）。なぜなら、猫を嫌うのが犬の本性だからだ。しかもフォックステリアというやつは、普通の犬の四倍の原罪を生まれつき持っている。その喧嘩っ早い性格をいささかなりとも改善するには、僕らキリスト教徒が何年も時間をかけて努力を重ねるしかないのだ。

いつぞや、僕はヘイマーケット・ストアズのロビーに入ったことがある。周囲にたくさんの犬がつながれ、飼い主が買い物を終えて戻ってくるのを待っていた。マスティフが一匹、コリーが二匹ばかり、セントバーナードが一匹、レトリーバーとニューファンドランドが数匹ずつ、ボアハウンドが一匹、頭にたっぷり毛があるが胴のあたりは馬鹿に短く刈り込んだフレンチプードルが一匹、ブルドッグが一匹、ラウザー・アーケードに立ち並ぶ玩具屋で売っていそうな、鼠ほどの大きさの愛玩犬が数匹、ヨークシャーテリアが二匹。

どの犬も、辛抱強くおとなしく分別ありげな様子で座っていた。ロビー全体に、とりすました平穏さが満ちているように思われた。静寂と諦念の雰囲気――大人びた悲しみの空気が広がっていた。

そこに、おとなしそうなフォックステリアを連れた優しい顔つきの若い女性が入ってきた。彼女はブルドッグとプードルの間に飼い犬をつなぎ、買い物に行った。フォックステリアは、しばし周囲を見回していた。それから、天国の母親のことでも考えているような表情で天井に眼を上げた。それから、あくびをした。それから、周りの犬たちを見渡した。どの犬も声ひとつ立てず、しかつめらしく、威厳に満ちた様子である。

フォックステリアはまず、右隣で夢ひとつ見ずに眠っているブルドッグに目をやった。それから、左隣でピンと背筋を伸ばして気取っているプードルを見た。それから、まったく何の前ぶれもなくプードルの前脚に嚙みついた。苦悶の悲鳴が、ロビーの薄暗い静けさをつんざいた。

フォックステリアは、第一の実験結果にいたく満足したらしい。さらに一歩を進め、周囲全体を活気づけることに決めた。プードルに飛びかかり、次いでコリーを果敢に

5 ヘイマーケット・ストアズは一八六六年から二十世紀初頭までロンドンのヘイマーケットで営業していた、公務員向け生活協同組合の店舗集合体。高級な店舗が多く、建物もエレガントだった。

攻撃した。コリーは目を覚ますやいなや、プードルを相手に吠えたり嚙みついたりの喧嘩を始めた。その間にフォックス君は元の位置に戻り、ブルドッグの耳に食らいついて振り回そうとした。すると、このブルドッグが奇妙に平等無差別なやつで、近くにいたあらゆる相手に——ホール係のポーターにまで——突っかかっていった。おかげでフォックステリアは、同じく闘志満々のヨークシャーテリアと親しく一戦を交えることができた。

犬というものの性質を知っている人には言うも愚かだろうが、この頃にはそこらじゅうの犬が生存権をかけたような勢いで取っ組み合っていた。大型犬は互いに入り乱れ、小型犬は小型犬で入り乱れつつ、暇ができると大型犬の脚に嚙みついた。

ロビー全体が地獄のような大混乱で、その音のすさまじさといったらなかった。通りに人だかりができて、これは教区委員会の会議でしょうか、それとも人殺しでしょうか、人殺しだとしたらどんな訳でしょう、などと言い合っている。棒やロープを持った連中が犬たちを引き分けようとしたが、それでも足りないので誰かが警察に走った。

この混乱のさなかに、例の優しげな顔の若い女性が戻ってきた。彼女は大急ぎでワンちゃんを抱き上げ（当のワンちゃんは、ヨークシャーテリアに全治一カ月の重傷を負わせながら、今では生まれたての子羊みたいに無邪気な顔をしていた）、キスを浴びせて、殺されたんじゃないわよね、あの化け物みたいな犬たちに何をされたのと尋ねた。するとフォックステリアは鼻面をすり寄せて飼い主を見上げ、眼にもの言わせて訴えた。「ああ、助けてくれて嬉しいです。なんてあさましい喧嘩なんでしょう！」飼い主の女性は、いったいこの店はどうなっているのと息巻いた。あんなに大きくて野蛮な犬たちを、まともな飼い主のワンちゃんと一緒にしておくなんて。責任者に出てきてもらいますわ。

フォックステリアとは、ざっとこんな生き物である。したがって僕も、モンモランシーが猫に喧嘩をふっかけたがるのを咎《とが》めようとは思わない。ただし今朝ばかりは、モンモランシーも自分の喧嘩っ早さを後悔する破目になった。

先に言ったとおり、僕らはひと泳ぎして帰る途中だった。ハイ・ストリートを半分ほど行ったところで、一匹の猫がすぐ前の家から飛び出してきて、通りを横切りはじめた。モンモランシーは歓喜の声を上げ——敵が我が手に落ちたと知った荒武者の雄叫び、ダンバーの戦いでスコットランド軍が丘から下りてくるのを見たクロムウェルの会心の叫びである――すぐさま獲物へ突進した。

敵は大きな雄の黒猫だった。あれほど大柄で悪相の猫は、他に見たことがない。尻尾が半分、耳が片方ちぎれてなくなり、鼻もかなりの部分が欠けている。細長い身体つきの、筋肉質な猫だった。穏やかで満足しきった雰囲気を漂わせている。

モンモランシーは時速二十マイルで猫に近づいていった。が、猫は悠揚迫らず、命が危険にさらされているとはつゆ知らぬ様子で歩きつづけた。暗殺者が一ヤードの距離に迫る。そこで黒猫はおもむろに振り向き、道の真ん中に座り込んだ。モンモランシーに向けられた穏やかで物問いたげな表情は、こう言っているかのようだった。

「やあ！　何か用かね？」

モンモランシーは決して臆病ではない。だが、あの猫の眼つきには、この上なく大胆な犬でも肝を凍らせるものがあった。モンモランシーははたと足を止め、猫を見やった。

どちらも一言も口を利かなかった。だが、想像するに、表情によって交わされた会話は次のようなものだったろう。

猫　用事は何だね？

モンモランシー　その――何でもないんだ。ありがとう。

猫　用があるんなら、遠慮せずに言うといいぜ。

モンモランシー　（通りを後ずさりしながら）いや、別に――何もないんだ――本当に。僕はその――間違ってたらしい。知り合いと勘違いしたんだ。邪魔してごめん。

猫　なあに――気にすることあねえさ。じゃあ、用は何もないんだな？

モンモランシー　（さらに後ずさりしながら）ない、ほんとにない、ありがとう――どうもご親切に。さよなら。

猫　あばよ。

猫は起き上がり、さっきと同じ歩調で我が道を行った。モンモランシーはなけなしの尻尾を股の間にはさみ、僕らのほうに戻ってくると、目立たないように後ろに隠れた。

以来、こんにちに至るまでモンモランシーは、誰かが「猫だぞ！」と言おうものなら目に見えて縮み上がり、哀れっぽい表情でこう訴えるのである。

「お願いです、勘弁してください」

朝食後、僕らは買い物に出かけ、ボートに三日分の食料を補給した。野菜を食べよう、野菜不足は健康に悪いと主張したのはジョージである。野菜は調理が簡単だから自分に任せておけ、というのだ。そこで僕らはじゃがいもを十ポンド、豆を一ブッシェル、[6]キャベツを数個買い込んだ。ビーフステーキ入りのパイ一個、グースベリー・タルト二個、羊の骨つき腿肉《ももにく》一本はホテルで買い、果物、ケーキ、バター付きのパン、ジャム、ベーコンエッグその他の品物は町じゅうを回って買い集めた。

僕らのマーロウ出発は、今回の旅行の名場面に数えていいと思う。堂々としてめざましく、しかもこれ見よがしではなかった。僕らは店に立ち寄るたび、買った品はその場で配達に出してくれと言い張った。「はいはい、すぐにお届けいたしますとも。小僧のほうが先に着いてお待ちしておりますよ！」という言葉を信用して船着き場で空しく待ちつづけ、二度ばかり店に戻ってやいのやいの催促する、なんてのは素人のやることだ。僕らは品物がバスケットに梱包《こんぽう》されるのを待ち、小僧に持たせて一緒に店を出た。

数多くの店に寄り、どこでもこのスタイルを採用した。その結果、買い物が終わるころには、バスケットを持った小僧たちの果てしない行列を後に従えることになった。最後にハイ・ストリートの真ん中を通ってテムズ河へ行進していったときの僕ら一行は、マーロウの町が久方ぶりに見る一大絵巻だったに違いない。

行進の陣容、かくのごとし。

モンモランシー、口にステッキをくわえている。

柄の悪そうな雑種犬二匹、モンモランシーの友達。

ジョージ、外套と敷物を両脇に抱え、短いパイプをふかしている。

ハリス、片手にふくれあがった旅行鞄、片手にライムジュースの瓶を持ちながら、優雅で滑らかな足取りを保とうとしている。

青物屋の小僧とパン屋の小僧、どちらもバスケットを持っている。

ホテルの雑用係、食品かごを運んでいる。

菓子屋の小僧、バスケットを持っている。

---

6 約二十八キログラム。

食料品屋の小僧、バスケットを持っている。

毛の長い犬が一匹。

チーズ屋の小僧、バスケットを持っている。

臨時雇いの男、袋をかついでいる。

臨時雇いの男の親友、両手をポケットに突っ込み、陶製の短いパイプをふかしている。

果物屋の小僧、バスケットを持っている。

僕、帽子を三つとブーツを二足持ちながら、何でもないような顔をしようとしている。

小さな子供が六人、野良犬が四匹。


船着き場に出ると、係の男が言った。

「ええと、旦那方の船は蒸気ランチでしたっけ、ハウスボートでしたっけ?」

二人漕ぎのボートだよと教えてやると、男は驚いていた。

この日の午前中、僕らは蒸気ランチと何度もやりあった。ちょうどヘンリーのボートレースを翌週に控えていたので、無数の蒸気ランチが押し寄せていたのだ。単独で走っているのもあれば、ハウスボートを曳いているのもある。僕は蒸気ランチが大嫌いだし、手漕ぎボートを愛する人間ならみな同じだと思う。蒸気ランチを見るたびに僕は、人けのない場所に誘い出してこっそり絞め殺してやりたいと願うのである。

蒸気ランチというやつは馬鹿に偉ぶっていて、僕という人間が持っているあらゆる邪悪な本能をこれでもかと刺激する。昔はよかった、嫌な相手をへこませるには手斧《ておの》と弓矢で事足りたんだから、と思えてくるのである。蒸気ランチの船尾に立って、両手をポケットに突っ込みながら葉巻なんぞふかしている男の面つきは、それだけで攻撃開始の十分な理由になる。ボートに向かってそこどけとばかりに鳴らされる汽笛に至っては、たとえそれが皆殺しのきっかけになったとしても、河を愛する人々からなる陪審に「正当殺人」の評決を出させるだろうと僕は確信してやまない。

7 一八三九年以来、七月の初めにヘンリーで催されているボート競技大会、「ロイヤル・レガッタ」のこと。多くの観客を惹きつけ、テニスのウィンブルドン選手権、競馬のロイヤル・アスコット・レース・ミーティング、ゴルフの全英オープンと並ぶスポーツと社交の行事となっている。

もっとも僕らは、蒸気ランチがいくら汽笛を鳴らしても絶対にどかなかった。いささか自慢めくが、蒸気ランチを向こうに回して戦ったあの一週間で、僕らの小さなボートはテムズ河全体のボートを寄せ集めたよりも効果的に蒸気ランチを困らせ、遅らせ、苛立たせることに成功したと思う。

「蒸気ランチだぞーっ！」はるか前方に敵を発見して僕らのひとりが叫ぶと、瞬時に戦闘態勢が整う。僕が舵の綱を握り、ハリスとジョージは僕の両脇に腰を下ろす。三人とも、ランチに背を向ける恰好だ。ボートは静かに河の真ん中へ漂い出る。

ランチは汽笛を鳴らしながら進んでくるが、僕らはそのまま漂いつづける。距離が百ヤードになるころには、ランチは狂ったように汽笛を鳴らし、乗っている連中はみんな手すりから身を乗り出して僕らに怒鳴りはじめる。そんな声が届くものか！ハリスがお母さんの愉快なエピソードを話しはじめ、ジョージと僕は一言だって聞き逃すまいと耳をそばだてているのだから。

ランチはボイラーを破裂させそうな断末魔の汽笛を鳴らして後進をかけ、蒸気をもうもうと吐き出し、舵を切って岸に乗り上げる。乗客全員が船首に突進して僕らに罵声を浴びせ、岸の人々も立ち上がって僕らに叫び、通りがかりの船も残らず止まって騒ぎに加わるので、テムズ河は上下数マイルにわたって引っくり返ったような大混乱だ。その時、話のいちばん面白い部分に差しかかっていたハリスがふと言葉を切り、かすかに驚いたような表情で眼を上げてジョージに言う。

「おやおやジョージ、すぐそこに蒸気ランチがいるじゃないか！」

ジョージは答える。

「参ったなあ、何か音がすると思ったら！」

僕らはとたんに取り乱し、ボートをどかせる方法が分からなくなる。ランチの連中は、寄ってたかって指示を飛ばす。

「右を漕げ——馬鹿っ、そっちじゃない！　左で戻せ。違うったら、君じゃない——そっちのほうだ——舵はいじらなくていい——いじるなってのに——ほら、一緒に漕いで。違う、そうじゃない。あーっ、もう！」

連中は業を煮やし、ボートを下ろして僕らを手助けしにくる。十五分ばかりドタバタしたあと、やっと僕らをどかせて先に進むことができるようになる。僕らは盛大に感謝の言葉を述べ、よかったら曳いていってくれないかと頼む。もちろん、断られる。

乙にすましたタイプの蒸気ランチをからかってやるには、もうひとついい方法がある。会社か何かの親睦会と間違えたふりをして、今日はキュビット兄弟商会のみなさんがお揃いですか、それとも禁酒同盟バーマンジー支部のご一行ですかなどと尋ねたあげく、手鍋を貸してくれないかと頼むのだ。

河に不慣れな老婦人は、決まって蒸気ランチが大の苦手である。いつぞや僕は、ステインズからウィンザーまで、そういうお婆さんが三人いるグループと一緒に漕ぎ上ったことがある。このあたりはテムズ河のなかでも、あの機械仕掛けの悪魔がとりわけウヨウヨいる区間だ。実に刺激的な体験だった。遠くの蒸気ランチが目に入ろうものなら、岸に上がって向こうが見えなくなるまで待ちましょうとお婆さんたちは言い張るのだ。まことに相すみませんけれど、無茶はしないと家族に約束してきたものですから、と。

ハンブルドンのロックに着いたとき、水が足りないのに気づいた。そこで僕らは水差しを持ち、番人小屋に水を分けてもらいに行った。

ジョージが交渉係である。愛想よく笑みを浮かべて、こう言った。

「あのう、すみませんが、少し水を分けてもらえませんか?」

「ようがすとも」爺さんは答えた。「いくらでも、好きなだけお取りなさい。余ったら残しといておくれよ」

「どうもありがとう」と言って、ジョージはあたりを見回した。「ええと――水はどちらに？」

「いつも同じ場所にありますぜ」爺さんは平然たるものだ。「ほら、あんたの後ろ」

ジョージは振り返り、「どこにもないように見えるけど……」

「こりゃ驚いた。あんた、眼はどこについとるんだね？」そう言って爺さんはジョージに回れ右させ、上流から下流まで指さしてみせた。「どうだね、よーく見えるでしょうが？」

「あっ！」やっと分かったので、ジョージは声を上げた。「でも、河の水は飲めやしない！」

「そりゃあ、全部は飲めやせんさ」と爺さんは答えた。「だが、わしはもう十五年も飲んどるんだよ」

ジョージは負け惜しみに、おじさんの顔じゃテムズ河の水の宣伝にはならないね、やっぱり僕はちゃんとポンプで汲んだ水がいい、と言った。

僕らは少し上流にあるコテージで水を分けてもらった。これだって、河の水でないという保証はどこにもない。しかし、見ぬもの清しというやつで、河から汲んでいるところを目撃しなければ胃袋も文句を言わないのである。

その後、別の機会に僕らも河の水を試してみたが、上首尾とはいかなかった。この時は河下りの旅程で、ウィンザー近辺の支流の岸にボートを泊めてお茶を飲もうということになったのである。ところが水差しが空っぽで、お茶なしで我慢するか河の水を飲むしかなかった。ハリスは河の水を試してみようと主張した。なに、沸騰させれば大丈夫さ、黴菌《ばいきん》がいたとしても沸かせば死んでしまうから、というのだ。そこで僕らはテムズ河の支流の水でケトルを満たし、火にかけて沸かした。念には念を入れて、しっかり沸騰させた。

お茶ができたので、僕らはゆったり腰を下ろして一服しようとしていた。と、ジョージが口元にカップを持っていく手を止め、大きな声を出した。

「おい、ありゃ何だ?」

「あれって何だ?」ハリスと僕は口を揃えた。

「だから、あれだよ!」ジョージは西の方角を見ながら叫んだ。

その視線をたどったハリスと僕が見たのは、一匹の犬だった。ゆるやかな流れに浮かんで、僕らのほうに近づいてくる。あれほど物静かで平和な感じの犬を、僕は見たことがない。この上なく満足しきった、心穏やかな風情だった。あおむけになって夢見るように浮かび、脚を四本とも空中に突き出している。なかなか立派な身体つきで、ことに腹は丸くふくれ上がっていた。落ち着き払って、威厳たっぷりに、身じろぎひとつせずに流れてきて、僕らのボートと並んだ。そして岸辺の藺草《いぐさ》のところで止まり、のんびり一夜を過ごすことに決めたようだった。

ジョージはお茶を飲む気がなくなったと言って、カップの中身を河に捨てた。ハリスも喉が渇いていないと言って、同じようにした。僕はすでに半分ほど飲んでいたのだが、飲まなければよかったと後悔した。

チフスになりやしないだろうか、と僕はジョージに尋ねた。

なに、たいてい大丈夫さ、とジョージは答えた。どっちにしても、二週間もすれば結果は分かるしね。

ウォーグレイヴまでは支流をさかのぼった。こっちのほうが近いのだ。マーシュのロックの半マイルほど上流で左に分かれるこの支流は、緑が多くて樹々の枝に覆われた小川なので探検してみる価値があるし、距離も半マイルほど節約できる。

言うまでもなく、支流の入口には杭が打たれて鎖が張られ、この小川に漕ぎ入れる者にはあらゆる拷問と投獄と死が待っていると脅かす看板がやたらに立てられている。こういう野暮なことをする地主どもが、無断で近辺の空気を吸う輩には四十シリングの罰金を科すと言いださないのが不思議なくらいだ。もっとも、杭や鎖はちょっとうまくやればすり抜けられるし、看板などは、五分間の余裕があって周りに誰もいないようなら、一、二枚はずして水に放り込んでやってもいい。

この支流の途中で僕らはボートを下り、ランチにした。このランチの途中、ジョージと僕は大きなショックを受けることになった。

ハリスも確かにショックだったろう。だが、ハリスのショックなど、ジョージと僕があの出来事から受けたショックに比べれば物の数ではないと思う。

こんな具合に事件は起きた。僕らは水際から十ヤードほど離れて草の上に座り、これからゆっくり食事にするつもりだった。ハリスはビーフステーキ入りのパイを膝に乗せて切り分けていた。ジョージと僕は、皿を用意して待っていた。

「スプーンはそっちにあるかな?」とハリスが尋ねた。「肉汁《グレイヴィー》を分けるのに使いたいんだ」

食品かごは僕らのすぐ後ろにあったので、ジョージと僕はスプーンを取ろうと思って同時に後ろを向いた。ものの五秒ほどでスプーンは見つかった。そして向き直ってみると、ハリスとパイが姿を消していたのだ！

さえぎるものひとつない野原である。数百ヤードというもの、立ち木も生垣もない。僕らふたりが河に近いほうにいたのだから、ハリスが河に落ちた可能性もない。落ちるためには、僕らを乗り越えなければならないはずだ。

ジョージと僕は周囲をとっくり見回した。それから、お互いを見やった。

「ハリスは天国に召されたんだろうか？」と僕は尋ねた。

「パイも一緒に召し上げられるってのはおかしいよ」

なるほど、それはそうだ。僕らはハリス昇天説を放棄した。

「してみれば、実のところは」と、ジョージは平凡にして現実的なレベルへ降下した。「地震があったんじゃないかと思うんだが」

それから、声にいささかの悲哀をにじませつつ、「あいにくだったなあ、ハリスがあのパイを切り分けていたのは」

溜息とともに、僕らはハリスとパイが地上で最後に目撃された場所にもう一度目をやった。とたんに、僕らの血は凍りつき、髪の毛は逆立った。ハリスの首が――首だけが――そこにあったのだ。背の高い草の真ん中から首がニュッと突き出し、真っ赤になって、激怒の表情を浮かべている！

最初に気を取り直したのはジョージだった。

「おい！　生きてるのか死んでるのか、どっちなんだ――胴体はどこに行った？」

「馬鹿を言え！」ハリスの首は怒鳴った。「君らふたりのいたずらだろう」

「いたずらって、何が？」ジョージと僕は同時に叫んだ。

「俺をだまして、ここに座らせたくせに――悪ふざけもたいがいにしろ！　ほらっ、パイを受け取れ」

僕らの目には、パイが地面の真ん中から湧いて出たように見えた――泥だらけで、ぐちゃぐちゃに崩れたパイだ。その後から、ハリスが這い出てきた――無残に汚れ、濡れそぼった姿で。

ハリスは側溝のふちに腰を下ろしていたのである。生い茂った草に溝が隠れていたせいで気がつかず、ちょっと背中を反らしたとたんにパイごと落下したのだ。

あんなに驚いたのは初めてだ、とハリスは言った。それはそうだろう、訳も分からずいきなり後ろに転げ落ちたのだから。最初のうち、世界の終わりが来たと思ったという。

ハリスは今に至るまで、ジョージと僕がすべてを仕組んだのだと信じている。かくのごとく、もっとも罪なき人間にさえ不当な疑惑はついて回るのである。ハムレットいわく、「誹謗《ひぼう》をまぬかれる人間などいない」。

いやはや、至言ではないか！

第14章

ウォーグレイヴ――蠟人形館――ソニング――アイリッシュ・シチュー――挑発的なモンモランシー――モンモランシーとケトルの戦い――ジョージのバンジョー練習、周囲の不興を買う――アマチュア音楽家が直面する困難――バグパイプの練習――ハリス、夕食後の体調不良――ジョージと僕、散歩に出かける――空腹で濡れそぼっての帰還――ハリスの奇妙な様子――ハリスと白鳥の奇譚――ハリスの眠れぬ一夜

ランチのあと軽い風が吹きはじめたので、右手にウォーグレイヴ、左手にシップレイクの町がある近辺は帆を上げてのんびり通り過ぎた。眠気を誘うような夏の午後の光に包まれて河の曲がり角に鎮座しているウォーグレイヴを通り過ぎるときは、古風で温雅な絵を眺めているような気分になる。記憶の網膜に長いあいだ留《とど》まりつづける絵だ。

ウォーグレイヴのパブ〈ジョージ・アンド・ドラゴン〉[1]が自慢にしている看板は、

片面をロイヤル・アカデミー会員のレズリー、もう片面を同じくロイヤル・アカデミー会員のホジソンが描いたものだ。レズリーは聖ジョージとドラゴンの戦いを描き、ホジソンは「戦い済んで」の場面を想像で描いた――ひと仕事終えた聖ジョージが旨そうにビールを飲んでいるところである。

『ザ・ヒストリー・オブ・サンドフォード・アンド・マートン』の作者であるデイはウォーグレイヴに居を構え、同じくウォーグレイヴで馬から落ちて蹴り殺された――ふたつめのほうが、この町にとっていっそう名誉だけれども。教会にはミセス・セアラ・ヒルなる人物の記念碑がある。彼女は遺言で「決して親の言いつけにそむかず、悪口や嘘を言ったり、盗みをしたり、窓ガラスを割ったりした記録もない」少年ふたりと少女ふたりに復活祭の記念として分け与えるようにと、年額一ポンドを寄贈した。それだけ面倒な条件を満たして、一年に五シリングのご褒美である！　割に合わないとはこのことだ。

1 〈セント・ジョージ・アンド・ドラゴン〉は二〇一七年現在も、パブ兼レストランとして営業中。

町の言い伝えによれば、ずっと昔、本当にそれらの禁止事項をぜんぶ守った少年がいたらしい――まあ、どうせ現場を押さえられなかっただけだろうが。遺言にも「記録」がなければいいと書いてあるし、人間そこまで厳格に規則を守れるものじゃない。こうして少年は栄冠を射止めた。町では、少年をガラスケースに入れて三週間のあいだ集会所に展示したそうだ。

以降はそんな例も現れず、ミセス・ヒルの基金がどうなったのかは誰も知らない。噂では、近くの蠟人形館に毎年寄付されているという。

シップレイクはきれいな村だが、丘の上にあるので河からは見えない。詩人のテニソンはシップレイクの教会で結婚式を挙げている。

ソニングに至るまで、河はうねうねと曲がりながらいくつもの島を縫ってゆく。このあたりは実に穏やかで、静かで、人けのない場所だ。せいぜい、黄昏どきに地元の恋人たちが岸辺を散歩しているくらいである。威勢のいい兄ちゃんや気障《きざ》な貴族の領分はヘンリーまでだし、陰気で薄汚れたレディングの町はまだ先だ。テムズ河のこの近辺は、過ぎ去った日々に思いを馳せ、今はなき人々や物事を追想し、ああしておけばよかったこうしておけばよかったと後悔するのに向いている（後悔しても遅いのだが)。

僕らはソニングでボートを下り、村をしばらく散歩した。テムズ河の流域でおとぎ話を思わせる小さな村を探すなら、ソニングにとどめをさす。一帯の家並みは、煉瓦と漆喰の建築というより舞台装置のような趣だ。どの家もこれでもかとばかりに薔薇の植え込みで飾られており、時あたかも六月の初め、一斉に花開いた薔薇が繊細な彩りの雲となっていた。ソニングに泊まるなら、教会の裏手の〈ブル〉[2]がいい。古風な田舎宿を絵に描いたような酒場兼宿屋だ。正面には芝生の緑が鮮やかな四角い中庭があって、夕方になると樹の下のテーブルに年寄りたちが集まってエールを飲み、村の政治ゴシップに花を咲かせる。昔風の低い天井と格子窓の寝室、かしいだ階段、迷路のような廊下と、道具立てにも事欠かない。

美しいソニングの村を一時間ばかりぶらついたところ、今日じゅうにレディングまで頑張るには遅くなった。そこで、シップレイクにいくつかある島に戻って一泊することにした。夜を過ごす準備はわりあい早く済んだので、ジョージがひとつ提案をし

2 〈ブル〉は二〇一七年現在も、ホテル兼パブとして営業中。

た。時間はたっぷりあるから気合の入った夕食を作るいい機会だ、ボート旅行の最中でもやればできるところを見せてやろうというのである。野菜はどっさりあるし、コールド・ビーフの残りやいろんな余り物も揃っているから、アイリッシュ・シチューを作ろうとジョージは言った。

名案だと思えた。ジョージが木切れを集めて火をおこし、ハリスと僕はじゃがいもの皮を剝《む》きにかかった。しかし、じゃがいもの皮を剝くというのがあんなに大仕事だとは思ってもみなかった。やってみると、あらゆる包丁仕事のうちでいちばん大変なのである。ハリスと僕は軽薄なくらい陽気な調子で仕事を始めたが、そんな気軽さも最初の一個を剝き終えるころには吹っ飛んでいた。剝けば剝くほど、皮が残っている気がするのだ。皮をぜんぶ剝いて芽も取ったところ、じゃがいも本体は残っていなかった――少なくとも、本体と言えるほどのものは。ジョージがやってきて、僕らの仕事ぶりを調べた――じゃがいもはピーナッツくらいの大きさになっていた。ジョージは言った。

「それじゃダメだよ！　じゃがいもがなくなっちまう。こすり取るようにして剝かなきゃ」

僕らはこすり取るように剝くというのをやってみたが、これは単に剝くよりもいっそう大変だった。じゃがいもというやつは、じつにひねくれた形をしている――あっちが出っ張り、こっちがくぼみ、はたまたそっちは瘤になりという具合だ。僕らは二十五分にわたって一心に皮をこすり剝き、四個のじゃがいもを仕上げた。それから、ストライキに突入した。こんなことをしていたら、後から自分の身体をこすり剝くので一晩かかってしまう、と抗議したのだ。

じゃがいも剝きに匹敵する汚れ仕事を僕は知らない。ハリスと僕の身体全体に飛び散った皮がたった四個のじゃがいもの産物であるとは、信じがたいことだった。節約に心を注げばどんな離れ業もできるといういい例である。

アイリッシュ・シチューにじゃがいもがたった四個というのは馬鹿げているとジョージが言うので、僕らは六個ばかり洗って、皮を剝かずに放り込んだ。キャベツを丸ごと一個、豆も四リットルあまり入れた。鍋でそれをかき混ぜたジョージは、だいぶ余裕があるようだと言う。そこで僕らは二個の食品かごを総ざらいして、ありとあらゆる半端物をシチューにぶちこんだ。ポーク・パイが半分、茹《ゆ》でたベーコンの冷えたやつが少々あったので、それも入れた。それからジョージが半分残った鮭缶《さけかん》を見つけ、これも鍋にあけた。

　こういうのがアイリッシュ・シチューのいいところさ、とジョージは説明した。何でもかんでも始末してしまえるんだ。そのあと、ひびが入った卵を僕が二個見つけたので、それも放り込んだ。スープにこくが出るぞ、[3]とジョージが言った。

　他にどんな材料を使ったかは忘れたが、とにかく余さず入れたのは確かだ。そうそう、最後のほうではモンモランシーも協力した。事の起こりからモンモランシーは興味津々の様子だったが、そのうち何やら真剣かつ考えありげな態度でどこかに行ったと思うと、数分後にミズハタネズミの死骸をくわえて戻ってきた。明らかに、ディナーへの貢献として持ってきたのである。人間どもをからかうつもりだったのか、本気で手伝いたかったのか、そこは僕にも分からない。

　ネズミを鍋に加えるべきかどうか、僕らは議論した。他の材料と混ぜてしまえば大丈夫、どんなものでも風味を増す助けになるというのがハリスの説だったが、ジョージは先例重視の立場を明らかにした。アイリッシュ・シチューにミズハタネズミを入れたなんて話は聞いたことがないから、ここは安全策を取って新奇な実験を避けたい、というのだ。

ハリスは反論した。

「試してみなけりゃ、新しいことの良し悪しは分からないじゃないか。君みたいな人間が世界の進歩を妨げるんだ。ドイツの腸詰《ソーセージ》を最初に食べたやつのことを考えてみろよ！」

あのアイリッシュ・シチューは大成功だった。あれほど楽しかった食事はない。実に目新しく、刺激的なところがあった。いつも同じものばかりでは味覚が退屈してしまう。あのシチューはこれまでにない香りを持ち、他の何にも似ていない味がした。

それに、栄養価もたっぷりしていた。ジョージの言うとおり、シチューは具だくさんだった。豆とじゃがいもがもう少し柔らかくてもよかったが、僕らはみんな歯が丈夫なので大した問題ではなかった。スープに至っては、まさに一編の詩と呼ぶべきものだった――胃弱の人間にはちょっと濃厚すぎるかもしれないが、なにしろ滋養に富んでいた。

3　実のところ、ジョージの言い分はかなり独創的である。一般的なアイリッシュ・シチューは、羊肉、玉ねぎ、じゃがいもなどを交互に重ね、スープストックで煮たもの。

お茶とチェリー・タルトで仕上げにした。その間にモンモランシーがケトルに戦いを挑み、一敗地にまみれることになった。

この旅行が始まって以来、モンモランシーはケトルに多大な好奇心を示してきた。だんだん沸いてくるケトルのそばに座り込んで疑わしげな表情で眺め、ときどき挑発しようとして唸ってみせる。ケトルがゴボゴボいって湯気を吹き出しはじめると、モンモランシーはそれを挑発と受け取り、今にも飛びかかりそうにする。だが、決まってその瞬間に誰かが駆け寄ってケトルを取り上げてしまうので、これまでは喧嘩にならなかったのである。

今日のモンモランシーは、機先を制する決心を固めていた。ケトルがコポッと音を立てたとたんに唸りながら立ち上がり、喧嘩腰で近づいていったのだ。ケトルはごく小型のやつだったが、こっちも大した度胸の持ち主で、いきなりモンモランシーに熱い唾を吐きかけた。

「やりやがったな！」モンモランシーは歯をむき出して唸った。「まっとうな働き者の犬に舐《な》めた真似をしやがるとどうなるか、教えてやる。ろくでなしの、長っ鼻の悪党め。さあ来い！」

そしてモンモランシーは哀れなケトルに突撃し、注ぎ口にかみついた。

夜の静寂《しじま》をつんざいて、血も凍る悲鳴が響いた。モンモランシーはボートから飛び出し、時速三十五マイルで島を三周した。ときどき止まって、冷たい泥に鼻をうずめた。

この日から、モンモランシーは畏怖と疑惑と恐怖が入り混じった目でケトルを眺めるようになった。ケトルがちらとでも見えようものなら、尻尾を巻いて唸りながら素早く後ずさる。そしてケトルがコンロに乗せられた瞬間にそそくさとボートから飛び降り、お茶がらみの儀式が完了するまでじっと岸の上に座っているのだ。

夕食後にジョージがバンジョーを取り出して弾こうとしたが、ハリスが異を唱えた。頭が痛いから、バンジョーの音は我慢できないというのだ。音楽を聞けば治るかもしれないぜ、とジョージは反論した――音楽には鎮静効果があるんだから、頭痛にも効くはずさ。そして、ちょっとばかりご披露という形でかき鳴らしてみせた。

頭痛のほうがまだましだ、というのがハリスの返事だった。

今日に至るまで、けっきょくジョージはバンジョーの演奏をものにしていない。周囲が一致団結して反対したせいだ。ボート旅行の間も夜になると三度ばかり練習のために弾こうとしたのだが、ことごとく邪魔された。ハリスの言葉遣いはどんなに神経の太い男もたじろがせるのに十分だし、かてて加えて、ジョージが弾いているとモンモランシーがそばに腰を下ろして最後まで遠吠えで付き合うのだ。こんなことってあるものか、とジョージは憤慨した。

「せっかく僕が演奏してるのに、どうして吠えやがるんだ？」腹立ちまぎれに怒鳴りながら、ブーツをモンモランシーに投げつけようとする。

「せっかくこいつが吠えてるのに、どうして演奏したがるんだ？」ハリスがジョージのブーツをひったくってやり返す。「ほっといてやれよ。吠えずにいられないんだ。音楽が分かるから、君が弾いていると吠えたくなるのさ」

　ジョージも仕方なく、練習は下宿に帰りついてからということにした。けれども、下宿でさえ弾く機会はなかなか来なかった。ミセス・ポペッツが部屋に上がってきて、こう言うのである。あのう、たいへん恐れ入りますけれど——いえね、あたしはぜひ聞かせていただきたいと思ってるんですよ——実は上の階の奥さんが身重でいらして、お腹《なか》の赤ちゃんに何かあるといけないとお医者様がおっしゃるものですから[4]。

　そこでジョージは、深夜にバンジョーを持ち出して広場を回りながら練習することにした。しかし近隣の住民から苦情が出て警察が張り込み、ジョージを検挙した。証拠は万全で、ジョージは六カ月のあいだバンジョーを弾くことを禁止された。

それでジョージはやる気をなくしたらしい。六カ月の禁止期間が終わると何度か弾きそうなそぶりを見せはしたが、周囲は依然として冷たかった――バンジョーを弾きたければ、世間の顰蹙《ひんしゅく》を向こうに回して戦わねばならないのだ。しばらくするとジョージは完全に望みを失って、楽器を捨て値で売り出す広告を出し――「不要のため譲りたし」というのである――今度はトランプ手品に凝りはじめた。

楽器を練習していると、心がくじけそうになることが多いに違いない。初心者は、世間さまだって音楽は好きなのだから熱心に後押ししてくれるだろうと考えがちである。だが、そうは行かない！

僕の知り合いで、バグパイプを練習していた青年がいる。彼が戦わねばならなかっ

4　作中の記述から判断するに、ジョージはJと同じ家に下宿しているらしい。第11章に出てくるミセス・ギピングズの下宿は、少し前の話なのだろう（ジェロームは青年時代、ジョージのモデルになったジョージ・ウィングレイヴと下宿を共にした経験がある）。

た妨害のすさまじさといったら、驚くばかりだった。なにしろ、血を分けた家族さえちっともいい顔をしないのである。父親はそもそもの初めから大反対で、嚙んで吐き捨てるような調子で息子をこきおろした。

青年は朝早く起きて練習していたのだが、姉から苦情が出て中止せざるをえなくなった。姉は信心深いたちで、あんな音で一日を始めるのは神様への冒瀆《ぼうとく》だというのである。

そこで彼は、家族が寝静まった夜ふけに練習するようにしたが、これもひどくまずいことになってしまった。一家に悪い噂が立ったのである。夜遅く帰ってきた人たちが足を止めて耳をそばだて、翌朝になると、ゆうべミスター・ジェファーソンのところで恐ろしい人殺しがあったと町じゅうに言いふらす。犠牲者の悲鳴と殺人者の蛮声が上がったと思うと、命乞いの哀願に変わり、犠牲者の最後のあえぎまで聞こえたというのだ。

やむをえず、家族は昼間に青年を裏手の台所に押し込め、家じゅうのドアを閉め切ったうえで練習させることにした。ところが、それだけ手を尽くしたにもかかわらず、青年がうまく音を出せた箇所は居間にまで聞こえてきて、母親に涙を流させそうになるのだった。

あたしのお父さんを思い出して仕方ないの、と母親は言った（彼女の父親は、ニューギニアの沿岸で泳いでいて鮫《さめ》に食われてしまったのである――どうしてバグパイプの音がそれを思い出させるのかは、本人も説明できなかったが）。

家族は母屋から四分の一マイルほど離れた庭はずれに小屋を作り、青年が演奏したくなったらそこにバグパイプを持って行かせることにした。ところがまれに、事情を知らないお客が訪ねてきて、家族もあらかじめ注意しておくのを忘れてしまうことがある。お客が庭の散歩に出てバグパイプの音が届く範囲に足を踏み入れてしまうと、覚悟していないどころか音の正体さえ分からないのだからたまらない。強靭《きょうじん》な精神の持ち主なら発作を起こすだけで済むが、普通の神経の人間だと発狂してしまうのである。

ところで、バグパイプを始めたての素人が演奏する様子には、正直のところひどく悲愴なものがある。これは友人の演奏を聞いての実感だ。あの楽器の演奏は大事《おおごと》らしい。なにしろ、吹きはじめるまえに一曲ぶんの息を吸い込んでおかねばならないのだ――少なくとも、ジェファーソンの演奏を見ているとそう思えた。

初めのうちはきわめて勇壮だ。野趣あふれ、嘹々《りょうりょう》として、戦いに馳せ参じよと呼びかけるような音色で、聞くほうの心も浮き立つ。ところが、メロディが進むにつれてだんだん弱音《ピアノ》になってゆき、最後の一節などは途中で息が切れて、ブツブツ、シューシューいうばかり。

バグパイプをやりたいなら、よほど壮健でなければならない。

ジェファーソン青年がバグパイプで吹ける曲はひとつしかなかったが、レパートリーが少ないという苦情は一度たりとて聞いたことがない。本人は「キャンベルの軍勢がやってくる、フレーフレー！」だと言っていたが、父親はいつも、「スコットランドのブルーベル」だと言い張った。本当の曲名は誰も知らないのだが、なにやらスコットランド風だという点ではみんな一致していた。訪問客は曲名を三つまで挙げていいと言われるのだが、たいていはそれでも当てられなかった。

夕食の後で、ハリスは加減が悪くなった。高級なものを食べつけていないので、シチューがもたれたのだろう。ジョージと僕はハリスをボートに残し、ヘンリーの町をぶらつくことにした。ハリスは、ウィスキーとパイプをやってから就寝の準備をしておくと言った。散歩から戻ってきた僕らが対岸からハリスを大声で呼び、ハリスは島から漕ぎ寄せて僕らを拾う手はずになった。

「うっかり寝込んだりしないでくれよ」散歩に出るときに僕らは言った。

「その気遣いはいらないさ、シチューがこなれていないうちは」ハリスは唸るように言って、島へ漕ぎ戻っていった。

ロイヤル・レガッタを控えたヘンリーの町は、活気にあふれていた。僕らの知り合いもけっこう来ており、一緒に楽しく過ごすうちについつい時を忘れてしまった。我が家（僕らはボートをそう呼ぶようになっていたのだ）に向けて四マイルの道のりを歩きはじめたとき、時刻は十一時近かった。

肌寒く、雨がしとしと降る陰気な晩だった。僕らは低い声で言葉を交わしながら静まり返った真っ暗な野原を歩き、方角は合っているだろうか不安になった。それと同時に、幌の隙間から明るい光の洩《も》れる心地よいボートの様子が心に浮かんだ。あそこにはハリスとモンモランシーがいて、ウィスキーがある。早く帰りたかった。

僕らはいろいろと情景を思い描いた。ボートにたどり着き、疲れきって少し空腹を覚えている自分たち。川面の暗闇と、模糊《もこ》たる輪郭の樹々。その下で、なつかしいボートは巨大なツチボタルのように光り、いかにも暖かく心地よく楽しそうに見える。

ボートの中で夜食を食べている自分たちの姿も浮かんだ。コールド・ビーフをつつき、パンをちぎってお互いに渡している。ナイフが皿にぶつかる陽気な音と僕らの笑い声がボートに満ち、幌の間から夜の闇へと流れ出す。この図を早く現実化したくて、僕らは足を早めた。

やっと曳舟道に出たのでほっとした。それまでは、河に向かって進んでいるのか河から遠ざかっているのか分からなかったのだ。くたびれて早く寝たいとき、そういう不安は神経にこたえる。シップレイクの町を過ぎるとき、時計の鐘が十一時四十五分を打った。すると、ジョージが心配そうな声で言った。

「ボートがどの島にいるか、ちゃんと覚えてる?」

「そういえば、覚えてない」僕も心配になってきた。「島っていくつあったっけ?」

「四つだけだ。ハリスが起きてりゃ、何とかなるだろう」

「起きてなかったら?」と僕は尋ねたが、それは考えないでおこうということになった。

ひとつ目の島の対岸に出たので僕らは叫んだが、返事はなかった。ふたつ目の島の前まで行ってまた叫んだが、やっぱり返事はなかった。

「そうだ、思い出した」とジョージが言った。「三つ目の島だ」

僕らは三つ目の島に希望を託して駆けつけ、声を張り上げた。返事はない！

事態は深刻になりつつあった。もう十二時を過ぎている。レガッタのせいで、シップレイクとヘンリーのホテルは満杯だろう。こんな夜更けに、空き部屋はありませんかと民家に聞いて回るのも無理だ！　ジョージは、ヘンリーに戻って巡邏の警官を殴りつけるのはどうかと言いだした。そうしたら留置所で夜を過ごせるだろうというのだ。しかし、である。その警官が僕らを殴り返すだけで、留置所に入れてくれなかったら！

一晩じゅう警官を殴って回るわけにもいかないし、やりすぎて六カ月食らい込んでは本末転倒だ。

僕らは最後の望みをかけて、四つ目の島がありそうな場所に向かって叫んだが、結果は同じだった。雨は本降りになり、ずっと続きそうだった。僕らはずぶ濡れで、寒くてみじめだった。島は四つしかないのだろうか。そもそもここは島の近くなのだろうか。目的地の一マイル以内にいるのか、全く見当違いの場所にいるのかさえ分からない。真っ暗闇の中で見ると、あらゆるものが異様で不気味に思えた。民話に出てくる「森の子供たち」[5]がどれだけ不安だったか、分かるような気がしてきた。

僕らが全ての希望を失いかけたとき――いや、僕だって、小説や物語で転機が訪れるのは決まって「全ての希望を失いかけたとき」だとは承知しているが、こればかりは仕方がない。この本を書きはじめるにあたって僕は厳密に事実だけを述べることにしたので、いくら陳腐に聞こえようとも事実を曲げるわけにはいかないのである。

それはまさしく僕らが全ての希望を失いかけたときだったので、そう書くほかない。僕らが全ての希望を失いかけたとき、不意に、得体の知れない不気味な光が見えた。少し下流の対岸で、樹々の間にちらついている。僕は一瞬、幽霊だと思った。それくらい薄暗い、謎めいた光だったのだ。次の瞬間、あれが僕らのボートだと直感した。僕が発した絶叫は、〈夜〉の眠りさえ揺り動かすかと思われた。

しばらく、僕らは息を呑んで待った。すると――ああ！　暗闇に響く聖なる楽の音よ――モンモランシーの吠える声が聞こえてきた。僕らは「七人の眠り男」[6]をも目覚めさせるほどの大声で怒鳴り返した――もっとも僕は、七人だろうとひとりだろうと同じ大きさの声で目覚めると思うのだが。それから一時間も待ったか――いや、実際は五分ほどだったのだろうが――灯りをともしたボートがゆっくりと闇の河を渡ってくるのが見え、ハリスの眠そうな声が僕らの居所を尋ねた。

ハリスの様子はおそろしく変だった。疲れているというだけでは説明がつかない。僕らが乗り込めそうにもない位置にボートをつけて、そのまま眠り込んでしまった。ハリスの目を覚まさせ、多少とも正気に返らせるには、ものすごい量の絶叫と怒号が必要だった。それでも僕らはなんとかハリスを起こして、ボートに乗ることができた。

乗ったときに気づいたのだが、ハリスの顔色はひどく冴えなかった。何かとんでもない事件に巻き込まれた様子である。いったいどうしたんだと僕らが尋ねると、ハリスは言った——

「白鳥だよ!」

どうやら、僕らは白鳥の巣の近くにボートをつないでしまったらしい。ジョージと

5 一五九五年にバラッド形式で初めて印刷物に収録されて以来、さまざまな形で語り直されてきた民話。両親を亡くした主人公の幼児たちは、悪いおじのたくらみの結果として森の中に取り残されて死に、鳥たちが運んできた木の葉によって覆われる。

6 紀元二五〇年頃のローマ帝国によるキリスト教迫害を逃れて、山の洞窟で数百年にわたって眠りつづけた男たちの伝説。目を覚ました彼らは、神を賛美しつつ亡くなる。

僕が散歩に出かけた直後、雌の白鳥が戻ってきてハリスを攻撃した。ハリスが追い払うと雌の白鳥はいったん去っていったが、まもなく亭主を連れて戻ってきた。

二羽の白鳥と大喧嘩になった、とハリスは言った。けれども最後には知恵と勇気が物を言い、ハリスは二羽を打ち負かした。

すると三十分後、つがいの白鳥は十八羽の加勢を連れて戻ってきたのだ！　ハリスの説明から僕らが理解できたかぎりでは、恐るべき戦いが巻き起こったらしい。白鳥たちはハリスとモンモランシーをボートから引きずり出して溺死させようとした。しかしハリスは四時間にわたって英雄的な防戦を行ない、一羽残らずやっつけた。白鳥たちは、死の運命を悟って泳ぎ去っていったという。

「白鳥は何羽いたって？」ジョージが尋ねた。

「三十二羽」ハリスは眠たげな声で答えた。

「さっきは十八羽って言ってたぜ」

「言うもんか」ハリスは唸り声を上げた。「俺は十二羽って言ったんだ。数勘定ができないとでも思ってるのか？」

実際のところ白鳥が何をしたのか、僕らにはついに分からなかった。翌朝ハリスに尋ねてみると、ハリスは「えっ、白鳥？」と問い返したものだ。そっちが夢でも見たんだろうと思っている態度だった。

それにしても、あの苦労と恐怖のあとでボートに戻れた嬉しさといったら！ジョージと僕はたっぷり夜食を食べた。食後にホット・ウィスキーが欲しいところだったが、いくら探してもウィスキーは出てこなかった。いったいウィスキーをどうしたのかと僕らはハリスに迫ったが、ハリスはウィスキーが何であるかも、そもそも何を聞かれているのかもおよそ分からない様子だった。モンモランシーは事情を知っていそうな表情だったが、何も言わなかった。

その晩はよく眠れた。ハリスさえいなければ、さらによく眠れたはずだ。ぼんやりした記憶だが、ランタンを持ったハリスが自分の服を探してボートの中をうろつくので、少なくとも十二回は起こされたと思う。どうもハリスは、一晩じゅう自分の服について心配していたようだ。

ジョージと僕を二度まで揺り起こして、僕らがハリスのズボンの上に寝ていないか確かめようとした。二度目には、ジョージがかんしゃくを起こした。

「この真夜中に、どうしてズボンが要るんだ？　いいから横になって、さっさと寝ちまえ！」

次に僕が目を覚ましたとき、ハリスは靴下が見つからないと言ってごそごそやっていた。最後のかすかな記憶は、あおむけに寝ていた身体を横向きにされたことである。

おかしいな、傘はどこにあるんだろうとハリスがつぶやいていた。

第15章

家事――仕事への愛――河遊びの古株の行動と意見――新世代の懐疑主義――船乗り事始め――筏――ジョージ、スタイリッシュなボートに乗る――年寄りの船頭の漕ぎ方――平静にして平穏なり――初心者――パンティング――不運な事故――友情は美しきかな――僕の初帆走――僕らが溺死しなかったわけ

翌朝は遅くまで寝たあと、「凝ったもの」はやめてくれというハリスの熱望に従って普通の朝食を食べた。それから皿を洗い、ボートの中を片づけた（こういう仕事には終わりがないので、僕はかねての疑問に明快な答えを得つつあった――つまり、家事しかすることのない女性はどうやって時間を過ごしているのかという疑問である）。そして十時ごろ、今日は大いに距離を稼ぐぞという決意のもとに出発した。

これまでずっと曳いてきたので、変化をつけるために今朝は漕いでいこうと意見が

まとまった。ハリスは、ジョージと僕が漕いで自分が舵を取るのがいちばん適当だろうと言った。僕はこの考えにちっとも感心しなかった。ハリスがもっとやる気のあるところを見せてジョージと一緒に漕ぎ、僕をしばらく休ませてくれるのが筋というものだろうと僕は反論した。どうも僕は今回の旅行で公平な割り分以上に仕事をしているようで、それがひどく気にかかっていたのである。

そもそも僕は、いつだって自分がすべきよりも沢山の仕事をしているようだ。誤解しないでほしいが、仕事が嫌いなわけではない。僕は仕事が好きだ。心から愛している。腰を下ろして仕事を眺めだすと、ゆうに数時間は過ごせる。僕は仕事を手元に置いておきたいほうで、仕事が片づいてしまうことを考えただけで胸が破れそうになる。

仕事ならいくらでも大歓迎だ。仕事をためることは、僕にとってほとんど情熱となっている。書斎はもはや仕事で満杯、一インチの余地もないありさまだ。そろそろ増築したほうがいいかもしれない。

それに、僕は仕事をおろそかに扱わない。もう何年も手元に置いてきた仕事だって、手垢《てあか》ひとつない真っさらの状態だ。僕は仕事を大いに自慢にしていて、ときどき棚から下ろしてはたきをかける。仕事の手入れにかけては、僕の右に出る人間はいない。

しかし、仕事を欲してやまないとはいえ、僕は同時に公平を愛する。真っ当な取り分以上を要求したりはしないのである。

ところが、仕事というやつは要求しないでもやってくるのだ――少なくとも、僕にはそう思える。これが心配の種だ。

ジョージは僕に、そんなことを気にかける必要はないと言う。君が公平な取り分以上の仕事を独占してしまう可能性など取り越し苦労だし、だいたい君は割り前の半分も仕事を回されていないというのが彼の意見である。しかし、たぶんジョージは気休めでそう言ってくれているだけだ。

何度もボート旅行をして分かったのだが、ボートに乗っている人間は誰でも、自分だけであらゆる仕事をしているつもりになるものだ。ハリスは、仕事をしているのは自分だけでジョージと僕はそれにつけこんでいると言った。ジョージはハリスの意見を鼻で笑い、君なんぞ食って寝るだけが仕事じゃないかと反論した。ジョージ自身の断固たる意見によれば、語るに足るほどの仕事はすべて自分が引き受けてきたというのだ。

ハリスとJみたいな怠け者コンビと旅行をするのは初めてだ、とジョージは言った。

面白いことを言うじゃないか、とハリスがやり返す。

「おいおい、ジョージが仕事だってよ！　冗談じゃない、君なんか三十分も仕事をしたら死んじまうぞ。なあ、ジョージが仕事をしてるのって見たことあるか？」そう言って、ハリスは僕のほうを向いた。

見たことがないな、と僕は同意した――少なくとも、今回の旅行が始まってからは。

「恐れ入ったね、君がそんなことを判断できるなんて」ジョージはハリスに反撃した。

「一日の半分は寝て過ごしてるくせに。食事どき以外で、ハリスがしゃんと起きてるのを見たことあるか？」と、今度はジョージが僕に尋ねた。

事実は事実だから、僕はジョージを支持せざるを得なかった。旅行が始まってからこっち、こと手伝いに関してハリスはほぼ役に立っていない。

「なんだと？　俺は少なくともJのやつよりは働いてるぞ」ハリスが反論した。

「そうだな、Jより仕事をしないってのは無理だもの」と、ジョージも風向きを変える。

「たぶんJは、自分がお客様だと思ってるんだぜ」ハリスは言いつのった。

キングストンからこっち、僕はこの古ぼけたボートでジョージとハリスを運んでやり、ふたりのためにあらゆる事柄を監督かつ手配し、ふたりの世話を焼き、奴隷のように尽くしてきたのである。そうして受け取った感謝の言葉がこれだ。まったく、世の中はよくできている。

さしあたりの解決法として、レディングの先までハリスとジョージが漕いでゆき、そこから僕が曳くことになった。流れの強い河に逆らって重たいボートを曳いてゆくというのは、近頃の僕にはさっぱり魅力のない作業だ。遠い昔には僕も力仕事を任せてもらいたくてうずうずしたことがあるが、今では若い連中にチャンスを譲ってやりたいと思う。

河遊びの古株たちは、漕ぐのがきつい場所にさしかかるたびに僕と同じく隠居をこころざす傾向があるようだ。ベテランの見分け方は簡単である。ボートの船尾にクッションを並べて長々と寝そべり、去年のシーズンにやってのけた離れ業を語って漕ぎ手たちを激励しているやつがいたら、こいつは相当のしたたか者だと思って間違いない。

「なに、その程度で精一杯だって?」ベテラン氏は満足げに煙草をふかしつつ、汗だくの新人ふたりに悠然たる調子で話しかける。新人たちは、もう一時間半のあいだ流れに逆らって漕ぎどおしだ。「冗談じゃないぜ。去年のシーズンなんか、ジム・ビフルズとジャックと僕はマーロウからゴアリングまで半日で漕ぎ上がったもんさ――休憩なんか一度もなしでね。そうだよな、ジャック？」

ジャックはありったけの毛布や外套をかき集めて船首にベッドを作り、ここ二時間というものぐっすり眠っていたのだが、話しかけられたので半分がた目を覚ます。それから昨シーズンの旅行を事細かに思い出し、あのときは最初から最後まで流れがきつかったと付け加える――そうそう、向かい風もひどかった。

「全部で三十四マイルってところかな」第一のベテラン氏が相槌を打ち、クッションをもう一個取って頭の下に敷く。

「違うぞ。誇張しちゃいけないな、トム」と、ジャックが咎めるような声を出す。「せいぜい三十三マイルさ」

ジャックとトムはこの会話で精力を使い果たし、ふたたび眠り込む。オールを握る純真な若者たちは、ジャック先輩やトム先輩のようなボート界の大物を乗せて漕がせてもらえることに感激し、いっそう勤勉に漕ぎはじめるという寸法だ。

若かったころの僕は、先達の語るこういう話に耳を傾け、真に受けて丸呑みにし、さらには一言一句に至るまで咀嚼反芻《そしゃくはんすう》し、もっと聞かせてもらいたいと願ったものだ。しかるに新世代の連中は、昔の僕らみたいに単純に信じようとしないのである。僕ら三人――ジョージとハリスと僕――は、去年のシーズンに「ヒヨッコ」をひとり連れてボート遊びに出かけた。漕ぎ上ってゆくあいだずっと、僕らは自分たちがかつて成し遂げた偉業についてお決まりの自慢話をたっぷり聞かせてやった。

定番のすべてを――何十年にもわたってボート遊びの連中の役に立ってきた与太話の数々を――語るだけでは足りず、自分たちで考え出した法螺も七つばかり付け加えた。そのひとつは実にもっともらしい出来で、数年前に僕らの友人が関わりかけたほぼ実話と言ってよいエピソードにある程度まで基づいていた。そこらの子供がうのみにしても大して害がないくらい、本当のような話なのである。

ところが若造は、僕らの話をひとつ残らず笑い飛ばし、そんなら今すぐ実演してくださいよ、できないほうに十対一で賭けてもいいですねなどとほざくのだ。

さて、今朝の僕らは自分たちのボート経験について語り合い、それぞれの船乗り事《こと》始《はじ》めを比べ合った。僕の初体験は、五人の友達が三ペンスずつ出し合って変てこな筏《いかだ》を作り上げ、リージェンツ・パークの池に乗り出したことだ。最後には、管理人の小屋で身体を乾かす破目になったけれども。

それで味を占めた僕は、郊外の煉瓦焼き場をあちこち回って貯水池で筏遊びを楽しんだ——というと子供だましのようだが、これが意外に奥深くてスリルに富んでいるのである。ことに趣深いのは、こっちが池の真ん中に浮かんでいる最中に、筏の材料となった木の持ち主が太いステッキなど持って岸に姿を現した場合だ。

こういう紳士を目撃した僕が真っ先に感じるのは、目下のところ自分は人と話し込む気分でないこと、失礼に当たらないようなら先方との顔合わせを避けたいということである。そのためには、先方とは反対側の岸に上がり、知らんぷりでそそくさと家に帰るのが理想的だ。ところが先方は、僕の手を取って懇談することを切望しているようなのである。

どうも僕の父親と知り合いらしく、僕自身のことまで熟知している様子だが、だからといってお近づきになりたいとは思えない。板切れで筏を組む方法を教えてやるから来いよ、などと向こうは言うが、こっちは筏の作り方なぞ先刻承知だから、いくら親切な申し出でも有難迷惑というものだ。だいたい、そんな手間を先方にかけては気がとがめる。

ところが、こっちがいくら冷淡でも向こうの熱意は一向に衰えない。着岸地点に先回りしようと駆け回る様子からすれば、よほど僕のことが好きらしい。しかし、若くて脚先方が太っていて息切れしやすいようなら、簡単に逃げ切れる。もっとも、この会談なるものは極めの長い男が相手だと、会談の実現は不可避だ。もっとも、こっちは切羽詰まった単音節しか発短く、もっぱら向こうが喋《しゃべ》るものであって、こっちは切羽詰まった単音節しか発することができない。そして、向こうがちょっとでも隙を見せた瞬間に身をひるがえして逃げ出すことになる。

三月《みつき》ばかり筏をやると、その方面の技術にはすべて熟達してしまった。そこで僕は手漕ぎボートに昇格することに決め、リー河[1]のボートクラブに入った。

リー河でボートを操っていると——土曜の午後はとりわけ——舟さばきが機敏になる。乱暴な船頭にぶつけられたり、荷船にひっくり返されたりするのを避けねばならないからだ。そればかりか、いつなんどき曳綱に引っかけられそうになっても河に落

1　リー河はハーフォードシャーを源流として南下し、グリニッジより東の地点でテムズ河に合流する。

ちないよう、迅速かつ優雅な身のこなしでボートの底に這いつくばるコツも体得できる。

ただ、リー河ではスタイルは身につかない。僕が漕ぎ手としてのスタイルを手に入れたのは、テムズ河のボート遊びを覚えてからだ。今では、僕のスタイルは賞賛の的である。誰もが摩訶不思議《まかふしぎ》な漕ぎっぷりだと言ってくれる。

ジョージが初めて河に出たのは十六歳の時だった。ある土曜日に、同年代の友達が九人集まってキューへ出かけた。キューでボートを借り、上流のリッチモンドまで往復するつもりだった。仲間のひとりでジョスキンズという縮れっ毛の少年がハイド・パークのサーペンタイン池でボートに乗った経験があって、ボートってすごく面白いぜと言ったのだ。

桟橋に来てみると、引き潮時で流れが速く、河を横切る方向に強い風が吹いていた。けれども一行はちっとも気にせず、ボート選びにかかった。

八人漕ぎのレース用ボートが艇庫に上げてあり、みんな一目でそれに惚《ほ》れ込んだ。そこで、あのボートを貸してくれと言った。ボート屋の親方はちょうど留守で、小僧がひとりで店番をしていた。こんな連中にレース用ボートは無理だと判断したらしく、小僧はファミリータイプの乗りやすそうなボートをふたつ三つ見せてくれたが、一同は耳を貸さない。レース用のボートに乗るのが、いちばん恰好よさそうに思えたのだ。

そこで小僧はそのボートを浮かべ、一同は上着を脱いでそれぞれの席につこうとした。ジョージはその頃から人並み外れて体重があったので、小僧は彼が四番になってはどうかと提案した。いいとも、僕が四番だとジョージは言ってまっすぐ舳手《バウ》の席に近づき、前後逆向きに腰を下ろした。ジョージを正しい位置につけるのにしばらくかかったが、他の連中も続いて乗り込んだ。

ひどく神経質な少年が舵手《コックス》に選ばれ、ジョスキンズが舵の取り方を教えた。ジョスキンズ自身は整調《ストローク》になった。なあに簡単さ、とジョスキンズは全員に言った。僕の動きを見て、同じようにやればいいんだ。[2]

行くぞ、と声が上がり、桟橋の上から小僧が鉤竿《ボートフック》でボートを押し出した。

2 ボートは漕ぎ手の座っている向きとは反対側に進む。八人が漕ぐボートの場合、進行方向の尖端、つまり舳先にバウが後ろ向きに座り、続いて二番から七番、ストロークという順番で漕ぎ手が後ろ向きに並び、船尾にコックスが進行方向を向いて着座。二人漕ぎボートの場合は、進行方向からバウ、ストロークの順番でいずれも後ろ向きに座ることになる。

それから起こったことを、ジョージは詳しく説明できない。混乱した記憶をたどれば、どうも出発直後に五番のオールの根元でいきなり背中を突かれたようである。そのとたん、不可解にも座席が尻の下から消え、ジョージは床板にへたり込んだ。これまた不可思議なことには、時を同じくして二番が発作か何か起こしたらしく、ひっくり返って脚を空中でばたつかせている。

ボートは横向きになって、時速八マイルでキュー橋の下を押し流された。漕いでいるのはジョスキンズだけだ。なんとか席に戻ったジョージは自分も漕いで手助けしようと思ったが、オールを水に入れた瞬間に仰天するようなことが起こった。オールがボートの下にもぐりこみ、危うくジョージを道連れにしそうになったのだ。

名ばかりの「コックス」は、舵の綱を両方とも水に落として泣きじゃくっている。どうやって栈橋に戻れたのかジョージは記憶していないが、要した時間はたった、の四十分だった。こいつは見ものだというのでキュー橋に黒山の人だかりができ、全員がてんでんばらばらな指図を叫んだ。ジョージたちは橋のアーチを上流へ抜けることに三度成功したが、三度とも下流に押し戻された。そのたびに「コックス」は橋を見上げ、改めて泣きだすのだった。

もうボートはこりごりだと思った、とはジョージの述懐である。

ハリスは河よりも海のボート漕ぎに慣れていて、運動としては海のほうがいいと言う。僕はそうは思わない。去年の夏、僕はサセックスのイーストボーンで小さなボートを漕いでみた。昔はよく海で漕いだので何とかなるだろうと思っていたのだが、やってみるとすっかりコツを忘れていた。一本のオールは海にしっかり潜っているのに、もう一本は派手に空を切ってしまうのだ。

同時に両方のオールで水を捉えるためには、立って漕ぐしかなかった。海沿いの遊歩道は貴顕紳士でごった返していたので、全員に見られながらこの間抜けな恰好で通り過ぎる破目になった。ビーチの真ん中あたりであきらめて陸《おか》に上がり、年寄りの船頭を雇って船着き場に戻った。

僕は、年取った船頭の漕ぎっぷりを眺めるのが好きだ。とりわけ時間雇いの船頭がいい。彼らがオールをあやつる様子は、美しいまでに静かでのんびりしている。僕らが生きる十九世紀の世界はスピード信仰にますます毒され、狂おしいばかりの努力をよしとするようになっているが、年寄りの船頭たちはそんなものとはまったく無縁だ。他周りのボートを全部追い抜いてやろうという意気込みなど、これっぽっちもない。

のボートが追いついて抜かしていっても、気にする様子さらになしだ。実際のところ、年寄り船頭のボートは同じ方向に進む船のすべてに追い抜かれていくのである。未熟な人間なら腹にすえかねるところだが、雇いの船頭はそんな試練に遭ってもあっぱれ涼しい顔なのだ。これを見ていると、野心や上昇志向のくだらなさが身に沁みて理解できる。

ただボートが進めばいいという程度の技術ならわりあい簡単に身につくが、女の子のいる前を平然と漕ぎ進められるようになるにはよほど修練が必要だ。また、初心者は「タイミング」にも悩まされる。「うーん、変だなあ」五分のあいだに二十回も相棒のオールにひっかけてしまった自分のオールを戻しながら、彼はつぶやくことになる。「ひとりだと、あんなにスイスイ漕げるのに！」

ボートの素人がふたり、互いにペースを合わせようとする様子は愉快な見ものである。おい、あんまり変な漕ぎ方をしないでくれよ、ペースが合わないじゃないかとバウが言いだす。ストロークはカッと腹を立て、冗談じゃないぜ、君が下手糞なのに合わせようとしてもう十分間も頑張ってるじゃないかとやり返す。今度はバウが頭にきて、僕のことなんか心配しなくていい、そっちさえ普通に漕ぐ努力をしてくれりゃいいんだと反撃する。「それとも、僕がストロークになろうか？」とバウは付け加える。そうすれば万事たちどころに解決と言わんばかりだ。

どうしても調子がそろわないまま、百ヤードほどバチャバチャと進んでゆく。そのときストロークの頭に、これまで見落とされてきた問題の本質がひらめく。「分かったぞ。君は僕のオールを使ってるんだ」と叫んで、ストロークはバウへ向き直る。「そっちのオールをくれ」

「なるほど、うまくいかなかったのはそのせいか」バウはいきなり顔を輝かせて叫び、いそいそとオール交換を手伝う。「よし、これでもう大丈夫だ」

ところが、大丈夫ではない。ストロークはオールを握っておくために肩が外れそうなくらい腕を伸ばさなければならないし、バウのオールは引くたびに胸にゴツンとぶつかる。そこでふたりはまたオールを交換し、ボート屋の親父が全然違うオールを渡したに違いないと結論する。そして一緒になってボート屋を罵るうちに、すっかり仲良くなってしまう。

ジョージが言うには、たまには気分転換に平底舟《パント》を竿で操ってみたいと思うことがよくあるそうである。だが、パンティングというのは見かけほど簡単じゃない。オールと同じく、舟を進めるくらいはすぐできるようになるが、袖を濡らしたりしないで優雅に竿を操るには長時間の練習が必要なのだ。

僕が知っていたある青年は、初めてパンティングに挑戦した折にたいへん不幸な事故を起こしてしまった。途中まではとてもうまくいったのでだいぶ慢心し、舟の上を行ったり来たりして余裕綽々《よゆうしゃくしゃく》の竿さばきを見せはじめた。一緒に乗っていた僕も、見ていて楽しかった。河から引き抜いた竿を持って大股に舳先へ進み、竿を川底に突き立てて押し、竿を放して船尾へ駆け戻ってゆく。玄人はだしだった。いやはや、実にうまいものだ。

実にうまいままでいてくれればよかったのだが、惜しいことに友人は周囲の景色に気を取られ、竿を持ったまま舳先から一歩だけ余分に踏み出してしまった。竿は川底の泥にしっかり突き立っており、竿の先にしがみついた友人のわきを舟は通り過ぎていった。はなはだ威厳に欠ける恰好である。岸に失敬な小僧がいて、後ろを歩いていた連れにいきなり怒鳴った。「おーい、早く来いよ！　本物の猿が竿につかまってるぞ」

ついていないときは仕方のないもので、僕らはスペアの竿を持ってくる用心を忘れていた。そこで僕は、座ったまま友人を眺めているほかなかった。竿をゆっくり滑り落ちてゆく彼の表情は、決して忘れられない。万感胸に迫る顔つきだった。

見ていると、友人はおもむろに水中に沈み、ぐしょ濡れのみじめな恰好でまた這いあがってきた。あんまり滑稽な様子なので、僕は思わず笑いだしてしまった。しばらくはクスクス笑いつづけたが、ふと我に返ってみると、笑っている場合ではないのである。僕はパントの上にひとりっきりで、竿はなく、河の真ん中をとどめようもなく流されている――この先は堰の落ち口かもしれないのに。

舟から足を踏み出して河に取り残されてしまった友人のことを考えると、無性に腹が立ってきた。せめて竿は残して行ってくれてもよさそうなものだ。

四分の一マイルほど流されたとき、流れの真ん中に舫ってある漁師のパントが見えた。年寄りの漁師がふたり乗っている。僕が近づいてくるのを見て、よけろ、よけろとふたりは怒鳴った。

「無理なんだ」僕は怒鳴り返した。

「無理ってことがあるか」

近くまで来たときに僕が事情を説明すると、漁師たちは僕のパントをつかまえて竿を貸してくれた。落ち口はわずか五十ヤード先だった。爺さんたちがいてくれて助かったというものだ。

僕が初めてパンティングに行ったときは、三人の友人と一緒だった。やり方を教えてくれるというのである。ロンドンから一緒に出発する都合がつかなかったので、僕が先に行ってパントを借り出し、友人たちが来るまでそのへんで練習しておく手はずになった。

ところが、その日の午後はパントがぜんぶ出払っていた。仕方がないので僕は岸に腰を下ろし、河を眺めながら友人たちを待った。

間もなく、僕の注意はあるパントに乗っている男に引きつけられた。驚いたことに、僕と全く同じ上着、同じキャップなのである。どう見てもパンティングの初心者で、実に面白い竿の使い方をしていた。川底を突いたあと何が起こるか、さっぱり見当がつかないのだ。明らかに本人も見当がつかないでいる。パントは進んだり退いたり、はたまた竿を中心にくるりと回ったりした。どの結果も予想外らしく、そのたびに苛立っている様子だった。

しばらくすると、河べりにいた人々はみんな彼に目を奪われ、次のひと竿で何が起こるか賭けはじめた。

やがて僕の友人たちが対岸に到着し、足を止めてパントの男を眺めだした。男は友人たちに背を向けていたので、見えるのは上着とキャップだけだった。そこで彼らは、いきなり勘違いしてしまったのである。さんざん醜態をさらしているのが親しき友なる僕だと思い込んだ友人たちは、この上なく嬉しがり、パントの男を遠慮会釈なくからかいはじめた。

最初のうち僕は友人たちの錯覚に気づかず、「なんて失礼なやつらだろう、見も知らぬ人にあんなことを！」と考えた。怒鳴りつけて注意してやろうと思ったが、その矢先に事の真相が頭にひらめいたので、僕はそっと樹の陰に隠れた。

いやはや、あの青年に対する友人たちの愚弄ぶりといったら！　岸に立ったまま、たっぷり五分間は下品な野次を飛ばし、あざけり、冷やかし、はやし立てた。ありきたりのジョークだけでなく、新しいジョークまで考え出して投げつけた。仲間内の冗談もたっぷり浴びせかけたが、青年には一言も理解できなかったろう。しばらくして、残酷な嘲弄に耐えられなくなった青年はくるりと振り返った。そこでやっと、友人たちは顔を見たのである！

　この上ない間抜けっ面になる程度の上品さを友人たちが持ち合わせていると分かって、僕はほっとした。知り合いと間違えたんです、と友人たちは弁解した。親しい友達でもない人をあんなに侮辱できるような見下げ果てたやつらだとは思わないでほしい、などと言い添えて。

　もちろん、友人と間違えたという弁明で事はおさまった。そういえばハリスも、似たような経験があると言っていた。ブーローニュ＝シュル＝メールのビーチで泳いでいたところ、いきなり後ろから首筋を掴まれ、顔を水に浸《つ》けられたのだそうである。ハリスは必死で抵抗したが、押さえつけているほうはヘラクレスそこのけの怪力で、いくら逃れようとしても無駄だった。ハリスが暴れるのをやめ、来世に思いを致しはじめたそのとき、向こうが手を放した。

　やっと足が底についたので、ハリスは犯人のほうに向きなおった。人殺しはすぐそばに立って大笑いしていたが、水から出てきたハリスの顔を見たとたん、ギョッとした表情になって取り乱しはじめた。

「すっ、すみません。友達と間違えたんです！」

ハリスの言うには——友達と間違われてまだよかった、親戚と間違われていたらひとたまりもなく溺死していたはずだ。

帆走というのも、これまた知識と修練が必要である——もっとも、少年時代の僕はそうとは知らなかった。ボール遊びや鬼ごっこと同じで、身体が最初から覚えているものと思っていたのだ。友人でこの見解を共にする男がいたので、ある風の強い日、僕らは帆走をやってみようと思い立った。ちょうど僕らは休暇でヤーマスに来ていて、ヤー河をさかのぼろうと相談がまとまった。橋のたもとのボート屋で帆走用のボートを借りて、出発した。

出がけに、ボート屋の親父が言った。「今日はだいぶ風が強いから、河の曲がり角に来たら縮帆して、帆の向きを風と揃えたほうがいいね」

うん、そうするよと僕らは答え、「行ってきまあす」の声とともに出発したのだが、「帆の向きを風と揃える」にはどうしたらいいか、「シュクハン」とはいったい何のことか、実はちっとも分かっていなかった。

町が見えなくなるまではオールで漕ぎ進んだ。広大な水域をハリケーンのような風が吹き渡っている場所まで出たので、ここらで作戦開始と決めた。

ヘクターは——たしかそれが友人の名前だったと思う——漕ぎつづけ、そばで僕が帆を広げた。ひどくややこしい仕事だったが、なんとかやり遂げた。それで、この帆はどっちが上に来るんだろう？

野性の直感を働かせた結果、僕らはもちろん上下を取り違え、さかさまに帆を張りはじめた。さかさまだろうと何だろうと、そもそも帆を上げるのがひと仕事だった。どうも帆のやつ、僕らが葬式ごっこをしているのだと思い込み、僕が死体で自分は経帷子《きょうかたびら》だと考えたようだ。

そうではないらしいと分かると、帆はへそを曲げて僕を帆桁で張り倒し、いっさい協力しようとしなくなった。

「濡らすんだ」とヘクターが言った。「水に浸けて濡らすんだよ」

船乗りは帆を張るまえに必ず濡らすものだ、というのである。そこで僕は帆を水に浸けたが、事態はいっそう悪くなっただけだった。乾いた帆が足にからまったり頭に巻きついたりするだけでも十分不愉快なのに、ぐっしょり濡れた帆ときては最悪である。

それでも僕らは、力を合わせて帆を張りおおせた。上下さかさまというより横向きに近く、それも舫い綱を切って縛りつけたのだが。

　ボートは転覆しなかった。僕がこう言うのは、事実として転覆しなかったからである。なぜひっくり返らなかったのか、僕には理由が思いつかない。後から何度も頭を絞ったのだが、満足のゆく説明は決して得られなかった。

　ひょっとすると、ボートが転覆しなかったのは世界が天邪鬼《あまのじゃく》だからかもしれない。僕らの振る舞いを見たボートが、こいつらは自殺するつもりなのだと思い込み、がっかりさせてやろうと企んだのかもしれない。僕に考えつける説明はそれくらいだ。

　僕らは放り出されまいとして船端に必死でしがみついていたが、それだけでへとへとになった。海賊や船乗りは激しいスコールに遭うと舵を何かにしばりつけて船首の三角帆を下ろすらしいから、僕らもそうしようとヘクターが言った。けれども僕は、舳先を風上に向けておくのがいいと答えた。

　僕の提案のほうがはるかに実行しやすそうだったので僕らはそっちに決め、船端にしがみつきながらどうにかこうにか舵を取って舳先を風上に向けつづけた。

　僕がその後経験したことのないスピード、二度と経験したいと思わないスピードで、ボートは上流へ一マイルほど突っ走った。曲がり角のところでは、帆が水に半分沈むくらい船体がかしいだ。しかし奇跡的に持ち直し、長くて低い泥岸《でいがん》に突っ込んでいった。この泥岸が僕らの命を救ったのだ。ボートは泥の真ん中まで進んで止まった。さっきまで袋の中の豆みたいに振り回されていた僕らは、やっと思いどおりに動けると分かって這い出し、帆を切って落とした。

帆走体験はもう十分だった。やりすぎて、飽きが来てはいけない。僕らは確かに帆走したのだ——あらゆる要素を含んだ、刺激的な、興味深い帆走だった。ここから先は、気分を変えて漕ぐことにしよう。

オールを使ってボートを泥から押し出そうとしたところ、いきなり片方が折れた。それから先はおっかなびっくりで作業を進めたが、なにしろ古ぼけたオールで、二本目はもっと簡単に折れてしまった。万事休すである。

泥は目の前に百ヤードほど続いており、背後は水だった。誰かが通りかかるのを待つしかない。

この天気では河に出る人がそうそういるわけもなく、三時間後にやっと人影が見えた。年寄りの漁師である。漁師はたいへん難儀しながらもなんとか僕らを助け出し、僕らは漁師の舟に曳かれて実にみっともない恰好でボート屋に戻ってきた。

連れ帰ってくれた漁師に心付けを渡したり、折れたオールを弁償したり、四時間半の賃料を払ったりすると、この帆走で一週間の小遣いはほとんど吹っ飛んでしまった。けれども僕らは実体験から学んだのだし、そういう体験にはいくら払っても高くないと世の人は言うのである。

第16章

レディング――蒸気ランチに曳いてもらう――小型ボートの腹立たしい振る舞い――ボートはいかに蒸気ランチの邪魔をするか――ジョージとハリス、またも仕事をさぼる――かなり陳腐な物語――ストリートリーとゴアリング

十一時ごろ、レディングが見えるところまで来た。このあたりの河の景色は薄汚れて陰気だ。レディングの近辺はさっさと通り抜けてしまうに限る。もっともレディングそのものは歴史ある街で、はるか昔にエゼルレッド王がウェセックス王国を治めていた時代から知られている。当時、イングランドに侵攻してきたデーン人はケネット河に軍船をつなぎ、レディングから進軍してウェセックス全土を荒らし回った。エゼルレッド王と弟のアルフレッドがデーン人と戦って打ち負かしたのもレディングである。エゼルレッド王は祈り、アルフレッドが戦闘を担当したのだった。

時代が下ると、レディングはロンドンでまずいことが起きたときの便利な避難所となったようだ。議会はウェストミンスターで疫病が発生するたびにレディングに逃れたし、一六二五年には司法もその例にならって、すべての法廷はレディングで開かれた。ロンドン市民も、手ごろな疫病がときどき発生して弁護士どもや議会を追っ払ってくれるのは歓迎だったろう。

ピューリタン革命の時期には、レディングはエセックス伯が率いる議会軍に包囲された。その四半世紀後には、オレンジ公ウィリアムがジェイムズ二世の軍勢にこの地で圧勝している。

ヘンリー一世は自身がレディングに建立したベネディクト会修道院に葬られており、修道院の廃墟は今でも残っている。ランカスター家の始祖である偉大なジョン・オブ・ゴーントがレイディ・ブランチと結婚したのも同じ修道院だ。

レディングのロックで僕の友人たちの蒸気ランチに出くわしたので、ストリートリーから一マイルもないあたりまで曳いてもらった。ランチに曳いてもらうのはたいへん愉快だ。僕は漕ぐよりも曳いてもらうほうがいい。ただ、この愉快な走りを邪魔するものがひとつある。みすぼらしい小型ボートが次から次へとランチの邪魔をするので、ぶつからないようにしょっちゅう減速したり止まったりしなくてはならないのだ。河でランチを走らせていて手漕ぎボートに進路をふさがれると、まったく頭に来る。あの連中には何らかの対策を講じねばなるまい。

だいたい、ボートのやつらはおそろしく厚かましい。ボイラーが破裂するくらい汽笛を鳴らさないと、急ぎさえしないのである。僕にその権限があれば、見せしめにときどき一、二艘はぶつけて沈没させてやるのだが。

レディングの少し上流から、景色はたいへん美しくなる。タイルハーストあたりは鉄道が目障りだが、メイプルダラムからストリートリーにかけては絶景が続く。メイプルダラムのロックの少し上流には、チャールズ一世が九柱戯《ボウリング》に興じたハードウィック・ハウスが残っている。古風でこぢんまりした〈スワン・イン〉[1]があるパングボーンの近辺の風景は、地元の住民ばかりでなく美術展好きの人々にもおなじみだろう。

友人のランチと別れたのは、グロット・ハウスのすぐ手前である。Jが漕ぐ順番だぞとハリスは言い張ったが、僕にはきわめて不条理な主張に思えた。朝の取り決めでは、僕はレディングの三マイル上流まで漕いでいくことになっていた。ところが、今はレディングの十マイル上流にいるじゃないか！　これはどう見ても、ハリスかジョージが漕ぐべきところだ。

しかし、ジョージとハリスはどうしても道理を解しなかった。そこで、不毛な争いを避けるために僕がオールを握った。漕ぎはじめて一、二分経ったとき、何か黒いものが流れを漂っているのにジョージが気づいたので、漕ぎ寄せてみた。近くまで来ると、ジョージが乗り出して手をかけた。とたんにジョージは悲鳴を上げて飛びのき、真っ青になった。

女の死体だったのだ。水面に軽々と浮かび、表情は優しく穏やかだった。美しい顔立ちではない。美しいと呼ぶには歳不相応に老けこみ、やつれきっていた。けれども、まぎれもない貧窮のしるしにもかかわらず、それは温和で愛らしい顔だった。ついに苦痛の去った病人の顔に時として見られるような、安らぎと平和の色があった。

僕らにとって幸運なことに——検視法廷に引っぱり出されてはたまらない——岸から死体を見た人が数人いて、手続きは彼らが引き受けてくれた。[2]

この女の物語を、僕らは後になって知った。むろん、大昔から語り古された通俗悲

1 〈スワン〉は二〇一七年現在もパブ兼レストランとして営業中。

劇だ。彼女は愛し、そして欺かれた――あるいは、自分を欺いたのかもしれない。ともかくも、彼女は罪を犯した――僕らの中にも、時に罪を犯す者がいるように。家族や友人は当然のショックと怒りを覚えて、彼女と縁を切った。

恥辱の重いくびきにあえぎつつ独りで世間と戦うしかなくなった彼女は、下へ下へと沈んでいった。しばらくは、一日あたり十二時間の辛い労働で手に入る十二シリングの週給で自分と子供を養いつづけた。六シリングは子供の養育に使い、残りの六シリングで自分の心身を保ったのだ。

しかし、週六シリングで心身をまともに保つことはできない。そんな乏しい絆《きずな》では、心と体は離れてゆくものだ。そしてある日、生きてゆく辛さと単調さがいつもに増して鮮明な姿で眼前に立ち現れ、彼女を愚弄して怯えさせたのだろう。彼女は知人たちに最後の懇願を試みたが、過ちを犯して追放された者の声は冷たい壁に阻まれ、取りすました世間の耳に届かなかった。それから、彼女は子供のもとに行った――疲れきった無感動な様子で腕に抱いてキスし、一ペニーのチョコレートの箱を手に持たせてやったあと、いかなる種類の感情も顔に出すことなく子供から離れ、最後の数シリングで切符を買ってゴアリングに向かった。

彼女の人生でもっとも痛切な後悔は、ゴアリングの周囲に広がる林や明るい緑の草原で生まれたものらしい。けれども、女は自分を刺すナイフをなぜか抱きしめるものだ。また、苦痛に満ちた記憶の中にも、甘美だった数刻の思い出が入り込んでいたのかもしれない――大木の広げた枝が翳を落とすゴアリングの河に舟を浮かべて過ごした、至福の数刻の思い出が。

彼女は河のほとりの木立を一日じゅうさまよった。そして、夕闇が地上に降りて灰色の薄暮が水辺に暗い裳裾《もすそ》を広げるころ、自分の悲しみと喜びを知りつくしている物言わぬ河に腕を差し伸べたのだ。年老いた河は彼女を優しく迎え、疲れ果てた顔を胸に抱いて、苦痛を鎮めてやった。

かくして、彼女はあらゆる罪を犯した――生においても、死に際しても罪を犯したのだ。神が彼女を救いたまわんことを！　そして、他にも罪人《つみびと》がいるならば、そのす

2　このくだりは実話がベースになっている。一八八七年に、ロンドンのゲイエティ劇場のコーラスガールがゴアリングの近くでテムズ河に身を投げて死んだ。ジェロームは新聞で事件について知り、本書に取り入れることにしたのだった。

べてを救いたまわんことを。

左岸のゴアリングと右岸のストリートリーはなかなか魅力的な場所で、両方でも片方だけでも数日泊まる価値がある。パングボーンに至る流域は日光のもとで帆走しても月光のもとで漕いでも結構だし、周囲の田園風景もまことに美しい。僕らはこの日ウォリンフォードまで行くつもりだったが、優しくほほえむような川面を見ていると立ち去りがたくなってしまった。そこでボートを橋のたもとにつなぎ、ストリートリーの町に出かけて〈ブル〉[3]でランチにした。モンモランシーがたいそう喜んだ。

聞くところでは、河の両側の丘は古代にはつながっていたという。その丘が現在のテムズ河をふさぐ壁で、ゴアリングの上流あたりの巨大な湖が水源となっていたのだそうだ。僕にはこの説を論評できるほどの知識がないので、紹介しておくだけにする。

ストリートリーは古い歴史のある町だ。テムズ河沿いの町や村はたいていそうだが、この町もブリトン人やサクソン人の時代までさかのぼることができる。滞在場所としての魅力で比較すれば、ゴアリングはストリートリーに一歩譲る。もっとも、ゴアリングだって決して悪くはない。ホテルの勘定を踏み倒して逃げたいなら、鉄道の駅が近いぶんゴアリングが有利である。

3 〈ブル・イン〉は、二〇一七年現在もパブ兼レストランとして営業中。

第17章

洗濯日——魚たちと釣り師たち——釣りの技巧について——良心ある釣り師——生臭い話

僕らはストリートリーに二日滞在し、服を洗濯に出した。それより前にジョージの監督を受けて河で洗ってもみたのだが、失敗だった。実は失敗どころではなく、洗う前より汚くなってしまったのである。それまでは確かにひどく汚れていたけれども、我慢すればなんとか着られた。ところが、洗った後ときたら——そう、僕らが洗濯を試みた後には、ヘンリーとレディングの間の水が以前よりずっときれいになったはずだ。洗っている最中にありとあらゆる汚れが寄ってきて、服にしみついてしまったのである。

ストリートリーの洗濯屋の女は、あの仕事は通常料金の三倍いただかないと割に合いませんと言った。洗うというより、汚れの中から繊維を掘り出すのに近かったそうだ。

僕らはおとなしく三倍の料金を支払った。

ストリートリーとゴアリングの一帯は釣りの名所だ。心ゆくまで釣りが楽しめる。このあたりだけでも、カワカマス、フナ、ウグイ、カマツカ、それにウナギがいっぱいいるので、なんなら一日じゅう座り込んで釣っていてもいい。

実際そうする人々もいる。もっとも、決して釣り上げることはない。テムズ河で人が釣り上げるのを僕が目撃したものといえば、死んだ猫や指先ほどの雑魚だけであって、それを釣果と称するのはさすがに無理がある。地元の釣りガイドも、何かを釣り上げることができるとは書いていない。近隣は「釣りの好適地」であると書いてあるだけだ。僕がこのあたりで見てきたことから判断しても、この記述に偽りはない。

世界じゅう探してもこの一帯ほど釣りが盛んな場所はないし、釣り師たちがこれほど長く粘っている場所もない。まる一日だけで帰ってゆくのもいれば、ひと月泊まりがけなんてのもいる。お望みなら、一年のあいだ釣っていてもいい。だが、結果は同じである。

『テムズ河釣りガイド』を見ると、「小型のカワカマスや淡水スズキも近辺で獲れる」

とあるが、これは『釣りガイド』の間違いだ。なるほど、小型のカワカマスや淡水スズキはこのあたりにいるかもしれない。いや、確かにいるのを僕は知っている。岸辺を散歩すると浅瀬を泳いでいるのが見えるし、ビスケットをくれとばかりに口を開けて水から頭を出していたりもする。僕らが河で泳げば群がってきて、たいへん邪魔である。けれども、ミミズをひっかけた針で連中を「獲る」なんてことはできない――そんなに甘いやつらじゃないのだ!

僕自身は、釣りが得意ではない。かつてはかなり本腰を入れてやったこともあるし、自分では結構うまくなったつもりでいた。が、古株の釣り師たちは、僕には本物の釣り師になれる見込みがないからすっぱりあきらめるように言った。彼らの説明によれば、僕は糸さばきもうまいし、学ぶ気も十分あるし、釣り師に必要な根っからの怠惰さも持っているが、やっぱり釣り師にはなれないのだそうだ。想像力が不足している、というのである。

詩人とか、煽情小説の作者とか、新聞記者とかいったものなら僕でも十分つとまるだろうが、テムズ河でひとかどの釣り師になるためには僕が持っているよりも奔放な想像力と創作の力量が必要だ、というのが彼らの言い分だった。

良い釣り師になるには、顔を赤くしないで平然と嘘をつけさえすればいいと考える向きもあるようだが、これは心得違いである。単なるでっち上げならどんな初心者にもできるのであって、それでは物の役に立たない。古株の釣り師が素人と違う点は、獲物を釣り上げた状況の事細かな描写であり、いかにもありそうなディテールの付け加えであり、正確さというものに対するきわめて几帳面な――ほとんどペダンティックなほどの――こだわりである。

「ゆうべは淡水スズキを十五ダース釣り上げたよ」とか「前の月曜に釣り上げたカマツカは重さが十八ポンドで、頭から尾びれまで三フィートあったよ」とかいう法螺なら、誰でも簡単に吹ける。

そんな法螺には、技巧も修練も必要ない。大胆ではあっても、それだけだ。

そう、道をきわめた釣り師はそんな嘘を軽蔑するものだ。彼の技巧は、とことんまで磨き抜かれている。

彼は帽子をかぶったまま物静かにパブに入ってくると、いちばん座り心地のよい椅子を占領し、パイプに火をつけ、黙ってふかしつづける。しばらくは若造どもに自慢話を任せておき、雰囲気がだれてきた頃合いを見計らってパイプを口から離すと、灰をポンとはたき落としておもむろに語り出すのである。

「火曜の夜に一尾釣り上げたんだが、この話はしてもしょうがないな」

「おや、どうしてですか？」と一同が聞く。

「誰も信じないだろうと思うからさ」老人は恨みがましい調子などいささかもなく穏やかに答え、パイプに煙草を詰めて亭主にスコッチのトリプルを注文する。

沈黙が流れる。正面切って反論する自信は誰にもない。そこで老紳士は、問わず語りに言葉を継ぐ恰好になる。

「いや」と、考え込むように老紳士は続ける。「他人からこんな話を聞かされたら、わし自身も信じなかっただろうよ。しかし、事実はやっぱり事実さ。あの日は午後じゅう釣糸を垂れていたんだが、まったく一尾も釣れなかった——ウグイが数ダースと小型のカワカマスが二十尾獲れてはいたが、こんなものは釣果と呼べん。今日はもうあきらめようと思ったんだが、その矢先にグイときた。どうせまた小物だろうと思って、わしは竿を上げようとした。ところが、ビクとも動かんのだ！　あの魚を釣り上げるには三十分かかった——三十分だぜ！　その間じゅう、糸が切れやせんかと冷や汗ものだったよ。やっと引き上げてみると、何だったと思う？　蝶鮫《ちょうざめ》なんだよ！　四十ポンドの蝶鮫！　それも、竿と糸で！　いや、君らが驚いた顔をするのも無理はない――ご亭主、またトリプルをお願いしてよろしいかな」

そして老紳士は言葉を継ぎ、周りの人間がどれだけ驚いたか、うちに帰ったらかみさんが何と言ったか、近所のジョー・ビグルズの意見はどうだったかなどを紹介するのである。

僕は一度、河沿いの宿屋の亭主に向かって、釣り師の与太話に付き合わされるのがほとほと嫌になったりしないかと尋ねたことがある。亭主の答えはこうだった。

「いやあ、今はそうでもありませんね。最初のうちは、だいぶ面食らったもんですよ。それがあなた、今じゃあたしもかみさんも、一日ずっと聞いていても平気です。まったく、慣れってのは恐ろしいもんで」

僕の知り合いで、ひどく良心的な青年がいた。毛鉤釣《けばり》りに凝ったときも、釣果を二十五パーセント以上は誇張しない決心をしたものである。

「四十尾釣り上げたら、人に話すときには五十尾にしよう。でも、それ以上の嘘はつかないぞ。なにしろ嘘は罪だからな」

しかし、この二十五パーセント計画はまったく成功しなかった。一度も実行の機会がなかったのだ。彼が一日で釣り上げた魚は最大で三尾だったから、三に二十五パーセントを足しても意味がなかった――三と四分の三尾、なんてのはありえない。

そこで青年は、掛け率を三十三・三パーセントに上げた。しかしこれとて、一尾か二尾しか釣れなかったときには役に立たない。いっそ単純化してしまえというので、青年は釣果を二倍にして話す決心をした。

彼はふた月ばかりこの方法を守っていたが、だんだん満足できなくなってきた。二倍にしかしていないと言っても周囲は誰も信じず、正直さがちっとも評価してもらえない。しかも、控えめな掛け率のせいで他の釣り師たちに引けを取ってしまうのだ。小さな魚を三尾釣り上げて六尾釣れたと話している彼のそばで、確かに一尾しか釣れていないはずの男が二ダース釣り上げたなどと吹いているのだから、羨望の念が湧いてくるのは当然である。

けっきょく彼は最後の取り決めを自分と結び、こんにちに至るまで厳格に守りつづけている。最初にベースとして十尾を計上し、一尾釣れるごとに十尾と勘定するのだ。つまり、一尾も釣れなかったときでも十尾釣れたということになる――このシステムだと、釣果が十尾以下ということはありえない。十尾から話が始まるわけである。

従って、一尾釣れた場合は二十尾、二尾なら三十尾、三尾なら四十尾という具合になる。

このプランはシンプルだし実行もたやすいので、最近は釣り師の世界で広く採用の動きがあるらしい。実際、テムズ釣り師協会の特別委員会はこのシステムの採用を二年前に推奨したのだが、古手の協会員の一部から反対の声が上がった。レートを二倍にして一尾につき二十尾ということならば考慮してもよい、というのである。

河沿いで一晩過ごすことになったら、ぜひ村の小さな宿屋に足を運び、パブルームに顔を出してほしい。古株の釣り師のひとりやふたりは必ずホットウィスキーを手にして座っていて、三十分もあれば、釣りにまつわる怪しげな話をひと月のあいだ消化不良になるくらい披露してくれるはずだ。

ジョージと僕は――ハリスはどうしたのか、僕は知らない。午後早くに髭を剃りに床屋に出かけ、帰ってくるとたっぷり四十分もかけて靴を手入れしていたが、それからプイといなくなってしまった――ジョージと僕、それにモンモランシーは、二日目の夕方にウォリンフォードへ散歩に出かけ、戻ってくると休憩かたがた河沿いにある小さな田舎風の宿屋に出かけた。[1]

僕らはパーラールームに入って腰を下ろした。年寄りの先客がいて、長い陶器のパイプをくゆらしていた。自然とおしゃべりが始まった。

今日はいい天気でしたな、と向こうが言うので、昨日もいい天気でしたね、と僕らは返し、明日もいい天気でしょう、と三人が口を揃えた。今年は作物の出来がいいようですね、とジョージは言った。

そんな調子で話しているうちに、僕らがこのあたりの人間ではなく、明日の朝には発《た》つということが明らかになった。

そのあとしばらく会話が途切れたので、僕らは何となく部屋を見回した。僕らの目を惹きつけたのは、マントルピースのずっと上にかけてある埃だらけの古いガラスケースだった。中には一尾の鱒《ます》が入っていた。僕はその鱒を眺めて驚嘆した。おそろしく大きな魚だったのだ。実を言うと、最初は鱈《たら》かと思った。

「ああ！」と、僕の視線を追った老紳士が言った。「立派なもんでしょうが？」

「こんなに大きいのは初めてです」と僕は答えた。それからジョージが老紳士に、目方はどれくらいだと思いますかと尋ねた。

「十八ポンド六オンス」我らが友はそう答え、立ち上がって上着を掛け釘から取った。

「そう、わしがあいつを釣り上げてから、来月の三日で十六年になります。小魚を餌に、橋のすこし下流で捕まえたんですよ。でっかい魚がおると聞いて、わしが捕まえてやるぞと言ったらそのとおりになりました。きょうび、ここいらではあれだけの魚はそうおらんのじゃないですかな。それではご両人、おやすみなさい」

そう言って老紳士は出ていき、僕らはふたりだけになった。

僕らはケースの鱒から目を離せなくなった。惚れ惚れするほど立派な魚だ。僕らがまだ眺めているところに、ちょうど宿屋に立ち寄っていた地元の運送屋がビールのジョッキを手にしてドア口に姿を現した。この男も鱒に目をやった。

「ずいぶん大きな鱒ですね」ジョージが振り向いて声をかけた。

「ええ！ まったくですよ」と男は答え、ビールをぐびりと飲んで付け加えた。「あれが釣れたとき、おふたりさんはここにはいらっしゃらなかったでしょ？」

1 底本の編註者たちによれば、この宿屋はストリートリーの上流にあるモールズフォードの〈ビートル・アンド・ウェッジ・ボートハウス〉ではないかという。〈ビートル・アンド・ウェッジ・ボートハウス〉は二〇一七年現在もホテル兼レストランとして営業中。

「ええ、僕らはこのへんの人間じゃないので」

「ははあ！　それなら、ご存じのわけがありませんな。もう五年近く前に、あたしが釣り上げたんです」

「えっ！　ということは、あなたの獲物なんですか？」

「そうですとも」相手は愛想よく答えた。「金曜の午後に、ロックのちょっと下流で釣り上げました――あのころのロックは、いまほど立派じゃありませんでしたがね。びっくりしたのは、餌じゃなく毛鉤で釣れたってことです。まったくの話、あたしはカワカマスを釣るつもりだったんで、鱒なんてものは思いも寄りませんでしたよ。あの化け物みたいな鱒が糸の先にいるのを見たときにゃ、ぶったまげたもんです。なにしろ、二十六ポンドもありました。それではご両人、おやすみなさい」

五分後に三人目の男が入ってきて、あれはある朝早くに自分が小魚を餌にして釣り上げたのだと言った。その男と入れ替わりに、落ち着き払った謹厳そうな中年男が入ってきて、窓のそばに腰を下ろした。

しばらくは誰も口を利かなかったが、ややあってジョージが男のほうを向き、こう話しかけた。

「ごめんください。僕らはこのあたりを全く知らないんですが、少しお話ししてもよろしいでしょうか。ここにいる友人と僕は、あそこの鱒をあなたが釣り上げられたときの様子をぜひともうかがいたいんです」

「えっ、私があれを釣り上げたと誰から聞かれましたか！」男は驚いた声で答えた。

誰から聞いたわけでもないが、この人に違いないと第六感で分かったのだと僕らは言った。

「ほう、これは不思議ですなあ――まったく不思議です」落ち着き払った男は笑った。「おっしゃるとおりなんですよ。あれを釣り上げたのは私です。しかし、よく当てられましたな。いやはや、実にもって不思議だ」

そして男は言葉を継ぎ、釣り上げるまでに三十分かかった、竿は途中で折れてしまったと語った。家に帰って慎重に計測してみたところ、三十四ポンドあったそうである。

この男もいなくなると、宿の亭主が挨拶に来た。例の鱒について聞かされたさまざまな逸話を話してやると、亭主はたいそう面白がり、僕らと一緒に心ゆくまで笑った。

「ははあ、ジム・ベイツとジョー・マグルズとミスター・ジョーンズとビリー・モーンダーズ爺さんが、あれを釣ったのは自分だと言ったんですか！　ハッハッハッ！　いや、こいつは傑作だ」正直な老亭主は、しんそこ愉快そうに笑い声を上げた。「自分であれを釣り上げておきながら、わざわざこの宿のパーラールームに飾ってくれるとはね。あの顔ぶれならやりかねませんな！　ハッハッハッ！」

そして亭主は、鱒の本当の来歴を語ってくれた。ずっと昔に、まだ子供だった亭主が釣り上げたのだそうである。なにも特別な技を使ったわけではない。晴れた日の午後に学校をさぼり、木の枝に糸を結びつけて魚釣りに出かける少年には不思議と運がつくものだが、自分があの鱒を釣り上げたのもそういう運のおかげだと亭主は言った。鱒を持ち帰ったおかげでどやされずに済んだし、学校の先生さえ、この鱒は比例算と実用算数を合わせたぐらい値うちがあると褒めてくれたという。

ここで亭主が誰かに呼ばれて出て行ったので、ジョージと僕はまた鱒を眺めはじめた。

まったく、仰天するほど大きな鱒だった。眺めれば眺めるほど、賛嘆の念が湧いてきた。

ジョージは興奮のあまり、椅子の背もたれによじ登ってもっとよく見ようとした。

と、いきなり椅子がひっくり返った。落ちまいとしたジョージが鱒のケースに手をかけたので、ケースはけたたましい音を立てて床に落ち、ジョージと椅子がその上に倒れ込んだ。

「おい、魚は大丈夫か?」僕はギョッとして叫び、駆け寄った。

「大丈夫だといいけど」とジョージは言い、用心深く立ち上がってあたりを見回した。しかし、大丈夫ではなかった。鱒は千々に砕けて床に散らばっていた——千々にと言ったが、九百個ぐらいだったかもしれない。数えたわけではないのだ。

それにしても、剝製の鱒がこんなふうに粉々になるとは変だと僕らは思った。

鱒が剝製だったらまさしく奇妙奇天烈な話だったろうが、それは剝製ではなかった。色つきの石膏《せっこう》細工だったのである。

第18章

ロック——ジョージと僕、写真を撮られる——ウォリンフォード——ドーチェスター——アビンドン——子だくさんの男——溺死に絶好の場所——テムズ河の難所——河の空気は道徳心を堕落させる

翌朝早くにストリートリーを発ち、アビンドンの手前のカラムまで漕いで、支流の岸でボートに幌を張って寝た。

ストリートリーからウォリンフォードまでの河景色は、どちらかというと地味だ。ストリートリーの少し上流にあるクリーヴのロックを過ぎると、六マイル半にわたってロックがない。テディントンより下流を別にすればこの六マイル半がテムズ河でいちばん長いロックなしの区間のはずで、オックスフォード大学のボートクラブが選抜選手のレースに使っている。

しかし、ロックがないのはボート競技には好都合だろうけれども、単なるボート遊びには退屈である。

僕はといえば、ロックが好きだ。ひたすら漕いでゆく単調さをまぎらしてくれる。ひんやりしたロックに入ってボートの中で座っていると、ゆっくり水位が上がって次の水域の景色が見えてくる。あの感じはなかなかいいものだ。それにまた、上の世界から沈み込んで待っていると薄暗がりの中でゲートがきしみ、ゲートの間から洩れる光が広がって、河の全景がほほえむようにボートを迎えてくれる瞬間も格別だ。いっときロックの空間に閉じこめられていたボートを僕らは外の世界へ押し出し、水の優しい広がりに身をゆだねるのである。

ロックというのは、小規模ながら絵のような風景だ。でっぷり太った番人の爺さん、いかにも陽気なおかみさん、輝く眼をした娘などは、通過を待つあいだちょっと言葉を交わすのによい相手である。* 他のボートと一緒になれば、河のゴシップを交換することもできる。花壇に飾られたロックがなければ、テムズ河のおとぎ話のような雰囲気はずいぶん損なわれてしまうだろう。

*というか、「であった」とすべきかもしれない。テムズ河の河川管理委員会は、馬鹿を雇う

機関に成り下がったらしい。混雑する区間は特にそうだが、さいきん雇われた番人はこういう仕事に不向きな怒りっぽくて神経質な年寄りが多いのだ。

ロックといえば思い出すのは、ジョージと僕が危うく死にそうになった一件である。あれは夏の朝で、ハムトン・コート近くにあるモールジーのロックだった。

素晴らしい天気だったから、ロックは混雑していた。河辺によくいる写真屋が、ロックの中を上がってくる船に乗った人々の写真を撮っていた。

僕は写真屋がいるのに気づかなかったので、ジョージの様子を見て驚いた。急にズボンのしわを伸ばし、髪の毛をふわりとさせ、キャップは小粋に頭の後ろに引っかけ、なにやら優しげでもあり悲しげでもある表情を浮かべ、しなを作って座り直し、足を隠そうとしているのだ。

僕は最初、ジョージが知り合いの女の子に気づいたのだと思って、いったい誰だろうとあたりを見回した。それで分かったのだが、ロックの中のあらゆる人がジョージと同じように急に改まった様子になっていた。立っている人も座っている人も、日本の扇子の絵でさえ見たことがない摩訶不思議なポーズを取っていた。お嬢さんたちはみんな笑みを浮かべている。いや、その華やかさときたら！　男どもはひとり残らず憂い顔になり、高貴な威厳を漂わせていた。

やっと事情が呑み込めたので、僕は自分も何とかシャッターが切られるのに間に合おうと焦った。僕らのボートが先頭だったので、写真を台無しにしてはまずいと思ったのだ。

急いで向き直って船首に陣取り、さりげなく優雅なポーズで手鉤によりかかった。軽快さと力強さを感じさせるためである。髪のカールを額に垂らし、表情は優しげな物思いを主としつつ、人が僕によく似合うというシニカルさも加味した。

こうしてその瞬間を待っているところに、誰かが後ろから叫んだのである。

「おい！　はなを見ろ！」

振り返って、誰の鼻が問題なのか確かめる暇はなかった。僕は横目でジョージの鼻を盗み見た。別におかしくはない――少なくとも、すぐに直せるような欠点はない。寄り目になって自分の鼻も見てみたが、特に異常はないようだ。

「はなを見ろってのに、馬鹿野郎！」同じ声が、さっきより大声で怒鳴った。

それから別の声が叫んだ。

「何やってるんだ、はなを突き出せ――聞こえないのか、犬を連れたふたり！」

ジョージも僕も、ここで振り返る勇気はなかった。写真屋の手は今にもレンズのキャップを外そうとしているから、いつ撮られてもおかしくない。後ろの連中は僕らに叫んでいるのだろうか？　僕らの鼻がどうしたのだろう？　鼻を突き出してどうしろというのか！

だが、今ではロックじゅうが叫んでいた。中でも大きな声が、こうわめいた。

「ボートを見ろ、赤い帽子と黒い帽子のふたり。早くしないと、君らふたりの死体が写真に写っちゃうぜ」

僕らは振り向いて見た。ボートの舳先《はな》が、ロックの板壁に引っかかっている。周りの水位は上昇して、船体を斜めに押し上げつつある。このままだとすぐ転覆だ。とっさに僕らはオールを摑み、根元の部分でロックの壁を思いきり突いた。ボートはいきなり壁から離れ、僕らはあおむけにひっくり返った。

ジョージと僕の写真うつりは上々とは言いかねた。ついていない折はとことんついていないもので、写真屋がろくでもないカメラのシャッターを切った瞬間、僕らは「何だ？　どうした？」という混乱の表情を浮かべてボートの床に転がり、両足を空中でばたつかせていたのである。

写真の主役は、まぎれもなく僕らの足だった。というより、それ以外のものがほとんど写っていないのだ。前景は僕らの足が完全に占領していた。後ろに他のボートや周囲の景色が写っていないこともないのだが、僕らの足に比べればロック内の人も物もことごとく精彩を欠いていた。他の人たちはすっかり機嫌を損ねて、写真屋に代金を払おうとしなかった。

ある蒸気ランチの持ち主は六枚予約していたが、ネガを見て取り消した。自分のランチがどこにいるか分かるなら買ってもいい、というのだが、無理な相談である。ジョージの右足で隠れていたのだ。

そのあとが実に厄介だった。写真の九割を僕らの足が占めているのだからふたりで二ダース買ってもらいたい、と写真屋は言い張ったが、僕らは断った。全身を写されても文句はないが、まともな恰好で写してほしいと主張したのである。

ストリートリーの上流六マイルに位置するウォリンフォードはたいへん古い町で、イングランド史の形成に大きな役割を果たした。最初に定住したブリトン人の時代には粗末な焼き粘土造りの町だったが、やがてローマの軍団が彼らを追い払い、焼き粘土の壁のかわりに強固な砦を築いた。〈時〉もこの砦を完全に消し去ることはできず、名残りは今に伝わっている。古代の石工《いしく》たちは仕事を心得ていたのだ。

しかし、ローマの城壁に歩みを阻まれたとはいえ、〈時〉はやがてローマ人たちを灰塵《かいじん》と化した。後の時代には、同じ場所で残忍なサクソン人と背の高いデーン人が戦い、続いてノルマン人がやってきた。

ウォリンフォードはピューリタン革命まで城壁都市でありつづけたが、革命のさなかにフェアファックス卿率いる議会軍が長期の厳しい包囲網を敷いた。ついにウォリンフォードが陥落したとき、城壁は取り壊されたのである。

ウォリンフォードからドーチェスターにかけて、河の両岸は隆起と変化に富み、絵を思わせる美景となる。ドーチェスターの町は河から半マイルだ。小さなボートであればテムズ河の本流から町まで漕ぎ上がることもできるが、いちばんいいのはデイズ・ロックでボートを離れ、野原を歩いてゆくことである。ドーチェスターはひっそりした雰囲気を楽しめる古い町で、平穏と静寂に包まれてまどろんでいる。

ウォリンフォードと同じく、ドーチェスターもブリトン人の時代にはすでに町だった。当時の呼び名はカエル・ドーレン、すなわち「水に臨む都」。後の時代にはローマ人の一大陣営地となったが、それを囲んでいた壁は今では低くて平らな丘のように見える。サクソン人の時代にはウェセックス王国の都だった。この町は歴史が長く、かつては強大だった。だが今では激動の世界から距離を置き、うたた寝の夢を楽しんでいる。

ドーチェスターの少し上流にあるクリフトン・ハムデンは、すばらしくきれいな村で、古風で平穏で花がいっぱいだ。しかし、周辺の河景色も負けず劣らず豊かで美しい。もしクリフトンで上陸して一夜を過ごすなら、〈バーリー・モウ〉[1]に泊まるに限る。僕の見るところ、テムズ河流域でもっとも古風な趣のある宿屋だ。上流から見て橋の右手、村からだいぶ離れたところにある。低い軒、藁葺きの屋根、格子窓といった道具立てのおかげでおとぎ話のような外見だが、中に入るといっそう「むかしむかしあるところに……」の風情だ。

もっとも、近頃の小説のヒロインが泊まるには向いていない。今どきのヒロインはみんな「神々しいほど背が高く」て「背筋をぴんと伸ばして」ばかりいるからだ。〈バーリー・モウ〉でそれをやると、天井に頭をぶつけてしまう。

1 〈バーリー・モウ〉は二〇一七年現在もパブレストランとして営業中。

酔っ払いが泊まるのもすすめられない。部屋と部屋の間に意外な段差があるし、寝室へ階段を上がってゆくのは——いや、寝室でベッドを見つけるのさえ——至難の業だろう。

翌朝は早起きした。午後までにオックスフォードに着きたかったからだ。野外でキャンプしているとき、人は不思議と早起きができる。ボートの底板の上で毛布にくるまり、旅行鞄を枕にして寝ていると、羽毛布団のベッドと違って「あと五分だけ」という気分になりにくいのである。僕らはさっと朝食を済ませ、八時半にはクリフトンのロックを通過した。

クリフトンからカラムにかけての河岸は平坦で、単調かつ退屈だ。けれども、カラムのロック——テムズ河随一の深くてひんやりしたロック——を通過すれば、景色がよくなってくる。

アビンドンには、河沿いの通りがある。アビンドンは小さな田舎町の典型だ——静かで、この上なくお上品で、清潔で、死ぬほど退屈である。町では長い歴史を自慢にしているが、この点でウォリンフォードやドーチェスターに比肩できるかどうかは疑わしい。かつては有名な修道院があったが、この聖なる建造物のうち現在まで残った部分では、今はビター・エールを醸造している。

アビンドンのセント・ニコラス教会には、ジョン・ブラックネルと妻のジェインの記念碑がある。ふたりは幸せな結婚生活を送り、ふたりとも一六二五年の八月二十一日に亡くなった。また、セント・ヘレンズ教会の記録では、一六三七年に亡くなったW・リーなる人物は、「存命中に生まれたる子孫、二百に三を余すのみ」だという。計算してみると、ミスター・リーの子孫は百九十七人に及んだわけだ。ミスター・W・リー――アビンドンの町長を五度にわたって務めた――は、同世代には貢献するところ大だったのだろうが、ただでさえ人が多すぎる十九世紀にはこういう人物があまり出現しないよう願いたい。

アビンドンからニューナム・コートニーにかけては、きれいな景色が広がっている。ニューナム・バーク屋敷は行ってみる価値がある。一般公開日は火曜日と木曜日だ。邸内には絵画や骨董の立派なコレクションがあり、庭もたいへん美しい。[2]

2　この屋敷は後にオックスフォード大学の所有となり、二〇一七年現在は〈グローバル・リトリート・センター〉というスピリチュアル系の施設が入っている。一般見学は不可の模様。

サンフォードのロックの裏手には堰があり、堰の水が落ちる深みは溺死するのに絶好である。底流がおそろしく速いので、いったん引きずりこまれれば確実だ。過去には遊泳中の青年ふたりが溺死しており、慰霊塔《オベリスク》が立っている。今ではそのオベリスクの階段を、ここが本当に危ないのかどうか確かめたい若者たちが跳び込み台に使っているけれども。

オックスフォードの一マイル手前にあるイフリーのロックと水車小屋は、河の景色を好む画家たちがよく題材に取り上げる。もっとも、絵と比べると実物はいささか拍子抜けだ。僕の経験から言えば、実物が絵に匹敵するなんてことはそうそうない。

イフリーのロックは十二時半に通り抜けた。僕らは上陸に備えてボートの中を片づけ、おもむろに最後の一マイルを漕ぎだした。

イフリーとオックスフォードの間は、僕が知るかぎりテムズ河最大の難所だ。近所の河辺で産湯を使った人間でもなければ、このあたりの流れは決して理解できない。僕はこの場所で漕いだことが何度もあるが、いまだにコツが呑み込めないでいる。オックスフォードからイフリーまでの区間をまっすぐに漕げる男なら、妻、義母、いちばん上の姉、自分が赤ん坊のころから家にいる召使とひとつ屋根の下で暮らしても平然としていられるはずだ。

右に流されたと思うと左に流され、次は真ん中に流され、三度クルクル回って上流に流され、最後は必ずオックスフォード大学の屋形船に衝突である。

もちろんその結果、僕らはこの一マイルで何度となく他のボートの邪魔になり、こっちも他のボートに邪魔された。もちろんその結果、大量の悪口雑言が交わされた。どういうわけか知らないが、人は河に出るとひどく短気になるようだ。陸上では気づきさえしないような些細な手違いでも、河の上では腸《はらわた》が煮え返るのである。僕はハリスやジョージが陸上で馬鹿なことをしても寛大にほほえむだけだが、ふたりが河でへまをやらかすと血も凍るような罵声を浴びせてしまう。別のボートに邪魔されたときなど、オールを振り回して向こうの連中を皆殺しにしたい衝動に駆られる。

陸上ではごく温和な人も、ボートに乗れば血に飢えた獣のごとく乱暴になってしまうのだ。僕は以前、さる若い女性と一緒にボート遊びをしたことがある。平素の彼女はこの上なく優しくて穏やかな性格なのだが、河での言葉遣いは聞くだに恐ろしかった。「あのバカ！」——不運なボートが先をふさごうものなら、彼女は怒鳴る。「いったいどこを見てるのよ！」

帆がうまく上がらないとカッとなって「もう、なによこれ！」と叫ぶ。帆をひっつかみ、野獣のような勢いで揺さぶる。

ところが、さっきも言ったとおり、陸に上がればまったく親切ないい人なのである。河の空気には、なにか人間の道徳心を堕落させるものがある。おそらくそのせいで、本職の船頭でさえ時には喧嘩腰の怒鳴り合いを演じてしまうのだ。頭が冷えれば、おそらく自分の言葉遣いを後悔するはずなのだけど。

第19章

オックスフォード――モンモランシーの天国観――テムズ河上流で借りられるボートの美しさと利点――〈テムズの誉れ〉――天気が変わる――異なった表情のテムズ河――意気消沈の夜――手の届かぬものへの憧れ――陽気なおしゃべり、座に満ちる――ジョージ、バンジョーを弾く――悲しきメロディ――またしても雨――逃亡――ささやかな夜食、そして乾杯

僕らはオックスフォードで、二日間たいへん愉快に過ごした。オックスフォードの町は犬に事欠かない。モンモランシーは最初の日に十一回、二日目に十四回喧嘩をした。そして、これぞ天国という表情だった。

体力がなかったり怠け癖がしみついていたりして河をさかのぼる気がない人たちは、オックスフォードでボートを借りて漕ぎ下ってゆくのが普通だ。しかし、元気な人間にとっては漕ぎ上ってこそのテムズ河である。いつも流れの力を借りてばかりでは、

どうも物足りない。背筋を伸ばし、流れと戦い、前進を勝ち取ってゆくほうが満足できるのだ——少なくとも、ハリスとジョージが漕いで僕が舵を取っているときにはそう思える。

それでもやはりオックスフォードを出発点にしたい向きは、あらかじめ自前のボートを送っておくべきである——もちろん、他人のボートをこっそり失敬できるなら話は別だが。一般的に言って、マーロウより上流のボート屋で借りられるボートは頑丈にできている。水漏れもほとんどしないし、注意深く扱ってやればそう簡単にバラバラになったり沈んだりしない。ちゃんと座れる場所もあるし、漕いだり舵を取ったりするための道具もすべて——あるいは、ほぼすべて——揃っている。

けれども、見栄えはしない。マーロウより上流で借りられるボートは、見せびらかしたり気取って乗ったりするようにはできていないのである。テムズ河上流でボートを借りると、乗り手はそんな余計なことをすぐ忘れてしまう。これこそ、上流のボート屋で貸してくれるボートの主たる利点——というか、唯一の利点だ。

上流でボートを借りた人間は、謙虚かつ内気である。漕いでゆくにも樹々の枝が張り出した日陰を選ぶし、そもそも移動はなるべく早朝か深夜に済ませてしまう。こっちを見ている人間が少ないからだ。

他のボートに知り合いの姿が見えると、岸に上がって樹の陰に隠れてしまう。

ある夏、僕は友人たちと河の上流でボートを借りて数日のあいだ旅行した。一行の誰も、それまで上流でボートを借りたことがなかった。実物を見たときには、にわかには信じられない思いをしたものだ。

ボートは手紙で予約してあった——二人漕ぎの平底舟である。荷物を持って艇庫に行き、名前を告げると、親方がこう言った。

「はいはい、二人漕ぎの平底舟を予約なさったお客さんですな。用意してあります。おいジム、〈テムズの誉れ〉を出してきな」

五分後に戻ってきた小僧は、ノアの洪水以前のものとしか思えない丸太ん棒を引きずっていた。そのへんで掘り出されたような——それも、ぞんざいな掘り出し方をしたので余計な傷がついてしまったような代物である。

この物体を一目見て、僕はローマ時代の遺物だと思った——どういう遺物かは分からないが、棺か何かだろうか。

テムズ河の上流近辺はローマ時代の遺跡が多いから、この推測は当たらずとも遠からずだと思えた。けれども、地質学を趣味にしている博学な友人が僕のローマ時代の遺物説を笑い飛ばした。少しでも知性のある人間なら（このカテゴリーに僕を含めることは残念ながら良心が許さないのだそうだが）、小僧が見つけてきたのは鯨の化石だと一目で分かるというのである。これは氷河期以前のものだと友人は言い、いろんな証拠を挙げてみせた。

決着をつけるため、僕らは小僧に尋ねた。怖がらなくていいから、ほんとのところを言ってくれないか。これはアダム誕生以前の鯨の化石なのか、初期ローマの棺か、どっちだね？

〈テムズの誉れ〉です、と小僧は言った。

最初、僕らは小僧がうまい冗談を言ったのだと考えた。当意即妙の答えに対する褒美として、誰かが二ペンス握らせたくらいである。けれども、小僧が図に乗って同じ冗談を言いつづけるので、僕らは食傷してきた。

「おい、もういい加減にしろ！」一行のリーダーがぴしゃりと言った。「おふざけは終わりだ。お母さんの洗濯たらいは片づけて、ボートを持ってこい」

すると親方本人が出てきて、これは嘘も偽りもなくボートですと保証した――それどころか、僕らが河下りに選んだ「二人漕ぎの平底舟」がこれだと言うのである。

僕らはさんざん文句を言った。せめて白塗りにするかタールを塗るか、何とかしようがありそうなもんだ――このままだと、岸に打ち上げられた木切れと見分けがつかないじゃないか、と。けれども親方は、何もおかしなところはないと言い張った。

僕らの言葉に気分を害したようでさえあった。手持ちのボートで一番いいやつを選んだのだから、もっと感謝されてしかるべきだというのである。

〈テムズの誉れ〉は、これこのとおりの姿で（僕らには今にもバラバラになりそうな姿に見えたが）四十年もお役に立ってきたんです、と親方は言った。四十年というのは自分がここに来てからの話で、もっと長いかもしれないんですぜ。これまでご不満をおっしゃったお客さんはひとりもいなかったんですから、みなさん方が今さら文句をおつけになるのは解せませんや。

僕らはあきらめて、文句を言うのをやめた。

そのボートなる代物を僕らは紐で縛って補強し、ひときわみすぼらしい箇所には壁紙を買ってきて貼《は》りつけた。それから、お祈りを唱えて乗り込んだ。

この遺物を六日間借りた料金は三十五シリングだった。海岸の流木売り場に行けば、たった四シリング六ペンスで同じものが買えたのに。

三日目に天気が変わった——おっと、これは今回の旅行の話である。しとしと降りつづく雨の中、僕らはオックスフォードから帰路についた。

テムズ河は、おとぎ話を思わせる黄金《きん》の流れである——踊る小波から日光がきらめいて、緑灰色の橅《ぶな》の幹に金粉を塗り、ほの暗く涼しい林間の道に射しこみ、浅瀬の翳を追いかけ、水車の車輪が飛ばすしぶきをダイヤモンドに変え、河辺の百合の花にキスを投げ、堰の白波にたわむれかかり、苔むした壁や橋を銀色に光らせ、河岸の小さな村々を明るくし、すべての小道や野原に甘美な雰囲気を広げ、藺草《いぐさ》ともつれあいながらその下に降りて横たわり、あらゆる入江から顔をのぞかせて笑い、遠くに点在する白帆に陽気な輝きを与え、あたり一帯の空気を柔らかな光で満たすときには。

だがテムズ河は、悪霊の巣食う虚《むな》しき悔恨の地を流れゆく水でもある——あたり一面が肌寒く倦怠《けんたい》の気に満ちて、茶色の淀《よど》みに落ちる雨が暗い小部屋ですすり泣く女の声を思わせ、陰鬱に静まり返った樹々が水面《みなも》から上がる霧に包まれて河辺に立ち尽くし、物言わぬ幽霊となってこちらに非難のまなざしを向け、過ぎし世の邪悪な行ないの亡霊のごとく、見捨てられた友人の亡霊のごとく迫ってくるときには。

日の光は〈自然〉の命を保つ血だ。日光が薄れて消えてしまうと、母なる大地が僕らに向けるまなざしは無表情でどんよりしたものになってしまう。そんな大地と一緒にいるのはつらいことだ――彼女は僕らを見ても我が子と知らず、気にかけようともしないのだから。彼女は愛する夫を失った未亡人であり、その手を握って眼を見上げる子供たちにもほほえみを向けてくれない。

一日ずっと雨の中を漕いでいくのは、ひどく憂鬱だった。僕らも、最初のうちは楽しんでいるふりをした。変化になっていいとか、河の見せる表情をすべて見ておきたいとか言った。最初から最後まで晴れというわけには行かないさ、そんなことを期待するのが間違っている、とも言った。泣き顔でも〈自然〉は美しいとお互いに言い合った。

それどころか、最初の二、三時間、ハリスと僕はかなり陽気でさえあった。ふたりはジプシー生活の歌を歌った。ジプシーの生き方は、なんと楽しいことか――嵐が吹こうと、日が照ろうと、風が吹こうと何のその――ジプシーは雨を楽しみ、雨の恵みを受け取り、雨嫌いの人間を笑い飛ばすのだ、と。

ジョージはそこまで手放しに楽天的になれず、ずっと傘をさしていた。

ランチの前に幌を張った。午後じゅう幌は下ろさず、船首の部分をわずかに開けて、そこから漕いだり見張ったりできるようにした。そんな恰好で九マイル進み、デイズ・ロックの少し下流につないだ。

その晩が楽しかったと言えば嘘になる。雨は静かに、だが執拗《しつよう》に降りつづけた。ボートの中のものすべてが湿ってべたべたになった。夕食もうまくなかった。腹が減っていないと、冷たい仔牛《こうし》のパイにはうんざりさせられる。僕は小魚のフライとカツレツが食べたいと言った。ハリスはうわごとのように舌平目のホワイトソースがけと口走り、パイの残りをモンモランシーにやろうとしたが拒否された。モンモランシーは馬鹿にされたと思ったらしく、僕らとは反対側に行って座り込んだ。

おいしそうなものの話はやめてくれ、とジョージが言った。こっちはコールド・ビーフを辛子なしで食ってるんだから。

夕食の後はトランプをした。一時間半ほどやって、ジョージが四ペンス勝ち——ジョージはトランプとなるといつもついている——ハリスと僕はきっかり二ペンスずつ負けた。

そろそろ賭け事はやめにしよう、と僕らは決めた。ハリスが言ったように、賭け事をやりすぎると不健康に興奮するからだ。もう少しやろうぜ、君らが取り返すチャンスさとジョージは言ったが、ハリスと僕はこれ以上運命に逆らう気がしなかった。

それから僕らはホット・ウィスキーを作り、車座になって雑談した。まず、ジョージが知り合いの話をした。その男は二年前にボート旅行に出たのだが、ちょうど今日と同じような天気の晩にじめじめしたボートで寝たせいで手の付けられないリウマチ熱にかかり、十日後に悶死したという。とても若くて、婚約中の身だった。これほど悲しい話はない、とジョージは言った。

それで、ハリスが友人のことを思い出した。国防義勇隊《ヴォランティアーズ》[1]の一員だったこの男も、ハリスによれば「ちょうど今日と同じような天気の晩に」オールダーショットの演習地のテントで寝たせいで、朝起きると脚に一生治らない障害を負っていたという。ロンドンに帰ったら紹介するよ、ほんとにかわいそうなんだ、とハリスは言った。

当然の流れというべきか、それからの話題は坐骨神経痛《ざこつしんけいつう》に発熱に感冒、肺炎に気管

1　民間人によって組織される国防組織。休日に訓練を行なった。ナポレオン戦争時代に起源を持ち、一八五九年に公的組織として法制化された。現在の国防義勇軍《アーミー・リザーヴ》の前身。

支炎という愉快なものになってしまった。僕らの誰かが夜のうちに重病になったらまずいな、このへんには医者がいないんだからと言ったのはハリスである。

こんな会話の後では、三人ともパッと陽気なものが欲しくなったようだ。気が弱っていた僕はついジョージに向かって、バンジョーを出してコミックソングでも歌ってみたらどうだと言ってしまった。

ジョージの名誉のために言っておけば、彼は尻込みしなかった。楽譜を家に忘れてきたとか何とか、くだらない逃げ口上も使わなかった。すぐさまバンジョーを探し出し、「両方の眼に黒いあざ[2]」を弾きはじめた。

僕はあの晩まで、「両方の眼に黒いあざ」はごく平凡な流行歌だと思っていた。ジョージがあの曲からあふれんばかりの悲しさを引き出したのは、実に意外だった。哀愁に満ちたメロディが進むにつれて、ハリスと僕は互いの首っ玉にかじりついて泣きたくなった。それでも、こみ上げてくる涙をなんとか抑え、せつない憧れのこもったメロディにじっと耳を傾けた。

コーラスの部分では、僕らは陽気になろうと必死に努力しさえした。グラスに酒を満たし、歌に加わった。ハリスが深い感情に震える声でリードし、ジョージと僕が数節あとから追いかけた。

両方の眼に黒いあざ

ひゃあ！ 驚いた！

ちょいと意見をしただけで、

両方の——

ここで僕らの歌声は途絶えた。「両方の」の部分でジョージが伴奏に込めたとてつもないペーソスは、あの時の陰鬱な精神状態では耐えきれなかったのだ。ハリスは小さな子供のように泣きじゃくり、モンモランシーは心臓とあごが壊れるほど吠えた。もう一番歌わせてくれ、とジョージは言った。メロディラインをちゃんと押さえ、

2 エンターテイナーのチャールズ・コーボーン（一八五二〜一九四五）がミュージックホールで歌って大ヒットしたコミックなワルツ。保守党をほめたら自由党びいきに殴られ、自由党をほめたら保守党びいきに殴られ……という内容の歌詞。

演奏にもう少し「気まま」な感じが出せれば、あそこまで悲しくならないだろうというのである。けれども、多数意見はこの実験に反対だった。

他にすることもないので、僕らは寝た――というか、服を脱いで、ボートの底で三、四時間にわたって寝返りを繰り返した。それから五時ごろまでうつらうつら眠り、起き出して朝食にした。

二日目もまったく同じだった。雨はずっと降りつづけた。僕らはレインコートにくるまって幌の下に隠れ、のろのろと下流に流されていった。

午前中に誰かが――誰だったか忘れたが、どうも僕ではないかと思う――ジプシーは〈自然〉の子だから雨に濡れても平気とかなんとか歌いかけたが、ちっとも受けなかった。

雨が降ろうとかまわない！

という歌詞を僕らはたいへんな痩せ我慢で実践していたわけで、わざわざそれを歌うのは大きなお世話だったらしい。

僕らの意見は、ひとつの点で一致していた。何があろうと、この旅行は最後までやり抜くのだ。河の上で二週間楽しむつもりで来たのだから、どうしても河の上で二週間楽しまねばならない。たとえ命を落としても！――そうなったら親戚や友人が悲しむだろうが、是非もない。イギリスのように天候不順な国で雨ごときに負けたとあっては、後世に禍根を残す。

「あと二日だ」とハリスが言った。「僕らは若いし、体力もある。やってみりゃあ、なんとかなるさ」

四時ごろ、僕らは今晩の過ごし方を相談しはじめた。ゴアリングを少し過ぎたところだったから、パングボーンまで漕いでいって夜営しようということになった。

「今日もまた、愉快な晩か！」ジョージがつぶやいた。

僕らは座ったまま、この見通しについて考えた。五時にはパングボーンに着くだろう。夕食が済むのは、まあ六時半だ。それからは、降りしきる雨の中を就寝時間まで散歩。あるいは、薄暗いパブの片隅で年鑑でも読むか。

「それに比べりゃ、アルハンブラ劇場[3]は少しは賑やかだろうなあ」ハリスは幌からちょっと首を突き出し、空模様を見やった。

「そのあとは、――*で晩飯か」僕はつい口を滑らせた。

*さる場所にある、素晴らしい穴場のレストラン。夕食でも夜食でも、僕の知るかぎり一番うまくて一番安いフランス料理が食べられる。極上のボーヌ・ワインが一瓶ついて三シリング六ペンスだ。僕はこういう店を宣伝するほど馬鹿ではない。

「そうさ、最後までボートで頑張る決心をしたのが恨めしいくらいだ」とハリスが答えると、しばらく沈黙が流れた。

「この棺桶みたいなおんぼろ舟で、肺炎にかかって死ぬ決心さえしてなけりゃなあ」ジョージがさも憎らしげにボートを見回した。「ちなみに、パングボーンから五時ちょっと過ぎに出る汽車がある。そいつに乗れば、ちょうどいい時間にロンドンに着く。軽く肉でも食べたあと、君らが言った場所に行くこともできるんだ」

誰も口を利かなかった。顔を見合わせると、それぞれの卑怯で後ろめたい考えがあとのふたりの顔に映っているように思えた。黙りこくったまま、僕らは旅行鞄を引っぱり出し、中身を確かめた。上流を見渡し、下流を見渡した。あたりには誰もいない！

二十分後、恥じ入った様子の犬を後ろに従え、〈スワン〉の艇庫から駅へと向かう三つの人影を見ることができたかもしれない。みすぼらしく冴えない服装、次の如し。

黒い革靴、汚れている。ボート旅行用のフランネルのスーツ、たいへん汚れている。

茶色のフェルト帽、ひどく型崩れ。レインコート、ずぶ濡れ。傘。

艇庫番をだましてきたのである。雨だから逃げると白状する勇気はなかった。僕らはボートと荷物一式を預け、明朝九時に出るから用意しておいてくれと指示した。もしも——そう、もしも、もしも——不測の事態が起こって戻ってこられなくなったら、手紙で知らせるからと言い添えて。

パディントン駅には七時に着き、さっき言ったレストランに辻馬車で駆けつけて、軽い食事をとった。それからモンモランシーを預け、十時半に夜食を予約して、レスター・スクウェアに向かった。

アルハンブラ劇場では大いに注目された。切符売り場に行ったところ、カースル・ストリートの楽屋口《がくやぐち》に回れ、もう三十分遅刻だぞとつっけんどんに告げられた。

3 アルハンブラ劇場は、ロンドンのレスター・スクウェアにあった大劇場。アクロバット、見世物、踊り子たち……と、バラエティに富んだプログラムで人気を集めた。

僕らが「世界に名だたるヒマラヤ山の曲芸師」ではないことを係の男に納得させるのは大変だったが、最後には分かってもらえた。係は金を受け取り、中に入れてくれた。

劇場の中では、僕らはさらなる成功を収めた。どこに行っても、赤銅色に日焼けした顔と風変わりな服装に賛嘆の視線が集中した。注目の的である。

僕ら全員にとって、誇らしいひとときだった。

最初のバレエのすぐあとで中座してレストランに戻ると、夜食が僕らを待っていた。告白するが、あの夜食はうまかった。この十日間は、コールド・ミートとケーキとジャムを塗ったパンだけで生きてきたようなものだ。簡素にして栄養たっぷりの食事だが、心の動く要素はない。ブルゴーニュ・ワインの香り、フランスのソースの匂い、清潔なナプキンと細長いパンの眺めは、僕らの内なる人間性に通じる扉を叩き、大歓迎を受けたのである。

しばらくは何も言わず、ひたすら飲み食いした。だが、背筋を伸ばしてナイフとフォークを握りしめていた僕らも、やがて椅子にもたれてゆったりと手を動かすようになった。テーブルの下で脚を投げ出し、ナプキンが床に落ちても気にとめず、煙草の煙が漂う天井をこれまでよりも詳しく観察しはじめた。ワイングラスをテーブルの上に押しやり、善良で思慮深くて寛大な気持ちになった。

そのとき、窓のそばに座っていたハリスがカーテンを開けて通りの様子を見やった。濡れた通りは暗く光り、突風が吹きつけるたびに薄暗いガス灯の炎が震える。雨は水たまりに休みなく跳ねかえって、雨樋《あまどい》の吐き出し口から水かさの増した溝へ流れ込んでいる。しずくのポタポタ垂れる傘の下で身をすくめながら、ずぶ濡れになった通行人が足早に通り過ぎてゆく。女たちはスカートをたくし上げている。

「さて」と、ハリスはグラスに手を伸ばしながら言った。「今回の旅行は楽しかった。父なるテムズ河に心から感謝する。それにしても、僕らはちょうどいいときに逃げ出したもんだ。さあ、乾杯しよう。『三人男、よくぞボートを捨てにける』！」

窓ぎわに後脚で立って外の闇をのぞいていたモンモランシーが、短く吠えて乾杯の辞に賛意を示した。

解説

小山太一

ジェローム・K・ジェロームという作家のご尊顔をつらつら拝見するあたりから、『ボートの三人男』とジェロームについて話を始めよう。

ジェロームの写真はインターネットでちょっと検索すればすぐ出てくるので、ご覧いただきたい。見れば見るほど、頑固な顔つきではないか。「面魂《つらだましい》」という古風な言葉が浮かんでくるくらい、きかぬ気の顔だ。ほとんどの写真で、ジェロームは正面切ってカメラのレンズを睨みつけている。俺の内面を写真にできるものならやってみろ、と言わんばかりの挑戦のまなざし。三白眼なので、いっそう迫力たっぷりだ。顎の張った輪郭といい、眉間の縦じわといい、実に一癖ありげなご面相である。珍しく真横を向いた写真も残っているが、これまた三白眼をひたと据えて、画面外の何かを睨みつけている。『ボートの三人男』で、観光地の写真屋にカメラを向けられて優男ふうの表情を作ろうとあせるJ（作者ジェロームの分身）とはえらい違いだ。かなり若い頃に撮られたとおぼしき横向きの写真のジェロームは大きな口髭を生やしており、誰かに似ているなあと思うとドイツの哲学者フリードリヒ・ニーチェである（ちなみに、ジェロームはドイツ人の勤勉と誠実が好きで、ドイツに長期滞在もしている）。ニーチェと違ってジェロームは発狂したりはしなかったが、晩年の写真は「頑固じいさん」そのものだ。伸ばした白髪を無造作に分け、大きな鼻の下では唇が不機嫌そうに引き結ばれている。

ふーん、こんな顔をしてあの『ボートの三人男』を書いたわけね、と、いささか意外の感に打たれざるを得ない。ジェロームのご面相は、若いころから晩年まで、どう見てもあんまり陽気とは言いかねるのだ。

もっとも、ユーモア小説の書き手が根っから陽気でユーモラスだというのはおそらく大いなる誤解である。根っから陽気でユーモラスな人間は、わざわざユーモア小説を書いたりせず、もっぱら陽気な人生を実践するものではあるまいか。試しに、ユーモアを看板にした小説家たちを思いつくままに並べてみると、純粋な陽気さにはほど遠い顔ぶれが揃う。マーク・トウェインは年とともにペシミズムに傾斜し、人間とは欲望に動かされる機械に過ぎないと主張する『人間とは何か』を書いた。そのトウェインの翻訳者であり、昭和前期にユーモア作家として一世を風靡した佐々木邦は、回想録『心の歴史』で「若しも私が生れて来なかったら……存在がないのだから、煩悩も何もない」と述懐している。昭和後期に目を転ずれば、どくとるマンボウこと北杜夫は双極性障害の患者であり、躁期に無謀な株の売り買いをして破産に追い込まれている。北杜夫の親友だった狐狸庵先生こと遠藤周作は、落ちこぼれの感覚に責めさいなまれながら少青年期を送った。なんだ、ユーモア作家というのは翳のある人間ばかりじゃないか、と言いたくなるほどだ（死ぬまで子供のように純真だったと伝えられる「ジーヴズ」シリーズのＰ・Ｇ・ウッドハウスなど、むしろ例外と言っていい）。ジェロームもまた、晩年の回想録 *My Life and Times*（一九二六）の中でロンドンの貧困地区イースト・エンドで過ごした子供時代を振り返り、こんなことを言っている。

イースト・エンドにつきまとって離れない恐怖の感覚は、他の場所では見られないものだ。うらぶれた街路の、恐ろしいまでの静けさ。暗がりから不意に現れてはまた消えてゆく、生気のない眼をした蒼白い顔。おそらく、こうした環境で子供時代を過ごしたために、私はメランコリックで物思いに沈みがちな性格の持ち主となったのだろう。私とて、物事のユーモラスな面を見ることはできるし、愉しみが手に入った折にはそれを愉しむこともできる。だが、人の世を見渡せば、いたるところで喜びよりも悲しみがまさっているように思えるのだ。

「メランコリックで物思いに沈みがちな性格」というのは、実のところ、多くのユーモリストに共通であるように見受けられる。そうした書き手たちにとって、ユーモア小説とは、ともすれば自分を包みそうになる陰鬱《メランコリー》さを振り払う努力の産物なのではないだろうか。

「ユーモラス」(英語ではヒューモラス)という形容詞は、もともとは「滑稽な」という意味ではなく、「人体を支配する四つの体液《ヒューモア》のバランスが崩れて人格が偏った」という、ヒポクラテス医学に由来する意味を持っていた。そして「メランコリー」は、四つの体液のひとつである黒胆汁を語源としている。四体液説によれば、黒胆汁の多い人間は憂鬱と孤独へと偏向しがちだという。『ボートの三人男』でも、ところどころで滑稽な語りの隙間からそれらの要素が顔を出しているようだ。

第十六章で語られる、貧窮と孤独にさいなまれてテムズ河に身を投げて死んだ女の話は、暢気で鷹揚な『ボートの三人男』全体の雰囲気にそぐわぬ異物感を湛えている。旅程がオックスフォードからの折り返しにかかった最終章において、Jとハリスとジョージは陰気な長雨に降り込められ、無気力のままひたすら下流に押し流されてゆく（この場面は、ボートからの脱走という落ちがついてユーモラスに締めくくられるけれども）。また、『ボートの三人男』で印象的なもののひとつに、夜の描写がある。闇に包まれた「世界はあまりに寂しく思われ、僕らは静まり返った家に取り残された子供のように怯えきってしまう」（第六章）。第十四章でJとジョージが漆黒の夜の河にボートの姿を求める場面では、「あらゆるものが異様で不気味に」見える。陽光と緑陰が織りなす『ボートの三人男』の明るいテムズ河の風景は、底知れぬ闇という裏の顔を持ってもいるのである。

「されば我ら、大いなる都市に集おうではないか。何百万のガス灯で巨大な篝火を焚き、ともに叫び歌って勇気を奮い起こそう」とJは言う。その言葉をジェローム自身の人生にあてはめてみると、その並外れた活動性は、憂鬱を遠ざけておくために「叫び歌って勇気を奮い起こそう」とする努力の賜物ではなかったかと思えてくる。ジェロームは『怠け者の無駄ばなし』（*Idle Thoughts of an Idle Fellow*、一八八六）というエッセイ集を出したり、『怠け者』（*Idler*）という雑誌を編集したりと、「怠け者」を書き手としての表看板にしていたが、なかなかどうして、ご本人の生涯は「怠け者」どころではないのだ。『ボートの三人男』で大当たりしたあともせっせと著作にいそしみ、劇作家としてもコンスタントに作品が上演され――現代ではそのほとんどが忘れられているが――二種類の雑誌を同時並行で編集し、アーサー・コナン・ドイル、ラドヤード・キプリング、H・G・ウェルズ、ジョージ・バーナード・ショーといった当代一流の書き手たちと親しく交わり、サイクリングにスキーに自動車運転と新しいものに熱中し、各国を講演旅行で駆けめぐり、驚くべきことに五十代も後半になってから「若い兵士たちの助けになりたいという真剣な志に、好奇心も手伝って」救急車の運転手として第一次世界大戦の前線に従軍している。まるで何かに憑かれたような活動精神ではないか。

また、ジェロームは生真面目で熱心なモラリストでもあり、心中の義憤を隠しておくことのできない性格の持ち主だった。ドイルは回想録『わが生涯と冒険』（*Memories and Adventures*、一九二四）の中でジェロームを「政治的な問題となると、血の気が多くて一歩も譲らない人間」と評している（ジェローム自身は、ドイルこそまさにそうではないかとやり返しているが)。一九一三年に二度目の講演旅行で米国を回った際には、南部に位置するテネシー州チャタヌーガの会場で作品を朗読したあと、その二日前に同地で起きた黒人に対するリンチについて一言述べる許可を求め、返事を待つことなく弾劾の演説をぶちはじめて場を凍りつかせている。怒りに満ちた長い沈黙のあと、聴衆は無言で一斉に立ち上がって出ていったという。彼の意図を前もって知らされていなかった妻が恐怖で顔面蒼白になっていたと、ジェロームは回想する。

どうもジェロームの人格は、ペシミスティックな人生観と、ヒューマニスト的な義憤と、強烈な反抗精神が綯《な》い交《ま》ぜになっているようなのである。彼のキャリア——ことに前半生——が四方八方に取っ散らかったものになっているのは、この反抗精神(時には臍曲がり)のなせる業ではないだろうか。ジェローム自身の説明によれば、自分にはある場所にたどりついた途端にその場所から立ち去りたくなる癖があるという。「こんなことをしている場合ではない、自分の居場所はここではない」という思いはジェロームに終生ついて回ったようだが、『ボートの三人男』もまた、今の自分ではない何かになろうとする衝動の中で生まれた作品だったと言える。

一八五九年に中部イングランドのウォルソールで生まれたジェローム・K・ジェロームは、没落した中産階級家庭の子供として育った。父親は成功した建築業者かつ非国教徒プロテスタントの説教師として尊敬されていたが、事業に失敗して全財産を失い、一家はやがてロンドンのイースト・エンドに引っ越す。現在のイースト・エンドは再開発が行なわれ、場所によってはお洒落とさえ言える地区に変わっているが、当時のイースト・エンドは貧困と荒廃の支配する場所だった（ジェローム自身は十代半ばで自活を始めてイースト・エンドを後にしているが、『ボートの三人男』の雑誌連載開始と時を同じくして、一八八八年の八月から十一月には切り裂きジャックの連続猟奇殺人がイースト・エンドで発生することになる）。

イースト・エンドの貧困の中にあって、ジェロームの母親はかつての体面を維持しようと努力した。中産階級の証であるメイドを雇いつづけ、稼ぎの少ない夫にいつもシルクハットをかぶらせた。おそらくそうした暮らしぶりのせいもあるのだろう、ジェロームは近所の子供たちにいじめられ嘲られたが、母親は「それはあなたがジェントルマンだからよ」と言ったという。ジェロームがやがて奨学金を得て通うことになった学校も、没落した中産階級家庭の子供を援助する目的で設立されたものだった。

学校時代のジェロームは、政治家か文人として名を成すことを夢見ていた。

だが、いささかの稚気を感じさせるこの立身出世ないし階級回復の夢はあっさり挫折する。ジェロームが十三歳のときに父親が亡くなり、十四歳のときには学業を中断するしかなくなったのである。ジェロームはロンドン・アンド・ノース・ウェスタン鉄道に雇われ、線路沿いに落ちた石炭を拾い集めて回る下働きに従事する。そして十六歳で母親を亡くしたジェロームは、ただひとりの身の上になった。ロンドンには以前からの友人も親戚もいたが、貧ゆえの憐れみを受けるのが嫌でいつしか疎遠になり、安下宿を転々としながら過ごしたようである。

鉄道で実直に勤め上げてゆくコースをたどれば、ワーキング・クラスからミドル・クラスの下の端っこ（いわゆるロウアー・ミドル・クラス）への上昇は不可能ではなかった。実際、やがてユーストン駅の切符係、次いで広告取りの仕事を与えられたジェロームは、ホワイトカラーへの道を一歩踏み出したかに見えた。

ところが、彼はそのコースから飛び出してしまう。鉄道に勤めながら素人芝居に出演しているうちに、芝居熱が嵩じて地方回りの劇団に身を投じたのである。「『ハムレット』ならオフィーリア以外の役はすべて演じた」とジェロームは豪語しているが、旅回りの実態は過酷なその日暮らしだった。三年ののち、役者の夢破れたジェロームは一文無しでロンドンに舞い戻り、簡易宿泊所に泊まったり野宿したりして過ごす（*My Life and Times* には、そんな環境の悲惨さがきわめて率直に記されている）。友人の紹介によってジャーナリズムの末端に連なる事件記者となり、ようやく住む場所を確保できたので、短篇小説やエッセイを各紙誌に投稿しはじめるが、いっこうに採用されず、生活のために次々と職場を移る日々が続く。最後にジェロームが得た職が、事務弁護士の事務所の事務員だった。

当時、経済構造の転換と中等教育の普及によって都市部のオフィスワーカー人口は爆発的に増えつつあったが、ジェロームもまた、下級のオフィスワーカーとして貧しいながらに生活をひとまず安定させ、事務所から帰宅したあとの時間を文化的な活動に充てることができるようになったわけである。ちなみに、同時代のオフィスワーカーの経済的逼迫をリアリスティックに描き出した作品に、ジョージ・ギッシングの *A Life's Morning*（一八八八）がある。時代はやや後になるが、E・M・フォースターの『ハワーズ・エンド』（*Howards End*、一九一〇、河出書房新社から吉田健一の翻訳あり）に登場するレナード・バストは、文化的活動に憧れる下級オフィスワーカーが拠って立っていた社会的基盤の脆弱さを象徴する人物であると言えよう。

『ボートの三人男』のジョージとハリスのモデルになる銀行員ジョージ・ウィングレイヴおよび印刷技術者カール・ヘンチェルとジェロームが知り合い、週末にテムズの河遊びへ出かけるようになったのはこの頃だった。テムズ河は十九世紀半ばまで河岸の町の下水が流れ込む不潔そのものの水域だったが、この頃には公共の努力によって水質が向上し（三人男が半信半疑で飲み水にできる程度にはきれいになっていたのである）、鉄道網が発達したためにロンドン住まいの人々が気軽なボート遊びに出かけられる場所に変身していた。

一八八五年と一八八六年にジェロームは、劇団員としての経験をユーモラスに綴った *On the Stage – and Off* と、ユーモア・エッセイ集 *Idle Thoughts of an Idle Fellow* を出版して多少の文名を得る。だが、当時の彼は、余暇に多少の物書きもするオフィスワーカーという立場だった。事務弁護士になるという階級上昇のルートも考えたらしく、そのための勉強を始めてもいる。すべてを変えたのが、テムズ河での新婚旅行の直後に書き始めた『ボートの三人男』のヒットだった。ここで少し、ジェローム自身の言い分を聞いてみよう。

私は当初、滑稽な本を書くつもりではなかった。自分がユーモリストであるとは知らなかったのである。今に至るまで、自分はユーモリストだと確信できたことはない。もし中世に生まれていたら、説教師にでもなって最後は縛り首か火あぶりにされていたのではないだろうか。私が書こうとしていた本には「ユーモラスな息抜き」の部分が含まれることになってはいたが、そもそもはテムズ河の景観と歴史について語る『テムズの物語』という題名の書物だったのである。ところが、そうはならなかった。私は新婚旅行から帰ってきたばかりで、世界の厄介事はすべて消え失せたような気分になっていた。「ユーモラスな息抜き」を書くのは、わけもないことだった。そこで、いわば心中の幸せな気分を放出するために「息抜き」を最初に書いてしまうことにした。それが済んで頭が冷えたら、景観と歴史を書くつもりだった。ところが、そこには結局たどりつけなかった。「息抜き」だけになってしまったのである。全体を書き終えるまでには、歯を食いしばって景観と歴史についても一章に一箇所さしはさむようにしたのだが、原稿が連載されていた『ホーム・チャイムズ』の編集長のF・W・ロビンソンがほとんどカットしてしまった。『テムズの物語』という題名もロビンソンは気に入っておらず、別のものを考えろと言い張りつづけた。連載の半ばごろ、私は『ボートの三人男』という題名を考え出した。それ以外のどんな題名もしっくりこないように思われたのである。

（*My Life and Times* より）

『ホーム・チャイムズ』は、郊外住まいのオフィスワーカーを主なターゲットとして一八八四年に創刊された雑誌だった。『ボートの三人男』と並んでヴィクトリア朝ユーモア小説の白眉とされるグロウスミス兄弟の『無名なるイギリス人の日記』（*The Diary of a Nobody*、一八九二、王国社から梅宮創造による翻訳あり）が連載されていた『パンチ』は一八四一年以来の伝統を誇る諷刺雑誌だが、『ホーム・チャイムズ』はいささかの後発感が否めない。

だが、ジェロームは『ボートの三人男』を出版物としてランクアップさせ、同時に作家として名を売るための作戦を持っていた。『ボートの三人男』の単行本出版を引き受けたA・J・アロウスミスへの手紙で、彼はこう述べている。

少なくとも最初は、一シリングの廉価版では出していただきたくないのです。……一シリングの本に手を伸ばす読者層は目下はやっている本を買おうとするだけですが、三シリング六ペンスの本を買う読者層は、名前を覚えた気に入りの著者の本を探してくれます。この本が三シリング六ペンス版でよく売れることを私は確信しています。一シリング版は、そのあとから出せばいいのです。このふたつの読者層は、はっきり異なっています。

イギリスの文学研究者であるジョナサン・ワイルドの著書 *The Rise of the Office Clerk in Literary Culture, 1880–1939*（Palgrave Macmillan、二〇〇六）によれば、三シリング六ペンス版の体裁こそは、新興サラリーマン層がある程度の地位について家庭を構える郊外の住宅の居間の棚に飾られるにふさわしい高級感を持ったものであったという。続けてワイルドは、『ボートの三人男』におけるJ、ハリス、ジョージの振る舞いが、当時ジェロームが属していた週給二十五シリングのオフィスワーカーのそれよりも上の階級を思わせることを指摘する。Jとハリスは駅で列車の運転士に一クラウン（＝五シリング）の袖の下を握らせ、ロンドンに帰ってきてからは辻馬車を飛ばしてフランス料理のレストランに駆けつける。そのような生活スタイルこそが『ボートの三人男』の読者層の憧れをかきたて、気ままな余暇というファンタジーで読み手を惹きつけるはずとジェロームは計算した、というのだ。

ジェロームは、ヴィクトリア朝小説の大先輩であるチャールズ・ディケンズを尊敬していた（回想録には、少年時代のジェロームが晩年のディケンズと思しき老人と出会うエピソードが含まれている）。三人男の気ままな旅路に、ディケンズの『ピクウィック・クラブ』（*The Posthumous Papers of the Pickwick Club*、一八三六、ちくま文庫から北川悌二による翻訳あり）のクラブの面々が経験する滑稽な道中からの影響を見ることはさほど無理ではあるまい。ディケンズが描くクラブの面々と同じく、『ボートの三人男』のJ、ハリス、ジョージは「ジェントルマン」の雰囲気を帯びている。従妹とボート遊びに出たJがテムズ河で行き暮れるエピソード（第九章）では、二人が最後に出会うボートに「地元の兄《あん》ちゃん、姉ちゃんの一行」が乗っており、「兄ちゃん」のひとりはJのことを「こちらの旦那」と呼んでいる。「兄ちゃん、姉ちゃん」は原文では'Arries and 'Arriets——つまり、「ハリー」と「ハリエット」のHの音を抜かして「アリー」「アリエット」と発音するワーキング・クラスの若者たち——なのである。

もうひとつ、興味深い例を挙げておこう。第三章で絵を壁に掛けようとしてドタバタを演じる故人ポジャー伯父さんのエピソードは『ボートの三人男』の中でもよく知られているが、ポジャー伯父さんは『ボートの三人男』の続篇『自転車の三人男』(*Three Men on the Bummel*、一九〇〇)にも登場し、生前はイーリング(当時は郊外の住宅地だった)から汽車でシティに通勤していたことが明かされる。いかにも彼らしく、ポジャー伯父さんは毎朝の用意に手間取って必ず駅まで全力疾走する破目になり、使い走りや呼び売りの少年たちに冷やかされる。憤慨したポジャー伯父さんは地元紙『イーリング・プレス』に投書し、同紙は「下層階級における礼節の衰退」なる社説を掲載するのである(もちろんそんな社説には何の効果もなく、伯父さんは冷やかされつづけるのだが)。自分たちを「ジェントルマン」と見なす、郊外住まいの勤め人――二冊の『三人男』が当て込んだのは、同時代の英国で急速に増加しつつあったそのような階層の人々と彼ら独自の文化だった。

だが、皮肉なことに、ジェロームは文壇のエスタブリッシュメントからワーキング・クラスの成り上がり者として扱われた。ジェロームの回想によれば、『パンチ』

はジェロームを「アリー・K・アリー」('Arry K. 'Arry) と呼び、ユーモアと俗悪さを取り違えていると批判した。「アリー」や「アリエット」たちとは階級が違う存在として自らの分身Jを演出したジェローム自身が先行の諷刺雑誌から「アリー」として扱われたわけで、当時の英国における階級という問題の複雑さがうかがわれる。『モーニング・ポスト』紙に至っては、下層階級に教育を与えすぎた悲しい結果が『ボートの三人男』だとさえ述べた。

もちろん今日、そのような批判は歴史の彼方に去り、『ボートの三人男』は英国ユーモア小説の古典としての地位を不動のものにしている。だが、ジェロームの文章を虚心坦懐に読んでみると、文筆にも手を染める下級オフィスワーカーとしてではなくシリアスな書き手として受け止められたいというジェロームの意気込みないし背伸びを、まぎれもなく感じ取ることができるだろう。そうした要素はユーモラスな部分よりも、むしろそもそもの本筋であったらしいテムズの風景や歴史の描写、はたまた人生に関する思索の部分にいっそう生々しく表れているように思われる。そういう部分に差しかかると、途端にジェロームは文体に凝りはじめるのだ。今日の読者にはひどく手の込んだ陶酔的な美文に思われようとも、ジェローム自身にとってはそれが

「ハイ・カルチャー」への背伸びの試みであったことは疑いえない（英国の作家アントニー・ポウエルは、ヴィクトリア朝の唯美主義文化をリードした批評家・小説家ウォルター・ペイターの影響を指摘している)。なにしろ、そうした文体によるパートは、『ホーム・チャイムズ』誌の編集長がさんざんカットしたというにもかかわらず、結構なページ数にわたって大真面目に続くのである。第十章の末尾、テムズの夜景をきっかけにJが幻想にふける場面などはその最たるものだろう(中公文庫版の丸谷才一訳では、丸谷氏がこれはいくらなんでもと思われたのか、はたまた編集部の判断か、最終部の騎士たちの挿話がカットされている)。拙訳ではそういう箇所の「お耽美」でモラリスティックでセンチメンタルでヴィクトリアンな感じをなるべくジェロームの意図通りに日本語で再現しようとしたのだが、うまく行ったかどうか。

このように、『ボートの三人男』というテクストには、ヴィクトリア朝後期の文化における階級のせめぎあいが体現されているのである——とまあ、いちおう英文学者の看板を掲げる身としては、カルチュラル・スタディーズめいた物言いでまとめてみたくもなる。だが一方で、『ボートの三人男』がユーモラスに振りまく余暇のファンタジーが階級横断的に受け入れられたこともまた事実なのである。

『ボートの三人男』で作家としての地位を確立したジェロームは、劇作に小説にと精力的なペンを振るいつづけたが、『ボートの三人男』に匹敵するヒットはついに生まれなかった。一九〇〇年には続篇である『自転車の三人男』が出版されたが、『ボートの三人男』のヒットの再現はならなかった。現行のペンギン版は『ボート』と『自転車』を抱き合わせているが、読み比べてみると、『自転車』にも上出来のコメディは含まれているものの——先に挙げたポジャー伯父さんの出勤シーンなどはそのひとつだろう——やはりいささか生気において劣る印象は否定できない。ひとつには、三人男が十年ぶん年を取って落ち着いたこともある。Jとハリスは結婚し、ジョージは銀行で出世してだいぶ太り、独身時代の気ままさを多少とも手放してしまっているのだ。しかし何よりも、続篇の舞台であるドイツに、テムズ河というマジカルな場所の力が欠けていることが大きいのではないだろうか。『ボートの三人男』においては、ジェロームとテムズ河のあいだに一度きりの特別な化学作用《ケミストリー》が生まれたのである。

なお、ジェローム自身が最も気に入っている作品は、一九〇二年の自伝的小説『ポール・ケルヴァー』(*Paul Kelver*)だという。この作品はインテリ批評家にも受けがよく、そのままの路線で行けばジェロームが文壇のエスタブリッシュメントに仲間入りできる可能性もあったはずなのだが、お構いなしに劇作中心の生活へ戻ってしまったというあたりが臍曲がりのジェロームらしくて面白い。

最後に、拙訳の「もちろん犬も」という副題について一言述べておきたい。英語では *To Say Nothing of the Dog* である。長らくこの副題は「犬は勘定に入れません」という訳で親しまれてきた。『ボートの三人男』といえば「犬は勘定に入れません」でしょう、というくらい、実に座りのいい語感だ。現代のアメリカ人作家コニー・ウィリスのユーモアSF／推理小説 *To Say Nothing of the Dog*（一九九七）は『ボートの三人男』の副題をそのまま頂いてきて題名としているが、大森望による日本語訳（早川書房）の題名はやはり『犬は勘定に入れません』となっている。ただ、私が思うに、「犬は勘定に入れません」というのは一種の「創造的誤訳」ではあるまいか。

To say nothing of とは「……は言うまでもなく」「……はもちろんのこと」という意味の慣用句なので、*Three Men in a Boat: To Say Nothing of the Dog* というフルタイトルは、敷衍《ふえん》すれば「これよりご覧に入れますは三人男のボート道中——犬が道連れなのは言うまでもないでしょう」という宣言である。モンモランシーは「員数外」ではなく、

「そこにいるのがあたりまえ」の仲間なのだ。その証拠に、原文の第一章は"There were four of us – George, and William Samuel Harris, and myself, and Montmorency."と書き出されている。

もっとも、『ボートの三人男』を書いた時点のジェロームは賃貸の部屋に住むオフィスワーカーであり、犬は飼っていなかった（後年のジェロームが愛犬のフォックステリアと一緒に写っている有名な写真があるので、いかにもモンモランシーは実在の犬のように思えるのだが）。先に引いたジョナサン・ワイルドは、独身で部屋借りのオフィスワーカーが犬を飼うというのは当時ほぼ考えられないことであったと述べ、『ボートの三人男』におけるモンモランシーの同行は、経済的な余裕のある階級に属する雰囲気を三人男に与えることで読者を惹きつけようとするジェロームの作戦の一環であったと分析している。いささか切ない話ではあるが、そうした背伸びの感覚も含めて、モンモランシーはジェロームが作り上げた河遊びの休日というファンタジーの世界に「あたりまえ」に属する、なくてはならない一部なのだ。

そんなわけで、拙訳では「犬は勘定に入れません」という定訳にあえて逆らい、「もちろん犬も」とした。読者が諒とされることを祈る。

この翻訳の底本に用いたのは、クリストファー・マシューとベニー・グリーンによる注釈版（Pavilion Books、一九八二）である。よくもまあこれだけ、という情報がぎっしり詰まった、物好きにして有益な書物だ。たとえば第十九章に出てくる「両方の眼に黒いあざ」がチャールズ・コーボーンの歌ったコミックソングであるということは他の版には出ていないし、ましてや、原題の“Two Lovely Black Eyes”が女の子のかわいい瞳ではなくぶん殴られてできたあざであるなどという情報をよそで見つけるのは難しい。また、そんなトリヴィアばかりでなく、ヴィクトリア朝の大衆文化についての解説も大量に含まれているので、この方面に興味のある向きにはこたえられない一冊だろう。ちょっとインターネットを探せば古本を見つけることはそう難しくないと思うので、紹介しておきたい。

ジェローム・K・ジェローム年譜

一八五九年

五月二日、中部イングランドのウォールソール（バーミンガムの北西約十キロ）にて、ジェローム・クラップ・ジェロームとして出生（四人姉弟の末っ子）。同名の父ジェローム・クラップ・ジェロームは建築業者・炭鉱経営者で、非国教徒プロテスタントの説教師としても知られた人物だった。母マーグリートは事務弁護士の娘。夫妻の息子ジェロームのミドルネームが途中で「クラプカ」に変わったのは、一家の友人であったハンガリー人の亡命将軍クラプカ・ジェルジ（英語読みではジョージ・クラプカ）にちなんだものだと本人は説明するが、英国ジェローム協会のウェブサイト（www.jeromekjerome.com）は、一家のクラプカ将軍との関わりはジェロームの創作であり、ジェローム自身がジャーナリズムに関わるにあたって「クラップ」より響きのよい「クラプカ」を選んだのではないかと、年代的な証拠を挙げながら推測している。ジェロームの出生時、一家には経済的余裕があり、暮らしぶりは中産階級のものだった。

一八六一年　二歳
父ジェローム、事業に失敗。一家はバーミンガムの西にあるスタウアーブリッジに移る。その後、父ジェロームは鉄工場経営、炭鉱事業に手を出して大失敗。一家はやがてロンドンのイースト・エンドのポプラーに移る。ジェローム家にはしばしば借金取りが押しかけていたという。

一八六九年　一〇歳
ロンドンのマリルボーンにあるフィロロジカル・スクール（「家計急変のために没落した軍人・聖職者・商人・技術者の家庭の家長を援助する」という目的で一七九二年に設立、のち一九〇八年には公立のセント・マリルボーン・グラマー・スクールとなる）に入学。「文献学《フィロロジカル》」という校名は設立母体が文献学と関わりがあったためであり、文献学を専門に教える学校ではない。ちなみにジェロームは自伝の中で、自分の受けた教育を含めイギリスの学校教育はおおむね内容空疎であると批判している。

一八七〇年　一一歳
イギリスで初等教育法が施行される。五歳から十三歳までの児童に広く教育を施すべく、自治体や教会教区に委員会が設けられ、一八八〇年までに全国で三千から四千の初等学校を設立。このことは、ある程度の基礎的教養を持った層が大量に創出されることを意味し、書物の潜在的読者層を広げることにつながった。一八八〇年には、初等教育が義務化されている。

一八七二年　一三歳
父ジェローム死去。

一八七四年　一四歳
ジェロームは政治家ないし文人としての将来を夢見ていたが、自活のやむなきに至り、一月にロンドン・アンド・ノース・ウェスタン鉄道に雇われる(最初の仕事は線路沿いの石炭拾いで、のちにはユーストン駅の切符係、広告取りに)。鉄道には四年間勤務。

一八七五年　一六歳
母マーグリート死去。

一八七七年　一八歳
芝居好きだった姉の影響で劇団に身を投じ、「ハロルド・クライトン」という芸名で各地をめぐる。劇団は窮乏を極めており、団員たちは巡業先の楽屋に泊まったり、楽屋がない場合は舞台の上で寝たり、ひどい場合は無人の教会の敷地に忍び込んでひさしの下で眠ったりする過酷な生活だったようである。

一八八〇年　二一歳
劇団生活に見切りをつけて、ある町で衣装を売り払い、わずか三十シリングを懐にロンドンへ。晴れた晩には野宿をしたり、雨の晩には簡易宿泊所に泊まったりの生活が続くが、ジャーナリズムの世界で下働きをしていた友人の紹介によって事件記事を書きはじめ、やっと狭い下宿を借りられる身に。短篇小説やエッセイを雑誌・新聞に投稿しはじめるが、なかなか採用されない日々が続いた。しばらく職が安定せず、速記係、クラパムにあった学校の臨時教員、建設業者の帳簿係、通販会社のバイヤーおよび発送係などとして働く。最後に、事務弁護士の事務所で事務員となり、ある程度安定した収入を得るようになる。弁護士の顧客のひとりは『フランダースの犬』で知られる作家ウィーダで、金銭感覚ゼロの彼女がロンドン滞在の折に方々で気まぐれに注文する品々をキャンセルして回るのもジェロームの仕事だったという。タヴィストック・スクウェアの下宿屋のおかみの提案で、『ボートの三人男』のジョージのモデルとなるジョージ・ウィングレイヴ（のちにバークレイズ銀行の支店長）と部屋を共にしたのはこの時代のようである。

一八八五年　二六歳

劇団員としての経験をユーモラスに綴った著書 *On the Stage – and Off* を、レドンホール・プレス社から一シリングの廉価版で刊行。ジェローム初の単行本となる。『ボートの三人男』のハリスのモデルとなる印刷技術者のカール・ヘンチェルは劇場通いの常連でもあり、ジェロームとこの頃に知り合ったのも演劇についてのディスカッション・サークルを通じてのようである。ジェローム、ウィングレイヴ、ヘンチェルの三人はしばしば一緒にボート遊びに出かけるようになる。

一八八六年　二七歳
ユーモア・エッセイ集 *Idle Thoughts of an Idle Fellow* 刊行。前年の *On the Stage – and Off* と合わせ、いささかの文名を得る。また、戯曲 *Barbara* を売り込んで上演にこぎつけ、劇作家としての活動も始める。

一八八八年　二九歳
「エティ」ことジョージーナ・ヘンリエッタ・スタンリー・マリスと結婚（エティは前夫との離婚直後だった）、テムズ河に新婚旅行に出かける。ジェロームはエティが最初の結婚で設けた娘「エルシー」ことジョージーナを家庭に加えて愛情深く養育した。新婚旅行の帰途に、『ボートの三人男』執筆を開始。郊外住まいの事務労働者層を主なターゲットとした雑誌『ホーム・チャイムズ』に、八月から連載が始まる（*Idle Though of an Idle Fellow* も、単行本に先立ってこの雑誌に連載されていた）。

一八八九年　三〇歳
九月、アロウスミス社から『ボートの三人男』の単行本刊行。即座にヒットし、翌年にはテムズ河でボートの登録数が一・五倍になったという。

一八九〇年　三一歳

雇い主であった事務弁護士のアンダーソン・ローズが九月に死去。事務弁護士の資格を取って文筆と兼業することも考えていたジェロームだが、これを潮時に、「ボートを燃やして「背水の陣を敷いて」文筆業にすべての時間を注ぐことにした」（自伝より）。以後、小説、エッセイ、劇作と多産な活動を続ける。ドイツのオーバーアマガウにキリスト受難劇の上演を鑑賞に出かけ、ドイツを気に入る。

一八九一年　三二歳

前年のオーバーアマガウへの旅行記を含むエッセイ・短篇集 *Diary of a Pilgrimage* を刊行。そのうちの一篇"The New Utopia"は平等国家による人民管理を描いたディストピア小説で、ウィリアム・モリスのユートピア小説『ユートピアだより』（*News from Nowhere*、一八九〇）へのパロディ的な批評意識が読み取れる。筋立てにおいてロシアの小説家エフゲニー・ザミャーチンの『われら』（一九二一）と共通点が多いため、『われら』のヒントになったのではないかと言われている。

一八九二年　三三歳

友人のロバート・バー（推理短篇「放心家組合」で知られる）に誘われ、月刊の絵入り諷刺雑誌『アイドラー』（怠け者）を共同編集で創刊。バーは、共同編集者の候補としてラドヤード・キプリング（インドほかのイギリス植民地を舞台にした小説で知られ、一九〇七年にはノーベル文学賞を受賞）も考えていたが、結局はジェロームがその座を射止めた。『アイドラー』には、キプリングをはじめマーク・トウェイン、アーサー・コナン・ドイル、W・W・ジェイコブズといった当代一流の作家が寄稿している。短篇「猿の手」で知られるジェイコブズはジェロームが発見した書き手だった。

一八九三年　三四歳

隔週刊行の雑誌『トゥデイ』を創刊。『アイドラー』の編集と合わせ、多忙な日々を送る。『トゥデイ』にも、ロバート・ルイス・スティーヴンソンほか有名作家が連載を行なっている。

一八九七年　三八歳

『トゥデイ』の記事が原因となり、編集長として名誉棄損で訴えられる。判決では賠償金はゼロに近かったが、巨額の法廷費用の支払いを命じられる。これをきっかけに、『アイドラー』と『トゥデイ』の編集権を譲渡。

一八九八年　三九歳

エティとの間に娘ロウィーナが出生。ドイツに旅行。

一九〇〇年　四一歳

ドイツ旅行の経験をもとに、『ボートの三人男』の続篇『自転車の三人男』（*Three Men On a Bummel*）を刊行。この年、一家でドイツのドレスデンを訪れ、二年間滞在。

一九〇二年　四三歳

ディケンズの作品を思わせる自伝的小説 *Paul Kelver* を刊行。ジェロームの著作中、もっとも批評家受けが良かった作品。この年までほぼ一年に一冊の割合で著作を刊行していたが、以後はペースが落ちることに。

一九〇八年　四九歳

初の米国講演旅行。セオドア・ローズヴェルト大統領と会見。また、戯曲 *The Passing of the Third Floor Back* を発表。初演時には、シリアスな道徳的プロット――人生に望みを失った人々ばかりが住んでいるみすぼらしい下宿屋にキリストを思わせる新しい客がやってきて、人々の人生をよりよい方向に向かわせる――によって観客をいささか困惑させるも、商業的には成功を収める（一九三五年には映画化されている）。ただし、インテリ批評家たちには受けが悪く、作家・諷刺画家のマックス・ビアボームは「もう長年にわたってせっせと十流の作品を量産してきたこの書き手にしても珍しいほどの、愚劣きわまる作品」とこき下ろした。

一九一三年　五四歳

米国に講演旅行。テネシー州チャタヌーガで、黒人差別を非難する演説を行なう。

一九一六年　五七歳

第一次世界大戦にYMCAの「兵士向けエンターテイナー」という資格で従軍させてほしいと英国軍に交渉するがうまく行かず、フランス軍の救急車運転手として前線に従軍。この経験は、以前から憂鬱に陥りがちな傾向があったジェロームの世界観をいっそう暗くした。ジェロームの秘書によれば、帰ってきたジェロームはまるで別人のようであったという。回想録には「戦争に対して私がいささかなりとも敬意を持っていたとしても、あの経験でそんな気持ちは消え失せた」とある。

一九二一年　六二歳
養女エルシーが死去、ジェロームを悲嘆させる。

一九二六年　六七歳
回想録 *My Life and Times* を刊行。出生地ウォールソールの名誉市民となる。

一九二七年　六八歳
デヴォンからロンドンへ向かう自動車旅行の途中で脳出血を起こし、二週間後にノーサンプトンの病院で死去。ロンドンのゴールダーズ・グリーンで火葬され、オックスフォードシャーのユーウェルムにあるセント・メアリー教会に埋葬される。

訳者あとがき

翻訳書で「解説」と「訳者あとがき」の両方を書くことになったのは、実はこれが初めてである。ユーモア小説に「解説」が付くだけでじゅうぶん野暮なのに、さらに訳者がしゃしゃり出て何か言うとなると、「ひっこめッ」という読者の声が聞こえてきそうで落ち着かない。しかも編集部によれば、「あとがき」ではこの翻訳の工夫や苦労について書いてほしいとのこと。これには参った。そんなプロセスについて楽屋をさらけ出す行為は、ユーモア小説というジャンルときわめて相性が悪いのである。だから、工夫や苦労は迂回して、多少の打ち明け話と弁解でお茶を濁すことにしたい。

『ボートの三人男』の新訳を頼みたいという話を光文社古典新訳文庫編集部の小都一郎さんから頂いたとき、私はとっさに「でも、中公文庫の丸谷才一訳があるでしょう」と答えていた。あれでいいじゃないですか、新しい訳だってそうそう代り映えはしませんよ、というようなことも言った。私自身が丸谷訳にずいぶん慣れ親しんできたせいである。

丸谷訳『ボートの三人男』を私が初めて読んだのは、中学に入ったころのはず。考えてみると、私のユーモア文学体験の根っこにあるのは、この『三人男』と北杜夫の『どくとるマンボウ航海記』ではないかという気がする（そういえば、どちらもフネに乗って旅をする話だ）。どちらの本も、文章における洗練という問題を私がおぼろげに知るきっかけとなったようである。平たく言えば、それらのようにしゃれた文章に——あるいは、それらのようなしゃれ方をした文章に——初めて出会ったのだった。

以来私は、丸谷訳『ボートの三人男』をずっと手元に置いてきた。何度も読み返し、その名調子をほとんど覚え込むに至った。高校の半ばころだったか、原文で読もうとしたこともあるが、これが意外に難しいのである。てきめんに挫折した。かなり長いあいだ、私にとって『ボートの三人男』とはまずもって丸谷才一の訳文だったのである。ジェロームには失礼だが、原文より丸谷訳のほうがしゃれているような印象さえ私にはあった。

そんなわけで、私は「でも、丸谷訳があるでしょう」と言ったのだった。だが、そういう返事は小都さんも予測していたらしい。びっしり付箋のついた中公文庫版を取り出して、熱心に説明を始めた。とどのつまり、私は仕事を引き受けていた。気迫に負けたのだろう。

翻訳に取りかかって初めて、私はジェロームの原文を真剣に読んだようである。かつて大学院生時代に原文で通読したときの自分はジェロームの英語の向こうに丸谷訳の日本語を思い浮かべていたのではあるまいか、と初めて感じた。そしてだんだん分かってきたのは、丸谷才一という無類の書き手がジェロームの英語を自分の洗練された日本語へと（時にはかなりの力業で）引き寄せているということである。引き寄せずに寄り添うやり方もあるかもしれない、と思ったことで、私は私なりに『三人男』翻訳に取り組む意味が見出せたように思う。もっとも、そんな意図がどの程度まで実現できているか、そこは読者の判断に俟つしかないけれども。

すでに名訳が存在する作品の新訳について訳者本人が何か言うとき、自家宣伝や弁解にならずにいることはたいへん難しい。そして、どちらもあまりいさぎよいものではない。私の弁解もここらが切り上げ時、まずは訳文をご覧下さいと読者にお願いすべき頃合だろう。

二〇一八年二月

小山太一

kobunsha classics
光文社古典新訳文庫

ボートの三人男《さんにんおとこ》　もちろん犬《いぬ》も

著者　ジェローム・K・ジェローム
訳者　小山《こやま》太一《たいち》

2018年4月20日　初版第1刷発行

発行者　田邉浩司
印刷　萩原印刷
製本　ナショナル製本

発行所　株式会社光文社
〒112-8011東京都文京区音羽1-16-6
電話　03（5395）8162（編集部）
03（5395）8116（書籍販売部）
03（5395）8125（業務部）
www.kobunsha.com

落丁本・乱丁本は業務部へご連絡くだされば、お取り替えいたします。
ISBN978-4-334-75374-0 Printed in Japan

いま、息をしている言葉で、もういちど古典を

長い年月をかけて世界中で読み継がれてきたのが古典です。奥の深い味わいある作品ばかりがそろっており、この「古典の森」に分け入ることは人生のもっとも大きな喜びであることに異論のある人はいないはずです。しかしながら、こんなに豊饒で魅力に満ちた古典を、なぜわたしたちはこれほどまで疎んじてきたのでしょうか。

ひとつには古臭い教養主義からの逃走だったのかもしれません。真面目に文学や思想を論じることは、ある種の権威化であるという思いから、その呪縛から逃れるために、教養そのものを否定しすぎてしまったのではないでしょうか。

いま、時代は大きな転換期を迎えています。まれに見るスピードで歴史が動いていくのを多くの人々が実感していると思います。

こんな時わたしたちを支え、導いてくれるものが古典なのです。「いま、息をしている言葉で」――光文社の古典新訳文庫は、さまよえる現代人の心の奥底まで届くような言葉で、古典を現代に蘇らせることを意図して創刊されました。気取らず、自由に、心の赴くままに、気軽に手に取って楽しめる古典作品を、新訳という光のもとに読者に届けていくこと。それがこの文庫の使命だとわたしたちは考えています。

このシリーズについてのご意見、ご感想、ご要望をハガキ、手紙、メール等で翻訳編集部までお寄せください。今後の企画の参考にさせていただきます。
メール　info@kotensinyaku.jp

kobunsha
classics